HARALD SCHNEIDER

Der Bibel-Code

DIE GEHEIMEN SYMBOLE In einem Neustadter Museum wird bei einem Raubüberfall eine Original-Bibel aus dem 16. Jahrhundert gestohlen, in der mysteriöse handschriftliche Eintragungen enthalten sind. Ein Experte vermutet, dass diese verschlüsselten Informationen zu dem vor über 400 Jahren verschwundenen Reliquienschatz der Stiftskirche führen, der damals als einer der größten in Süddeutschland galt. Kommissar Reiner Palzki begibt sich im Auftrag seines Chefs Klaus P. Diefenbach gemeinsam mit dem Bibelexperten Michael Landgraf auf die Suche nach dem Täter, der Bibel und dem Kirchenschatz. Diese führt sie durch die ältesten noch existierenden Bauwerke der Umgebung. Auch andere, teils zwielichtige Gestalten mischen sich mit unterschiedlichen Interessen in die nebulöse Schatzsuche ein. Nach weiteren Attentaten auf Leib und Leben und neuen Rätseln sind sich alle Beteiligten sicher, dass die Reliquien und die kostbaren Behältnisse nach wie vor existieren. Nachdem das letzte Rätsel gelöst ist, kommt es zum großen Showdown ...

Harald Schneider, 1962 in Speyer geboren, wohnt in Schifferstadt und arbeitete 20 Jahre lang als Betriebswirt in einem Medienkonzern. Seine Schriftstellerkarriere begann während des Studiums mit Kurzkrimis für die Regenbogenpresse. Der Vater von vier Kindern veröffentlichte mehrere Kinderbuchserien. Seit 2008 hat er in der Metropolregion Rhein-Neckar-Pfalz den skurrilen Kommissar Reiner Palzki etabliert, der, neben seinem mittlerweile 21. Fall »Ordentlich gemordet«, in zahlreichen Ratekrimis in der Tageszeitung Rheinpfalz und verschiedenen Kundenmagazinen ermittelt. Schneider erreichte bei der Wahl zum Lieblingsautor der Pfälzer den 3. Platz nach Sebastian Fitzek und Rafik Schami.

HARALD SCHNEIDER

Der Bibel-Code

KRIMINALROMAN

Immer informiert

Spannung pur – mit unserem Newsletter informieren wir Sie
regelmäßig über Wissenswertes aus unserer Bücherwelt.

Gefällt mir!

Facebook: @Gmeiner.Verlag
Instagram: @gmeinerverlag
Twitter: @GmeinerVerlag

MIX
Papier aus verantwor-
tungsvollen Quellen
FSC® C083411

Besuchen Sie uns im Internet:
www.gmeiner-verlag.de

© 2022 – Gmeiner-Verlag GmbH
Im Ehnried 5, 88605 Meßkirch
Telefon 0 75 75 / 20 95 - 0
info@gmeiner-verlag.de
Alle Rechte vorbehalten
1. Auflage 2022

Lektorat: Claudia Senghaas, Kirchardt
Herstellung: Mirjam Hecht
Umschlaggestaltung: U.O.R.G. Lutz Eberle, Stuttgart
unter Verwendung eines Fotos von: © Rolf Schädler
Druck: CPI books GmbH, Leck
Printed in Germany
ISBN 978-3-8392-0243-2

INHALT

PERSONENGLOSSAR

Fiktive Personen

Reiner Palzki	Kriminalhauptkommissar und stellvertretender Dienststellenleiter der Kriminalinspektion Schifferstadt
Klaus P. Diefenbach	Palzkis Chef, Spitzname KPD
Gerhard Steinbeißer, Jutta Wagner, Jürgen	Kollegen Reiner Palzkis
Stefanie Palzki	Reiner Palzkis Ehefrau mit den Kindern Melanie, Paul, Lisa und Lars
Frau Ackermann	Palzkis Nachbarin, die Frau, die schneller spricht als ihr Schatten
Dietmar Becker	Krimischreibender Student
Doktor Matthias Metzger	Not-Notarzt

*

Realpersonen

Michael Landgraf   Theologe, Leiter des Pfälzischen *Bibelmuseums* und des Religionspädagogischen Zentrums in Neustadt

Marc Weigel   Oberbürgermeister Neustadt

Martin Denzinger   Inhaber Antiquitätengeschäft in einem der ältesten Fachwerkhäuser der Pfalz in Neustadt

Joachim Specht   Polizeioberkommissar und Leiter der Gemeinde des tridentinischen (lateinischen) Messritus in der Stiftskirche

Inge Löchel   Inhaberin der Weinstube *Herberge*, der ältesten Weinstube Neustadts

Helga Gutermann   Kirchenführerin der Stiftskirche

Marco Fratelli   Geschäftsführer der *Peregrinus GmbH* (Echtname Marco Fraleoni)

Steffen Boiselle   Cartoonist, 100% PÄLZER! Inhaber des Neustadter *Agiro Verlags*

Günter Wallmen   Gehilfe von Doktor Metzger

GEFÄHRLICHES LEBEN IN
NEUSTADT

Es hätte so ein schöner Tag werden können.

Der Ärger begann bereits am frühen Morgen.

»Ohne Chauffeur?« Mein Chef sah mich dermaßen entrüstet an, als hätte ich von ihm verlangt, seine tägliche Lachsbrötchenlieferung zukünftig selbst zu bezahlen und nicht aus dem Gästebewirtungs-Etat unserer Kriminalinspektion, den es offiziell sowieso nicht gab.

Er stellte sich wichtigmachend in Positur und drückte seine Brust heraus, während er breitbeinig auf den Fersen wippte. Mit seinen zahlreichen klimpernden Orden an der Brust der maßgeschneiderten Uniform wirkte er wie eine gezeichnete Witzfigur in den frivolen Illustrierten der 60er- und 70er-Jahre des vergangenen Jahrhunderts. KPD, wie wir unseren Dienststellenleiter Klaus P. Diefenbach aufgrund seiner Initialen nannten, war sich für keine Peinlichkeit zu schade. Arroganz, Überheblichkeit und eine krankhaft extrem übersteigerte Selbstsucht zeichneten seinen Charakter aus. Als Vorgesetzter war ein solches menschliches Desaster eigentlich untragbar, in den Führungsetagen von Unternehmen und Behörden aber leider keine Ausnahme.

»Nein, das geht nicht. Auf keinen Fall!« Er räusperte sich und schaute mich mit einem durchdringenden Blick an, der nichts Gutes verhieß. »Ich als guter Chef kann bei diesem wichtigen Termin unmöglich alleine erscheinen. Was würde das für einen Eindruck erwecken? Wollen Sie, dass man mir nachsagt, dass ich meinen Laden nicht im Griff habe?«

Auch wenn es sich nur um eine rhetorische Frage handelte, war ich nahe dran, ihm die Wahrheit zu sagen. In letzter Sekunde siegte mein Gehirn über mein Mundwerk. Jeder außer KPD selbst wusste, dass ihn niemand ernst nahm.

»Einer meiner Untergebenen muss mich begleiten.« Er fixierte mich eine Nuance schärfer. »Bei Ihnen, Herr Palzki, fällt es am wenigsten auf, wenn Sie mal einen halben Tag nicht in der Dienststelle sind. Freuen Sie sich, Sie dürfen meinen neuen Dienstwagen fahren.«

»Ein halber Tag?«, rutschte es mir heraus. Bis eben ging ich von einer kurzen Dienstfahrt aus, was schlimm genug war.

KPD setzte eine glückselige Miene auf. »Es werden lehrreiche Stunden für Sie, Herr Palzki. Sie müssen nicht im Wagen auf meine Rückkehr warten wie ein einfacher Chauffeur. Sie dürfen mich zu dem Treffen begleiten. Sie werden Dinge sehen, die Sie für den Rest Ihres Lebens beeindrucken. An langen Winterabenden können Sie am Kamin Ihren Enkelkindern davon berichten. Und als Höhepunkt werden wir uns bei einer kleinen Führung eine echte Schatzkammer anschauen. Na, was sagen Sie jetzt?« KPD schmatzte unappetitlich.

Mir fiel die Kinnlade herunter. »Eine Schatzkammer?«, stöhnte ich verzweifelt.

Da für meinen Chef Empathie ein Fremdwort war, registrierte er meine Spontandepression nicht. Er klappte eine sauteure Ledermappe auf, die er die ganze Zeit in der Hand gehalten hatte. »Sie chauffieren mich zu einem fachkundigen Experten nach Neustadt an der Weinstraße, der mir diese Urkunde bestätigen wird. Endlich komme ich meinem persönlichen Lebensziel einen wichtigen Schritt näher. Ich bin mir zwar von Anfang an sicher gewesen, dass ich wie immer recht habe, aber diese Hinterwäldlerbehörden beharren auf Beweisen. Diese Urkunde wird sie hoffentlich überzeugen.« KPD strahlte wie eine 100-Watt-Birne.

Mein Sarkasmus war mal wieder schneller als mein Gehirn: »Ich habe auch mal fast eine Urkunde bekommen, Herr Diefenbach. Und zwar eine Teilnahmeurkunde der Bundesjugendspiele. Leider habe ich den 100-Meter-Lauf nicht bis zum Ende durchgehalten.«

Während KPD mit rotem Kopf nach Luft schnappte, prusteten meine Kollegen Gerhard Steinbeißer und Jutta Wagner ihren Kaffee über den Tisch.

Schneller als erwartet beruhigte sich mein Chef. »Nichts anderes habe ich von Ihnen erwartet, Palzki. Sie sollten froh sein, dass ich Sie ab und zu unter meine persönlichen Fittiche nehme, sonst hätte man Sie schon längst aus dem Polizeidienst entlassen.« Er scannte mich herablassend von oben bis unten. »Der Innenminister ist leider der Irrmeinung, dass die Polizei intellektuell den Durchschnitt der Bevölkerung abbilden soll. Und da wir aus diesem Grund auch die ganz Schwachen unserer Gesellschaft berücksichtigen müssen ...« Er ließ den beleidigenden Satz unvollendet.

Zwecks Deeskalation mischte sich Jutta Wagner ein. »Um welche wertvolle Urkunde geht es überhaupt, Herr Diefenbach?«, flötete sie zuckersüß mit auffälligem Wimpernschlag.

KPD schenkte ihr ein Lächeln. »Wenigstens Ihnen scheint die Zukunft unserer Gesellschaft nicht egal zu sein.« Stolz präsentierte er meiner Kollegin die Urkunde.

»Das kann ich nicht lesen«, bekannte sie. »Ist das lateinisch?«

»Selbstverständlich«, bestätigte KPD. »Diese Urkunde bestätigt meine Besitzansprüche. Ich bin nämlich Großgrundbesitzer. Das ist der wichtige Anfang meiner Beweiskette.«

»Sie haben geerbt?«, fragte Gerhard und ergänzte hoffnungsvoll: »Liegt das Grundstück in der Nähe, oder müssen Sie umziehen?«

KPD stutzte einen Augenblick. »Geerbt ist zwar grundsätzlich korrekt, Herr Steinbeißer. In meinem Fall geht es um ein generelles Erbe und eine Ortschaft. Genau genommen ist es nur ein Ortsteil mit über 1.000 Hektar, aber eben dort hat sich vor Jahrhunderten Großes angebahnt.«

»Sie haben ein Dorf geerbt?«

KPD zögerte. »Wie gesagt, es geht um grundsätzliche Ansprüche, die die Urkunde bezeugen. Kennen Sie Diefenbach?«

Wir glotzten unseren Chef an, als käme er vom Mars.

KPD winkte ärgerlich ab. »Sie haben keinen Blick für die Historie und die Entwicklung unserer großartigen Kurpfalz, ich sehe schon.« Er machte eine kurze Pause. »Ich habe mich bereits als Schüler für meine Herkunft und meine Heimat interessiert«, erklärte er stolz. »Als ich vor wenigen Jahren den Fall im Mannheimer Barockschloss und im Schwetzinger Schloss aufgeklärt habe, war ich nahe dran, den letzten entscheidenden Beweis zu finden.«

Ich rollte mit den Augen. Im Ermittlungsfall in Sachen Wittelsbacher hatte KPD nicht das Geringste beigetragen. Er hatte lediglich am Ende die Lorbeeren kassiert.[*]

»Ich bin überzeugt, einer der Haupterben der kurpfälzischen Wittelsbacher Linie zu sein«, fuhr KPD fort.

Ein vielsagender Blick von Jutta zeigte mir, dass sie sich ebenfalls an die hanebüchene Geschichte unseres Chefs erinnerte.

»Diefenbach ist ein Ortsteil der Gemeinde Sternenfels und liegt östlich von Bretten, im Dreieck Heilbronn, Pforzheim und Stuttgart.«

»Ein Ort mit Ihrem Namen?«, unterbrach ich ihn. Damit hatte ich nicht gerechnet.

KPDs Mundwinkel zogen sich fast bis zu den Ohren. »Mein guter Name kann die gute Herkunft nicht verschweigen. In diesem Diefenbach liegt der Ursprung der Wittelsbacher, lange bevor sie im Jahre 1356 Kurfürsten wurden und gemäß der Goldenen Bulle den Kaiser wählen durften.«

Ich schmunzelte und wollte schon besserwisserisch darauf aufmerksam machen, dass die Verwendung des Wortes »Bulle« in Gegenwart von Polizisten strafbar ist, doch KPD fuhr fort.

»Diffenbach, so hieß das Dorf früher, wird erstmals im Jahr 1023 erwähnt. Viele der Grundstücke waren im Besitz von mehreren Bischöfen. Selbst die Klöster Maulbronn und Herrenalb waren in meinem Dorf ständig präsent.«

»*Ihr* Dorf?« Gerhard rutschte die provokante Rückfrage heraus.

»Ja, *mein* Dorf«, entgegnete unser Chef mit fester Stimme. »Einer meiner Urahnen in direkter Linie war

---

[*] Ahnenfluch, Palzkis 9. Fall, ISBN 978-3-8392-1437-4

der Namensgeber. Mit allerhöchster Wahrscheinlichkeit entwickelten sich aus der Diefenbach-Linie die Urväter der Wittelsbacher. Dies ist zwar noch nicht 100-prozentig geklärt, aber ich schließe kategorisch jeden Zweifel aus.«

»Dann gehören Ihnen das Mannheimer Barockschloss und das Schwetzinger Schloss samt Park«, sagte ich mit ironischem Unterton, den KPD freilich nicht bemerkte.

»Und nicht nur das«, bestätigte unser Chef mit erhobenem Zeigefinger. »Denken Sie nur an Bayern! Wenn der Kurfürst Carl Theodor 1799 auf seinen Umzug von Mannheim nach München verzichtet hätte, würde heute die Landeshauptstadt von Bayern Mannheim heißen.«

Juttas Stirn kräuselte sich. »Kamen die Kurpfälzer Wittelsbacher nicht ursprünglich aus Heidelberg? Die residierten doch, soviel ich weiß, auf dem Heidelberger Schloss, bevor sie irgendwann nach Mannheim umgezogen sind. Ohne diesen Wechsel wäre nach Ihrer These sogar Heidelberg die Landeshauptstadt von Bayern.«

»Ja, ja, ganz recht, Frau Wagner. Sie haben in der Schule gut aufgepasst. Der Umzug nach Mannheim war damals wegen … äh … ja … äh … also die Erklärungen würden Sie jetzt bestimmt langweilen, aber das Heidelberger Schloss gehört auch den Wittelsbachern, absolut korrekt.«

»Prima«, freute ich mich und stellte eine dreiste, aber ehrliche Frage: »Dann werden Sie demnächst Schlossherr in Mannheim und Heidelberg sein. Steht Ihr Nachfolger als Dienststellenleiter bereits fest?«

Der Blick KPDs zeigte mir, dass ich besser still geblieben wäre. »So weit ist es ja noch nicht«, entgegnete er knapp. »Machen Sie sich fertig, in zehn Minuten fahren wir los.« KPD stiefelte aus Juttas Büro.

Ich musste mir einiges von meinen lieben Kollegen anhören.

»Welche Ehre für dich, Reiner, einen Fast-Kaiser chauffieren zu dürfen.«

»Vergiss nicht, den roten Teppich auszurollen, wenn KPD aussteigt.«

»Ab sofort musst du deinen Chef mit Hochwohlgeboren oder Euer Durchlaucht ansprechen.«

Ich ließ den beiden ihren fragwürdigen Spaß und stellte meine Ohren auf Durchzug. Als Gegenleistung futterte ich mit Hingabe Juttas Keksdose leer, die eigentlich für die Gästebewirtung gedacht war. Ein letzter Schluck des viel zu starken Kaffees, und ich verabschiedete mich mit einer lässigen Handbewegung von meinen Kollegen.

Mit dem üblichen halbletalen Sodbrennen begab ich mich in KPDs Büro, das eher die Ausmaße einer luxuriös ausgestatteten Turnhalle besaß. Ich redete mir ein, schon schlimmere Sachen erlebt zu haben, als mit KPD für ein paar Stunden nach Neustadt zu fahren und verrückte Geschichten über den angeblichen Stammbaum meines Chefs zu erfahren. Spontan fiel mir aber keine schlimmere Situation ein, die ich erlebt hatte. Ich musste sie allesamt erfolgreich verdrängt haben.

»Da sind Sie ja endlich, Palzki«, bellte KPD mit nervösem Blick auf seine Armbanduhr. »Herr Landgraf weiß Pünktlichkeit zu schätzen. Solch eine prominente Person lässt man nicht warten.«

»Landgraf?«, wiederholte ich. »Ist das auch ein Wittelsbacher?«

KPD benötigte einen Moment, um meinen gerechtfertigten Gedankengang zu verstehen. »Ach was«, antwortete er. »Das ist der Nachname des Experten, den wir aufsuchen. Die Landgrafen waren das Adelsgeschlecht, das über Hessen und Thüringen regierte. Ein Wittelsbacher ist er bestimmt nicht.« Er überlegte eine Sekunde. »Ganz bestimmt nicht.«

Ich nutzte seine Unsicherheit mit einer spitzen Bemerkung gnadenlos aus. »Und wenn doch?«

»Quatsch«, entschied mein Chef, grübelte aber weiterhin sichtlich über meine Bemerkung.

Gemeinsam gingen wir in den Hof zu seinem mittlerweile dritten, aber bestimmt nicht letzten Dienstwagen des aktuellen Jahres. Nur das allerneuste Modell war seiner Meinung nach gut genug für ihn als Chef.

Jedem normalsterblichen Bürger würde man den Führerschein auf Lebenszeit entziehen: KPDs Kurzsichtigkeit endete irgendwo im Bereich der Motorhaube, alles weiter Entfernte lag für ihn optisch in einer undurchdringbaren Dunstglocke. Aus Eitelkeitsgründen verweigerte er jede Form von Sehhilfen. Wenn KPD seinen Wagen selbst fuhr, müsste man den öffentlichen Verkehrsraum komplett sperren, um Gefahr für Leib und Leben der Bürger auszuschließen.

Diese Probleme waren mir heute egal. Immerhin durfte ich seinen Wagen fahren, was garantiert nicht aus Nächstenliebe geschah.

Unbeeindruckt ließ ich meinen Chef vor der geschlossenen Fondtür auf der Beifahrerseite stehen und machte es mir auf dem Fahrersitz bequem. KPD wartete ein paar hoffnungsvolle Sekunden ab, bevor er laut seufzend seine Tür selbst öffnete. »Wenn wir am Ziel sind, öffnen Sie mir aber wie ein richtiger Chauffeur die Tür, Palzki. Wie sieht das denn sonst aus?«

Ich reagierte mit einem angedeuteten Kopfnicken und

startete den Motor. »Springt nicht an, haben Sie getankt?«, fragte ich nach hinten.

»Der Motor läuft doch«, antwortete KPD verwirrt. »Das Aggregat ist mehrfach gedämmt und schnurrt wie ein junges Kätzchen.«

Ich gab vorsichtig Gas und landete um ein Haar im Unterstand der Dienstmotorräder. »Ups, der hat ein paar PS mehr als das Vorgängermodell«, entschuldigte ich mich.

KPD, der noch nicht angeschnallt war, klebte mit der Wange an der Kopfstütze des Beifahrersitzes. »Ein weiteres Attentat, und ich versetze Sie bis zur Pensionierung in unser Archiv.«

»Wir haben überhaupt kein Archiv«, stellte ich naiv fest.

»Noch nicht«, war seine bissige Antwort.

Grundsätzlich gab es zwei Alternativen, die von Schifferstadt nach Neustadt führten und in etwa genauso lange dauerten: Der kürzere Weg führte durch die verkehrsberuhigten Gassen von Iggelheim und Haßloch, der längere Weg über die A61 und A65. Da ich nach wie vor Schwierigkeiten mit dem feinfühligen Gaspedal hatte, entschied ich mich für die Autobahn. Das erste rote Blitzlicht bemerkte ich kurz nach der Auffahrt auf die A65.

»Wo müssen wir genau hin?«, fragte ich meinen Chef ein paar Kilometer vor der Ausfahrt Neustadt-Nord.

»Drücken Sie auf dem Navi die Mikrofontaste«, befahl er.

Ich suchte auf dem Armaturenbrett und zwischen den Sitzen, kam aber zu keinem überzeugenden Ergebnis. An mehreren Stellen befanden sich Ansammlungen von Dutzenden Schaltern, Drehknöpfen und kleinen Lämpchen. Es sah aus wie im Cockpit eines Jumbos.

KPD zog aus seinem Anzug einen Laserpointer und leuchtete auf die von ihm gemeinte Taste. »Draufdrücken, dann laut Neustadt, Stiftstraße 23 sagen«, befahl er kurz und knapp.

Ich folgte erfolgreich seinen Anweisungen. Das Navi war mit meiner Wahl zufrieden und bestätigte die Adresse: »Sie werden das Ziel in drei Stunden und 55 Minuten erreichen.«

»Sie haben genuschelt«, schrie KPD aus dem Fond. Ich vermutete den Fehler an einer anderen Stelle, denn ich erinnerte mich an einen Zeitungsartikel, in dem stand, dass es rund 70 Städte und Ortschaften namens Neustadt gab. »Neustadt an der Weinstraße, Stiftstraße 23«, plärrte ich beim zweiten Versuch in das Mikrofon.

»Geht doch«, beruhigte sich mein Chef, als das Navi unsere Ankunft in wenigen Minuten prophezeite.

Kurz darauf hatten wir die steil ansteigende Stiftstraße erreicht. Linker Hand befand sich das Neustadter Krankenhaus *Hetzelstift*, das wie alle mir bekannten Krankenhäuser einen eher ambivalenten Ruf genoss.

Nun entdeckte ich ein Schild »Pfälzisches Erlebnis-Bibelmuseum« vor einem länglichen, in Blautönen gehaltenen Einfamilienhaus, im gleichen Moment, als das Navi »Sie haben Ihr Ziel erreicht« quäkte. Erschrocken stoppte ich abrupt den Wagen. Von hinten vernahm ich mehrfaches Bremsenquietschen.

»Was soll das?«, herrschte mich KPD wütend an.

»Die Adresse stimmt nicht.« Zwei Autos mit nicht sehr freundlich dreinblickenden Fahrern fuhren an uns vorbei, einer davon mit einer eindeutigen Fingergeste.

»Da drüben!« KPD zeigte auf das blaue Haus. »Zwischen dem Eingang und dem grauen Skoda können Sie parken.«

Mit gemischten Gefühlen fuhr ich in die nicht allzu breite Parklücke. »Erlebnismuseum? Sind Sie sicher, dass wir hier richtig sind?«

»Absolut«, bestätigte KPD. »Michael Landgraf ist Theologe sowie international bekannter Autor und Dozent, der an Hochschulen in Deutschland und Österreich lehrt. Er leitet das Museum sowie das hier ansässige Religionspädagogische Zentrum, das für die Fortbildung von Lehrerinnen und Lehrern zuständig ist. Außerdem wohnt Herr Landgraf in diesem Haus.«

Ein Theologe, dachte ich mit Schrecken. KPDs Experte war ausgerechnet ein Theologe! Ich dachte an meine wenige Jahre zurückliegenden Ermittlungen zur Osterzeit im Katholischen Ordinariat im Bistum Speyer rund um den Dom. Diese Zeit im kirchlichen Milieu hatte ich sehr zwiespältig in Erinnerung. Ständig eckte ich unbeabsichtigt an oder wurde missverstanden, weil das Branchen-Vokabular der Kirche vor Mehrdeutigkeiten nur so strotzte.

Auf der anderen Seite hatte ich viele herzliche Menschen kennengelernt, die im kirchlichen Bereich arbeiteten und hohe Zufriedenheit ausstrahlten. Ich konnte während dieser Zeit viele persönliche Vorurteile abbauen.

»Machen Sie mir endlich die Tür auf!« KPD weckte mich aus meinem Tagtraum.

Ich versuchte, meine Fluchtgedanken zu verdrängen, stieg aus, ging um den Wagen herum und öffnete die Fondtür eine Handbreit. Im gleichen Moment hörte ich das Klirren von Glas. In der ersten Schrecksekunde ging ich davon aus, durch eine ungeschickte Bewegung das Fenster des neuen Dienstwagens zerstört zu haben. Doch das Geräusch kam von weiter weg, vermutlich ein Altglascontainer.

»Weiter öffnen«, befahl KPD.

»Geht nicht«, antwortete ich und meinte es auch so. »Sie haben selbst gesagt, dass ich an dieser Stelle parken soll.« Ich deutete auf den benachbarten Skoda.

»Und jetzt?«, fragte KPD und sah dabei ziemlich debil aus der Wäsche.

»Und jetzt zeigen Sie als Chef mal etwas Flexibilität und steigen auf der anderen Seite aus.«

»A… ab… äh … aber wenn mich jemand sieht?«, stotterte KPD.

Eine ehrliche Antwort verkniff ich mir. »Ich gebe Ihnen Rückendeckung. Im Moment ist kein Mensch zu sehen, der Sie diskreditieren könnte.«

Meinem Chef war die Unzufriedenheit anzusehen. Mangels Alternative folgte er nach kurzem Murren meiner Empfehlung. »Wenn ich mein Anliegen geklärt habe, fahren Sie gefälligst vorher raus auf die Straße.«

Er überzeugte sich, dass seine Ledermappe unversehrt war. »Gehen wir rein, Palzki. Am besten, Sie halten sich strikt im Hintergrund, wenn ich mich mit Herrn Landgraf unterhalte. Sonst stören Sie bloß wieder mit Ihren unqualifizierten Bemerkungen.«

»Und die Schatzkammer?«, ärgerte ich ihn.

»Keine Angst, Sie werden, wie versprochen, zu Ihrer kulturellen Teilhabe kommen. Herr Landgraf wird uns alles genaustens zeigen und erklären. Aber zunächst ...« Er klopfte mit einem seligen Lächeln auf seine Mappe.

Ich schickte ein innerliches Stoßgebet gen Himmel und hoffte, dass der Experte die Urkunde sofort als Fälschung entlarvte und ich mich mit einem frustrierten Chef in wenigen Minuten auf die Heimfahrt begeben konnte. Selten hatte ich mich mehr getäuscht.

KPD öffnete schwungvoll die gläserne Eingangstür. Nach einem Windfang kamen wir in einen großen Büroraum. Hinter einer Theke befand sich ein verwaister Computerarbeitsplatz. Die Theke selbst war bis zum letzten Quadratzentimeter mit Büchern, Broschüren und anderen Dingen belegt. Der Rest des Büros sah nicht anders aus: deckenhohe Regale, vollgestopft mit Pappordnern, Büchern, Zeitschriften und vielen Büroutensilien. Um den Raum einigermaßen erfassen zu können, müsste man viel Zeit investieren. Zeit, die wir nicht hatten, da aus einem Nebenraum eine freundliche Dame heraustrat.

Sofort stellte sich KPD stramm hin. »Diefenbach, guten Tag. Ich habe einen wichtigen Termin bei Herrn Michael Landgraf.« Mich erwähnte er mit keiner Silbe.

Die Frau lächelte gütig. »Guten Tag, Herr Diefenbach. Ich bin Barbara Landgraf. Mein Mann erwartet Sie bereits.« Sie gab uns beiden die Hand. Auch mir nickte sie freundlich zu. »Gehen Sie nur gleich runter in die Ausstellung. Mein Mann ist vor ein paar Minuten nach unten gegangen, um den Raum zu lüften. Heute früh war eine Besuchergruppe im Museum.« Mit einer Handbewegung zeigte sie uns eine breite Wendeltreppe, die in die Museumsräume im Untergeschoss führte.

Das Haus war in den Hang gebaut. Die Straßenfront lag einen Stock höher als der Museumsbereich. Ich ging auf die Treppe zu und schaute mich noch einmal in dem oberen Raum um. Auf dem Tisch stand ein Stehsammler, in dem ich Bücher und Arbeitshefte entdeckte. Bei dem Raum handelte es sich wahrscheinlich nicht um ein Büro, sondern um eine Bibliothek. Die Wendeltreppe führte nach unten in einen großen Raum mit einer breiten Fensterfront. Tageslicht fiel durch mehrere Fenster, hinter denen mutmaßlich ein Garten lag.

Der Raum war ungewöhnlich eingerichtet. Mein Blick heftete sich zunächst auf ein Beduinenzelt, vor dem ein Teppich mit vielen Sitzkissen lag, die für Kinder und Jugendliche gedacht waren. Dann entdeckte ich eine beeindruckende hölzerne Druckerpresse. So eine hatte ich schon mal im *Gutenberg-Museum* in Mainz gesehen. Daneben lagen schwarze Hemden und Utensilien, wie sie früher ein Drucker benutzte. Vermutlich konnte mit dieser alten Druckerpresse noch gearbeitet werden. Dennoch empfand ich das Beduinenzelt und die Druckerpresse als eine äußerst seltsame Kombination. Ein Teil des Raums war mit Tischen ausgestattet, auf denen Gegenstände und Arbeitsblätter lagen. An den Wänden standen beleuchtete Vitrinen. Ich trat näher und entdeckte darin Tongefäße, offensichtlich archäologische Funde, sowie alte Bibeln. Ich schlich vorbei an einer großen Figur, die vermutlich Martin Luther darstellte. Weiterhin entdeckte ich einen Tisch mit alten Bibeln, in denen man bestimmt blättern durfte, sowie einen weiteren Tisch mit Schreibfedern, Tinte und Mönchskutten. Hier durften sich die Besucher verkleiden und wie ein Mönch im Mittelalter mit den Federn schreiben.

»Nanu?«, staunte ich, als ich die Verandatür entdeckte, die zuvor von dem Zelt verdeckt war, und die zum Garten führte. »Die ist ja zerbrochen.«

»Das war bestimmt der Wind«, erklärte mir KPD, der sich suchend umschaute.

»Wind? Welcher Wind?«, fragte ich meinen Chef. Doch der zeigte an solchen Lappalien kein Interesse.

»Herr Landgraf?«, rief er stattdessen in verschiedene Richtungen. »Vielleicht ist er im Garten?«

Als bestens geschulter Kriminalbeamter und psychologisch Interessierter kam mir die Situation merkwürdig vor. Zunächst dachte ich an einen Einbrecher, aber in diesem Fall würden die Glasscherben im Inneren des Gebäudes liegen. Dann bemerkte ich einen großen runden Stein, der nach einem alten Mühlstein aussah. Dieser lag vor der Verandatür im Freien. Die Sache sah eindeutig aus: Jemand hatte mit diesem Mühlstein von innen die Scheibe der Tür eingeschlagen, um zu flüchten. Warum hatte der- oder diejenige nicht einfach die Tür geöffnet? War es Michael Landgraf selbst oder hatte dieser im Museum einen Unbekannten getroffen, der plötzlich geflohen war? Aber warum hatte seine Frau nichts über die andere Person gesagt?

Während die verschiedenen Alternativen wild in meinem Gehirn mäanderten, wurde mir klar, dass unter Umständen Gefahr im Verzug herrschte. Falls die Person, die für den Schlamassel mit der Verandatür verantwortlich zeichnete, nicht der Leiter der Ausstellung war, musste sich dieser noch hier unten befinden. Diese Möglichkeit bereitete mir aus einem ganz bestimmten Grund Kopfzerbrechen: In den letzten Jahren war es eine unumstößliche Gesetzesmäßigkeit, dass es jedes Mal, wenn ich mit meinem Chef unterwegs war, mindestens einen Toten gab. Wegen des heutigen harmlosen Besuchsgrunds hatte ich dieses Verbrechen-Axiom allerdings nicht in Betracht gezogen. Doch die Realität strafte mich schon wieder Lügen. Mein Adrenalinspiegel war längst auf ein Allzeithoch geschnellt. Der Experte Michael Landgraf war tot. Er musste tot sein, Zweifel waren absolut ausgeschlossen. Es ging nur noch darum, seine Leiche zu finden. Und anschließend den Täter. Wie immer würde mein Chef die Lorbeeren für die Ergreifung des Täters einheimsen, doch zunächst würde er einen exorbitanten

Wutanfall zelebrieren, weil er sich einen neuen Fachmann für seine Urkunde suchen musste.

KPD hatte die Situation immer noch nicht begriffen. Naiv, wie er war, suchte er unter den vielen Sitzkissen, die im Beduinenzelt lagen, nach dem Theologen. »Wo könnte der nur stecken?«, murmelte er vor sich hin.

Für mich gab es nur eine Möglichkeit, wenn man Landgrafs Frau vorläufig als Mittäterin ausschloss. Ich schaute mich weiter im Raum um und entdeckte eine Treppe, an der ich zuvor vorbeigegangen war, weil mein Blick durch das Zelt und die Druckerpresse gefangen war. Sie führte unterhalb der Eingangstreppe zum Museum weiter nach unten.

»Da muss noch eine Ebene des Museums sein«, sagte ich laut und zeigte auf die Treppe, die an der östlichen Raumseite nach unten führte. Ein unterkellerter Keller, das konnte nichts Gutes bedeuten, zumal Landgraf auf mein Rufen nicht geantwortet hatte.

KPD, neugierig wie immer, folgte mir. Die Treppe war kurz, es ging höchstens eine halbe Geschosstiefe nach unten. Eine schwere blaue Metalltür, auf der mit weißen Lettern das Wort »Schatzkammer« aufgetragen war, stand offen. Ich schluckte hart. Allein der Hinweis auf die Nutzung des tiefergelegten Kellers bestätigte meine Vermutung, dass wir in den nächsten Sekunden eine Leiche finden würden.

RÄTSEL UM DIE MYSTERIÖSEN ZEICHEN

Der etwa 25 Quadratmeter große Raum war komplett in dunklem Blau gehalten. An den Wänden standen große Vitrinen, deren Halogenlampen den Raum mystisch erleuchteten. In der Mitte des Raums befand sich eine breite Tischvitrine, deren Glas teils zertrümmert auf dem Vitrinenboden lag.

Im selben Moment, als ich erfasste, dass es sich bei sämtlichen Ausstellungsstücken in der Schatzkammer nur um alte und gebrauchte Bücher handelte, entdeckte ich die Leiche, die hinter der Tischvitrine lag.

»Was glotzen Sie so aufdringlich auf den Boden?«, fragte KPD hinter mir, der den Ernst der Situation immer noch nicht erfasst hatte. Mir dagegen war inzwischen sogar die zerbrochene Scheibe des Tischs aufgefallen.

»Landgraf ist tot«, sagte ich zu meinem Chef, während ich um den Tisch herumging.

»Tot?«, wiederholte KPD ungläubig. »Warum das denn? Und was ist jetzt mit meiner Urkunde?« KPD, der sich von der anderen Seite näherte, stolperte über ein riesiges blutverschmiertes Schwert.

»Nanu, was ist das?«, rief er erschrocken. Um ein Haar wäre er auf die Leiche gefallen. Im Reflex griff er nach dem Vitrinentisch und schnitt sich an der Bruchstelle des Glases in den Finger. »Aua, verdammt, was soll das?« KPD betrachtete seinen blutenden Zeigefinger.

Ich schüttelte den Kopf über den Tollpatsch und fragte mich, was so ein großes Schwert ausgerechnet im *Bibelmuseum* zu suchen hatte. Als KPD wie ein Derwisch herumzuhüpfen begann und seine Hand anjammerte, wiederholte ich ungeduldig: »Landgraf ist tot. Würden Sie bitte die Kripo anrufen?« Mein Vorgesetzter war mit der Lage hoffnungslos überfordert.

»Aber ich bin doch der gute Chef der Kriminalpolizei«, stotterte KPD. »Was soll ich jetzt tun?« Er blickte kurz zur Leiche, dann starrte er seine Aktentasche an.

»Die Neustadter Polizei informieren!«, bellte ich meinen Chef an. »110, die Nummer sollten Sie kennen!« Ich klang derart autoritär, dass KPD willenlos gehorchte. Da er keinen Handyempfang hatte, ging er hoch zur Ausstellung. Mir war klar, dass ich auf die Spurensicherung warten musste und nichts anfassen durfte. Ich kniete mich neben die Leiche und betrachtete die Wunde an deren Hinterkopf. Sie sah recht hässlich aus, solche Anblicke und noch viel schlimmere war ich aber gewohnt. Ich wunderte mich über die geringe Menge Blut, die auf den Boden gelaufen war. Nach wie vor war ich überzeugt, dass hier ein Toter vor mir lag. Dennoch fühlte ich an seiner Hand versuchsweise den Puls. Einen Pulsschlag konnte ich nicht feststellen, allerdings entdeckte ich, wie sich sein Brustkorb millimeterweise hob und senkte. Landgraf lebte, es gab keinen Zweifel. Da seine Atmung, wenn auch gering, funktionierte, war es besser, ihn nicht zu bewegen und den Notarzt abzuwarten. Ich hoffte, dass die Neustadter Kollegen diesen automatisch alarmiert hatten, obwohl ich nicht wusste, was KPD ihnen erzählt hatte.

Ich stand auf, um meinen Chef zu suchen. Weit kam ich nicht.

»Michael?«, rief Landgrafs Frau. Sie war die Treppe heruntergekommen, um zu sehen, was vor sich ging. Sie hatte die Aufregung wahrgenommen und stand bereits am Eingang der Schatzkammer. Als sie das Blut auf dem Boden sah, stieß sie einen Schrei aus und rempelte mich zur Seite. Bevor ich reagieren konnte, kniete sie neben ihrem Mann und schüttelte ihn.

»Nein, nein!«, mischte ich mich nach einer Schrecksekunde ein. »Ihr Mann lebt, bitte, lassen Sie ihn in Ruhe, damit seine Atmung nicht behindert wird.« Vorsichtig versuchte ich, sie am Oberarm von ihrem Mann zu ziehen. Dabei sah ich, dass ihre linke Hand in der Hosentasche ihres Mannes steckte. Zufall? Oder hatte dies etwas zu bedeuten?

»Er lebt?« Sie drehte sich zu mir und stand zitternd auf. Ihre linke Hand konnte ich von meinem Standpunkt aus nicht sehen. Hatte sie etwas aus der Tasche ihres Mannes gezogen?

»Ja«, antwortete ich. »Der Arzt wird gleich hier sein. – Hatte Ihr Mann heute schon Besuch, bevor wir gekommen sind?«

Sie schüttelte den Kopf, ließ aber ihren Mann dabei nicht aus den Augen. »Nein, es war außer der Besuchergruppe niemand bei uns, das hätte ich bemerkt.«

»Vielleicht ein Besucher, der durch den Garten kam?«, fragte ich hartnäckig weiter.

»Wäre möglich«, gab Frau Landgraf zu. »Aber warum?«

Ich begleitete sie nach oben in die Ausstellung zu einem der vielen Stühle. Dass ich den Schwerverletzten für einen kurzen Moment alleine ließ, konnte ich nicht ändern.

»Ist das bei der Neustadter Polizei ein arroganter Laden!«, hörte ich KPD herummotzen. Ziellos stöberte er in einem Regal, das mit historischen Bibeln vollgestopft war. »Der Beamte am Notruf hat sich überhaupt nicht dafür interessiert, warum ich nach Neustadt zu Herrn Landgraf gefahren bin.«

Mit offenem Mund sah ich ihn an. »Sie haben dem Beamten doch hoffentlich von dem Einbruch und dem Schwerverletzten berichtet?«

»Verletzt?«, hakte KPD nach. »Landgraf ist gar nicht tot? Warum haben Sie diese Falschnachricht verbreitet und mich so blamiert, Palzki? Ich habe mich schließlich mit meinem guten Namen verbürgt, als ich eine Leiche meldete. Was sollen die Neustadter jetzt von mir denken? Das geht auf Ihre Kappe, Palzki.« KPD ging zur Treppe, die in die Schatzkammer führte.

»Wo wollen Sie hin?«

»Zu Herrn Landgraf«, gab mir KPD zu verstehen. »Ich möchte die Echtheit meiner Urkunde bestätigt haben, bevor die Polizei kommt.«

Diese Verhaltensweise war typisch für Diefenbach. Ich könnte ihn jetzt ins Verderben rennen und in die Schatzkammer gehen lassen. Mit viel Glück würde er für sein Vorgehen den Job als Dienststellenleiter einbüßen, was mir und allen Kollegen nicht ganz unrecht wäre. Auf der anderen Seite würde ich damit das Leben eines Menschen riskieren, selbst wenn es sich um einen Theologen handelte. Ich musste etwas tun. Selbstverständlich hätte ich genauso gehandelt, wenn in dem Keller ein schwerverletzter Lehrer, ein Arzt oder ein Politiker liegen würde.

»Sie dürfen nicht runter«, stoppte ich meinen Chef. »Er ist sowieso nicht ansprechbar. Sie müssen warten, bis er wieder bei Bewusstsein ist.«

KPD setzte ein missmutiges Gesicht auf und setzte sich gegenüber von Frau Landgraf an den Tisch. »Kennen Sie sich auch mit alten Handschriften aus?«, fragte er völlig unsensibel.

Sie hob ihr verweintes Gesicht und antwortete: »Ich bin als Informatiklehrerin eher in der Gegenwart unterwegs.«

Ich hörte, wie mehrere Personen die Treppe herunterkamen. Um Missverständnisse durch KPD wegen seiner falschen Prioritätensetzung auszuschließen, ging ich den Beamten entgegen.

»Guten Tag«, stellte sich der vorderste der Kollegen vor. »Ich bin Polizeioberkommissar Joachim Specht von der Dienststelle Grünstadt. Ich bin hier kommissarischer Leiter und vertrete eine Neustadter Kollegin, die länger ausfällt. Haben Sie angerufen?«

»Das war mein Chef.« Ich zeigte auf KPD, der kaum reagierte, weil er in seiner Aktenmappe kruschelte. »Ich bin Reiner Palzki, Kriminalhauptkommissar aus Schifferstadt. Wir waren als Erste am Tatort.«

Specht nickte. »Und wo liegt der tote Kollege?«

Ich stutzte. Kollege? Hatte KPD bei seinem Anruf im Delirium einiges durcheinandergebracht? »Es muss sich um einen Übertragungsfehler handeln. Der Verletzte ist kein Polizeibeamter.«

Jetzt stutzte der Grünstadter Beamte. »Kein Toter? Lebt Michael Landgraf?«

Irgendwie hatte ich den Eindruck, als würden wir aneinander vorbeireden. »Ist Herr Landgraf ein Polizist?« Hatte Landgraf meinen Chef angelogen, als er sagte, ein Theologe zu sein? War er ein Neustadter Undercover-Beamter?

»Wie kommen Sie auf diese blöde Idee? Selbstverständlich ist er kein Polizist. Michael Landgraf ist Dozent, und zwar für Theologie und Geschichte. Aus diesem Grund haben die Beamten der Polizeiinspektion Neustadt mich als Vorhut geschickt. Und natürlich wegen der geringen Glaubwürdigkeit des Anrufers«, ergänzte er seufzend.

Das Gespräch wurde immer verworrener. »Aber warum sprechen Sie von einem Kollegen?«

Joachim Specht lachte kurz auf. »Ach so, als Schifferstadter wissen Sie das wahrscheinlich nicht: Neben meiner hauptberuflichen Tätigkeit als Polizeioberkommissar leite ich die Katholische Stiftskirchengemeinde, die die Tridentinische Messe auf Latein feiert.«

»Aha«, antwortete ich, weil ich aus dem Kontext heraus hinter dem Begriff »Tridentinische Messe« keine *Kerwe oder Kirchweihfest*, sondern etwas Kirchliches vermutete.

Specht fuhr fort: »Herr Landgraf hat den *Stiftskirchenführer* und einen historischen Roman geschrieben. Beides hat mich motiviert, ebenfalls ein Buch über die Geschichte der Stiftskirche zu verfassen.«

Jetzt verstand ich, woher die Verbindung kam. »Ihr kirchlicher Kollege liegt unten in der Schatzkammer. Nach dem ersten Eindruck sah er tot aus, was sich zum Glück als falsch herausstellte. Haben Sie einen Notarzt dabei?«

Der Polizeioberkommissar gab zwei Beamten ein Zeichen, damit sie nach unten gingen. »Der muss jeden Moment hier sein. Was ist passiert?« Plötzlich kam ihm ein anderer Gedanke, und er fixierte mit zusammengekniffenen Augen KPD. »Ist das etwa Klaus Diefenbach, der arrogante Dienststellenleiter aus Schifferstadt?«, flüsterte er mir zu.

»Volltreffer«, sagte ich. »Haben Sie zufällig eine Planstelle für mich frei? Egal, ob in Grünstadt oder Neustadt oder sonst wo.«

Specht hob seine buschigen Augenbrauen, ging aber auf meine ernst gemeinte Anfrage nicht ein. Von einer Sekunde auf die andere wurde er förmlich, autoritär und laut: »Meine Herren Diefenbach und Palzki, dies ist ein Tatort. Ich muss Sie bitten, diesen sofort zu verlassen. Gegebenenfalls werden wir auf Sie zukommen, falls wir Ihre Zeugenaussage benötigen.«

Na prima, dachte ich. Diefenbach war auch in Neustadt bestens bekannt. Vermutlich nicht erst seit den Ermittlungen auf dem Hambacher Schloss vor zwei Jahren. Specht ließ mir nicht einmal die Möglichkeit, die bisherigen Erkenntnisse zu erklären.

»Dass die Terrassentür eingeschlagen wurde, sehe ich

selbst. Gehen Sie jetzt bitte.« Er zog eine dicke Zigarre aus seiner Jacke und betrachtete sie hingebungsvoll.

KPD setzte auf seine ureigene Autorität als einziges Argument und versuchte einen verbalen Angriff, indem er Gift und Galle spuckte. Doch letztendlich verlor er das Duell gegen Specht sang- und klanglos.

Wütend stapfte er nach oben zur Bibliothek. »Palzki, wir gehen!«, rief er mir erbost zu, obwohl ich nur einen Meter von ihm entfernt stand.

Vor dem Gebäude angekommen, deutete er auf seinen Dienstwagen. »Fahren Sie da rüber.« Er zeigte auf die gegenüberliegende Straßenseite.

Ich tat ihm den Gefallen, obwohl mir das Verhalten meines Chefs komisch vorkam. Warum hatte er so schnell den Rückzug angetreten? Hatte er seinen Meister gefunden?

Kaum hatte ich die Zielposition im Parkverbot erreicht, öffnete KPD die Beifahrertür und setzte sich neben mich.

»Sie sitzen vorne?«

»Eine ungewöhnliche Lage erfordert ungewöhnliches Handeln«, antwortete mein Chef. »Lassen Sie den Wagen ein paar Meter zurückrollen, damit ich das Haus beobachten kann, ohne mir den Hals zu verrenken.«

Wegen des Gefälles der Straße reichte es, die Handbremse zu lösen. Von der neuen Parkposition aus hatten wir freien Blick auf das *Bibelhaus*. Fast zeitgleich kam ein Rettungswagen mit Martinshorn angefahren. KPD nickte zufrieden.

»Heimfahren?«, fragte ich naiv.

Mein Beifahrer wedelte mit seiner Aktenmappe. »Denken Sie etwa, ich gebe auf? Ein Diefenbach gibt niemals auf.«

Fünf Minuten später trugen zwei Sanitäter den verletzten Theologen auf einer Trage aus dem Haus. Seine Frau stieg ebenfalls in den Rettungswagen.

»Folgen Sie dem Wagen«, befahl KPD.

»Das ist nicht Ihr Ernst, oder?«

KPD nickte streng. »Ich muss wissen, in welche Klinik er gebracht wird.«

»*Hetzelstift*?«, riet ich aufs Geratewohl.

»Wie kommen Sie darauf?«

»Weil das Krankenhaus keine 100 Meter entfernt ist. Da lohnt sich eigentlich nicht mal ein Krankenwagen.«

Es war die kürzeste Verfolgungsfahrt meiner Karriere. Als der Krankentransport in die Notaufnahme des *Hetzelstifts* bog, nickte mein Chef zufrieden. »Fahren Sie auf den Besucherparkplatz, das ist unauffällig.« Er quälte sich ein Lächeln ab, eine bei ihm äußerst selten vorkommende und absolut unauthentische Mimik. »Darf ich Sie zu einem Kaffee einladen?«

Mir war sofort klar, dass er dies nicht aus Menschenfreundlichkeit mir gegenüber tat. KPD musste Zeit überbrücken, da er während der Zeit, in der Landgraf in der Notaufnahme lag, keinen Zugriff auf ihn hatte.

Wir setzten uns in das kleine Café des Krankenhauses. Mein Chef drückte mir zwei Euromünzen in die Hand. »Neben der Säule steht der Kaffeeautomat. Meiner bitte mit einem Hauch laktosefreier Milch.«

Die Fülle der Tasten des Kaffeeautomaten überforderte mich. Selbstbewusst drückte ich auf die erstbeste Taste, die ich aufgrund eines Logos mit Milch in Verbindung brachte. Im Display leuchtete »Caffè Latte« auf, ein eindeutiges Erfolgserlebnis.

Ich überreichte meinem Chef einen der beiden Becher.

»Mein Café au lait?« KPD nickte dankbar.

»Olé?«, wiederholte ich überrascht. »Sie wollten einen spanischen Kaffee?«

Zu einer Antwort kam es nicht, da er den ersten Schluck zurück in den Becher spuckte. »Was ist das?«, schimpfte er los. »Da ist viel zu viel Milch drin.«

Mir schmeckte das Pappbechergetränk ebenfalls nicht. Eine Weile saßen wir schweigend nebeneinander, dann holte ich mir am Kiosk eine kleine Flasche *Cola Zero*. KPD rümpfte die Nase, blieb aber stumm.

Ich versuchte, auf einem unbequemen Plastikstuhl sitzend, die krankenhaustypischen Gerüche, meinen Chef sowie die Umgebung geistig auszublenden. Als Hypnosehilfe diente mir eine an der Säule über dem Kaffeeautomaten hängende Analoguhr, deren Zeiger jede Minute einen kleinen Sprung vollführte. Ich blendete sämtliche Gedanken aus und konzentrierte mich auf den nächsten Minutensprung. Irgendwann verschwamm die Uhr in meinem Gesichtsfeld, kurz darauf der Rest.

»Frau Landgraf!« Der laute Ruf KPDs weckte mich nicht nur auf, er sorgte bei mir beinahe für einen Herzstillstand. Töten durch plötzliches Aufwecken, ob so etwas möglich war?

»Frau Landgraf!« KPD war von seinem Stuhl aufgesprungen. In den Händen hielt er eine Flasche Wein und ein passendes Glas. Ich hatte keine Ahnung, wo er diese Utensilien in einem Krankenhaus aufgetrieben hatte. »Ich muss zu Ihrem Mann!« Keine Frage nach dessen Gesundheitszustand und ob er überhaupt noch lebte.

Barbara Landgraf reagierte brüskiert. Ihr war die Last der vergangenen beiden Stunden deutlich anzusehen. Energisch antwortete sie: »Michael ist zwar wieder bei

Bewusstsein, es darf aber niemand zu ihm. Demnächst kommen zwei Beamte von der Kriminalpolizei vorbei, die alles Weitere mit den Ärzten besprechen. Vereinbaren Sie mit meinem Mann einen Termin, wenn er wieder gesund ist.«

»A... äh... aber... das geht nicht«, versuchte sich mein Chef zu wehren. Frau Landgraf ließ ihn einfach stehen und ging wortlos zum Ausgang.

»Unverschämt«, grummelte KPD. Er stellte Wein und Glas auf seinen Stuhl und schnappte sich seine Ledermappe. »Auf geht's, Palzki«, befahl er mir. »Äh, wo gehen Sie hin?«, fragte er mich Sekunden später.

»Zum Parkplatz«, antwortete ich.

»Da lang!« KPD zeigte in eine andere Richtung. »Wir müssen zur Intensivstation.«

Hatte mein Chef nicht verstanden, was Frau Landgraf zu ihm gesagt hatte? Um keinen zusätzlichen Stress zu erzeugen, folgte ich KPD, der anhand der guten Beschilderung schnell die entsprechende Abteilung fand.

»Ja?«, meldete sich an der Türsprechstelle der Intensivstation eine Schwester.

»Kriminalpolizei«, brüllte KPD in das unschuldige Mikrofon. »Ich muss zu Herrn Landgraf.« Auf der Gegenstelle war in diesem Moment bestimmt ein Trommelfell geplatzt.

»Das ging aber schnell«, sagte die Schwester, die mit einer Hand die Tür öffnete und mit der anderen an ihrem Ohr rieb.

»Wo liegt er?«, fragte KPD barsch. Mit einer Begrüßung oder anderen Nettigkeiten hielt er sich nicht auf.

Eingeschüchtert antwortete die Schwester: »Dritte Tür rechts. Seien Sie aber bitte, um Himmels willen, leise. Ich informiere den zuständigen Arzt.«

KPD stapfte zur entsprechenden Tür. Ich folgte ihm mit ungutem Gefühl.

»Herr Diefenbach!«, wisperte Michael Landgraf leise und sah überrascht aus, als wir eintraten. »Übernehmen Sie die Ermittlungen zu dem Überfall? Das kommt mir nicht ungelegen. Mit den Neustadter Beamten habe ich, als meiner Frau die Tasche geklaut wurde, nicht die besten Erfahrungen gemacht.«

Landgraf rieb sich leicht den Kopf und zuckte zusammen, als er dabei seinen Verband berührte. Aber der klare Blick verriet, dass er geistig wieder voll da war. Erstaunlich, dass er vor Kurzem dem Tod näher war als dem Leben. Er schien eine gute Konstitution zu besitzen, immerhin taxierte ich ihn auf Ende 50, Anfang 60.

Während sich KPD auf den einzigen in dem kleinen Raum befindlichen Hocker setzte und seine Mappe öffnete, sprach Landgraf weiter. »Die Ärzte meinen, dass ich außerordentlich viel Glück gehabt habe. Der Schlag hätte mir den Schädel spalten können. Bei der Ausführung des Schlags muss der Täter das Schwert schräg gehalten haben, sodass es auf meinem Hinterkopf abgerutscht ist. Haare und Haut werden wieder nachwachsen, sieht im Moment nur etwas blöd aus.« Er zeigte auf seinen Kopfverband, der einem Turban glich.

KPD hatte nicht zugehört. »Wegen der Urkunde, Herr Landgraf …«, begann er.

»Wollen Sie nicht zunächst hören, was passiert ist?«, fragte der Patient überrascht. Er war immer noch überzeugt, dass mein Chef in offizieller Mission unterwegs war.

»Natürlich«, mischte ich mich ein, um die Situation kurzfristig zu entschärfen. »Wissen Sie, wer Sie überfallen hat?«

KPD schnaubte kurz, ließ Landgraf aber erzählen.

»Ich habe überhaupt nichts mitbekommen«, begann der Museumsleiter. »Kurz vor unserem Termin ging ich runter in die Ausstellung. Nach dem Besuch einer Gruppe lüfte ich immer den Raum und schaue, ob alles korrekt an seinem Platz liegt. Dabei bemerkte ich, dass die Terrassentür klemmte und sich nicht öffnen ließ.«

Normalerweise war es bei einer Zeugenbefragung, und um eine solche handelte es sich trotz des ungewöhnlichen Ortes, üblich und zielführend, den Befragten ausreden zu lassen. Meine Neugierde ließ mich davon absehen. »War die Scheibe zu diesem Zeitpunkt bereits eingeworfen?«

»Eingeworfen? Die Scheibe an der Terrassentür?« Landgraf versuchte, den Kopf zu schütteln, was ihm wieder heftige Schmerzen bereitete. »Nein, das Glas war in Ordnung. Ich habe daraufhin weitergemacht und wollte auch die Tür der Schatzkammer öffnen. Hinter der Tür liegt ein Abstellraum, in dem sich Werkzeuge befinden. Doch dann entdeckte ich, dass die Tür zur Schatzkammer offen stand und Licht brannte. Ich dachte mir nichts Böses, weil ich vielleicht am Morgen vergessen hatte, sie abzuschließen, und bin, ohne zu überlegen, hineingegangen. Von da an weiß ich nichts mehr.«

»Nicht sehr viel«, meinte ich seufzend. »Der Täter hat wohl erst anschließend die Terrassentür eingeschlagen, weil er sie ebenfalls nicht öffnen konnte. Gibt es weitere Möglichkeiten, in die Ausstellung zu kommen?«

»Nur über die Terrasse oder von oben. Aber das hätte meine Frau oder ich bemerkt. Mein Büro ist gleich neben der Bibliothek, durch die Sie kamen, und meine Tür ist immer auf.«

»Der Täter hat vermutlich zunächst die Tür von außen aufgehebelt, um reinzukommen. Dann hat er die Tür von innen zugezogen, damit der Einbruch nicht sofort bemerkt wird«, folgerte ich.

»Dann wäre das also geklärt«, unterbrach KPD ungeduldig. »Herr Landgraf, würden Sie sich jetzt meine Urkunde anschauen? Passen Sie aber auf, dass keine Blutflecken draufkommen. Es handelt sich um das Original.«

Landgraf sah meinen Chef irritiert an und rieb sich erneut seinen Kopf. »Aber Sie sind doch hier, um den Einbruch aufzuklären?«

KPD antwortete geradeheraus und ehrlich: »Das machen die Beamten aus Neustadt, die nachher kommen. Ich als guter Dienststellenleiter aus Schifferstadt kümmere mich nur um wichtige Kapitalverbrechen.«

Mir war klar, dass sich mein Chef mit dieser Aussage ins Aus geschossen hatte. Jeder Mensch würde sich nun sofort verärgert abwenden. Doch Landgraf war ein Menschenfreund und unternahm einen weiteren Versuch. Er schien eine hohe Toleranz- und Schmerzgrenze zu besitzen. »Es geht ja nicht nur um den Überfall auf mich. Aus der Vitrine wurde einer unserer größten Schätze gestohlen – die im Jahr 1587 in Neustadt gedruckte Bibel«, ereiferte er sich. »Die überaus wertvolle reformierte Bibelausgabe mit den Kommentaren des Neustadter Professors David Pareus wurde dem Museum erst 2018 als Leihgabe aus den USA übergeben.« Inzwischen saß er aufrecht und wollte aufstehen, doch er schaffte es nicht. Schnaufend ergänzte er: »Von der aufgebrochenen Vitrine und dem Diebstahl hat mir vor ein paar Minuten meine Frau berichtet. Ob weitere Dinge gestohlen wurden, ist bis jetzt nicht bekannt.«

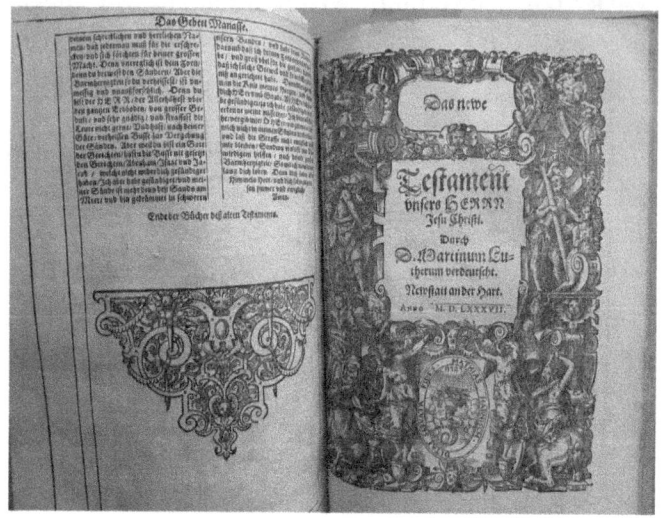

»Eine Bibel, soso«, sagte KPD emotionslos. »Die werden die Neustadter bestimmt schnell wiederfinden. Bibeln gibt es schließlich wie Sand am Meer.«

Eine gestohlene Bibel, dachte ich. Hoffentlich kam KPD nicht auf die Idee, sich in diesen Fall einzumischen. Da er zurzeit 100-prozentig auf seine Urkunde fixiert war, dürfte die Wahrscheinlichkeit jedoch äußerst gering sein.

Landgraf ließ nicht locker. »Es handelt sich um ein besonders wichtiges Exemplar«, erklärte er uns. »Zum einen gehört sie zu den ersten Bibeln mit Verszählung. Die hat der damalige Wittelsbacher Kurfürst Friedrich III. in Auftrag gegeben, weil er den Theologen auf den Zahn fühlen wollte. Sie mussten ihm so genau zeigen können, woher sie ihre Weisheit in der Bibel hatten. Diese Verszählung aus der Kurpfalz findet sich heute in allen Bibelausgaben weltweit.«

Diefenbachs Augen blitzten auf. Ein Wittelsbacher hatte das veranlasst? Ob er für diese Leistung seines Vorfahren vielleicht sogar bei allen Verlagen, die in der Welt eine Bibel drucken, Tantiemen verlangen könnte? Bevor er danach fragen konnte, fuhr Landgraf fort.

»Die Bibel hat aber auch für uns Neustadter eine besondere Bedeutung. Der Leihgeber der Bibel, Professor David Trobisch, hat mich bei der Übergabe auf ein Wappen sowie handschriftliche mysteriöse Geheimzeichen in der Bibel aufmerksam gemacht. Das Wappen kann ich eindeutig zuordnen. Es stammt von Bernhard Meister, der im 16. Jahrhundert Stadtrat und Schatzmeister der gerade evangelisch gewordenen Stiftskirchengemeinde war. Sein Wappen findet sich auf einem Grabstein, den wir bei archäologischen Grabungen in der Stiftskirche 2013 gefunden haben, sowie vor seinem alten Wohnhaus, dem heutigen Gasthaus *Herberge* in der Mittelgasse.«

»Interessant«, unterbrach KPD hektisch. »Darum wird sich Palzki kümmern, wenn er irgendwann mal etwas Zeit hat. Falls die Neustadter Beamten nicht vorankommen«, ergänzte er, während er seine Urkunde Stück für Stück näher an Landgrafs Gesicht rückte.

Der Theologe würdigte das Papier keines Blickes und sprach weiter: »Von den Geheimzeichen in der Bibel konnte ich zwei zuordnen. Die habe ich beim Schreiben des Kirchenführers für die Neustadter Stiftskirche in der Kirche entdeckt, wo ich sie auch beschrieben habe. Die anderen Zeichen sagen mir leider nichts.«[*]

»Wie kommen Sie darauf, dass es sich um Geheimzeichen handelt?« Diese Frage kam von mir. Ich stellte sie

---

[*] Die Stiftskirche zu Neustadt – Entdeckungen aus 800 Jahren, Michael Landgraf, Agiro-Verlag, ISBN 978-3-946587-11-8

nicht wegen der gestohlenen Bibel, sondern wegen der Zeichen. An mysteriösen Geheimnissen war ich seit der dritten Klasse interessiert, als ich die ersten Abenteuer aus der Feder von Enid Blyton verschlang.

»Solche Zeichen hat man früher nie ohne Grund kreiert. Und schon gar nicht ohne Hintergedanken in einer Bibel. Meine Vermutung geht dahin, dass Bernhard Meister Ende des 16. Jahrhunderts mit den Zeichen ein Geheimnis verschlüsselt hat, das nicht für andere bestimmt war.« Landgraf lächelte vieldeutig.

KPD schaute provozierend auf seine Uhr. »Wie lange werden Sie für das Echtheitszertifikat meiner Urkunde benötigen?«, fragte er, ohne auf das Verbrechen oder die Bibelzeichen einzugehen.

Michael Landgraf seufzte tief. Inzwischen hatte auch er bemerkt, dass er bei Diefenbach andere Geschütze auffahren musste. »Jede Leistung benötigt eine Gegenleistung«, begann er.

KPD zog seinen Geldbeutel aus der Hosentasche, doch Landgraf winkte ab. »Ich will kein Geld.« Er schaute meinem Chef direkt in die Augen. »Die Gegenleistung besteht darin, dass sich Sie und Ihr Mitarbeiter auf die Suche nach der Bibel machen. Ich bin 18 Jahre lang auf der Suche nach diesem Exemplar gewesen, und jetzt ist es weg. Die Neustadter Beamten brauchen sicher die Unterstützung von solch einer Kapazität, wie Sie es sind«, sagte Landgraf mit einer gequält schmunzelnden Miene.

KPD lächelte verkrampft und warf mir einen flüchtigen Blick zu, bevor er sich Landgraf zuwandte. »Einverstanden. Herr Palzki ist einer meiner besten Mitarbeiter und prädestiniert dafür, Ihre Bibel wiederzufinden. Und in der Zwischenzeit kümmern Sie sich um das Testat.«

Landgraf nickte zufrieden. »Ich hoffe, morgen wieder heimgehen zu dürfen. Notfalls entlasse ich mich selbst.« Nun schaute er mich an. »Wir können gleich morgen früh loslegen. Dann erzähle ich Ihnen, wem ich bisher von den Geheimzeichen erzählt habe. Eine dieser Personen wird wohl der Täter sein.«

Ich atmete verhalten auf. Im ersten Moment dachte ich, morgen einen mehrstündigen Bibelkurs nebst Historie der Stiftskirche über mich ergehen lassen zu müssen. Da der Verdächtigenkreis laut dem Theologen eingeschränkt war, sollte die Suche nach dem Täter schnell vonstattengehen. Warum sollte ich nicht auch mal eine leichte Ermittlungsaufgabe haben? Eine Sache interessierte mich aber noch.

»Gehörte das riesige Schwert zur Bibelausstellung? Und wenn ja, was hat es dort zu suchen?«

»Das Schwert geben wir Besuchern in die Hand. Nach einer Minute Schwerthalten sollen sie dann mit der Gänsefeder schreiben. Man erkennt dadurch, warum man Schreiber oder Mönche benötigte, um die Bibel jahrhundertelang abzuschreiben und weiterzugeben.« Michael Landgraf war aber noch nicht fertig. »Zurück zu Bernhard Meister. Der steht übrigens in Zusammenhang mit dem verschwundenen Reliquienschatz der Stiftskirche. Der war damals einer der größten in der Kurpfalz, weitaus größer als der des Speyerer Doms. Der Grund, warum die Wittelsbacher so viel in Reliquien investiert haben, war, dass die Stiftskirche damals deren Grabeskirche war und sie sich dadurch näher bei Gott fühlten. Der Reliquienschatz verschwand spurlos zu Lebzeiten Meisters, als sich die Kurpfalz der Reformation angeschlossen hatte und keiner mehr an die Wirksamkeit von Reliquien glaubte.

Ich vermute, dass die Geheimzeichen in der Bibel im Zusammenhang mit diesen verschollenen Reliquien der Stiftskirche stehen.« Landgraf nickte bedeutungsvoll.

Ich wunderte mich, dass mein Chef tatsächlich zugehört hatte. »Ein verschollener und wertvoller Reliquienschatz, der einst den Wittelsbachern gehörte?«, fragte er neugierig. Nach Landgrafs Nicken sprach er plötzlich im Plural: »Wenn wir diesen Schatz finden, profitieren wir alle davon, nicht wahr?«

»Selbstverständlich«, antwortete der Theologe mit einem listigen Lächeln. »Der Schatz wird seinen potenziellen Ruhm auch auf Sie als Leiter der Ermittlungen abfärben.«

Während meine Motivation nach einer sinnlosen Schatzsuche tief im negativen Bereich steckte, befeuerte KPD Landgrafs Plan: »Morgen früh um 9 Uhr wird sich Herr Palzki bei Ihnen melden. Er wird das schon schaffen, sodass Sie sich in der Zwischenzeit um mein Projekt kümmern können.«

»Ich kann anbieten, Herrn Palzki bei seinen Recherchen und Ermittlungen zu begleiten«, bekräftigte Landgraf. »Nur zu zweit werden wir den Täter schnappen können. Ohne meine Informationen wird er völlig im Dunkeln tappen.«

»Dieses Angebot nehmen wir selbstverständlich an«, meinte KPD lächelnd.

»Was ist denn hier los?«

In der Tür stand Joachim Specht und schnappte nach Luft. Ob es an dem Zigarrenqualm lag, der nun die Umgebung flutete, wusste ich nicht. Eine Zigarre hielt er jedenfalls nicht in der Hand. »Meine Anweisungen waren eindeutig. Niemand darf vor mir mit dem Patienten sprechen.

Das wird Konsequenzen haben, Herr Diefenbach. Auch als Dienststellenleiter dürfen Sie das geltende Recht nicht brechen. Verlassen Sie sofort diesen Raum.«

KPD wollte gerade zu einem verbalen Gegenangriff ansetzen, doch Landgraf war schneller. »Lass gut sein, Joachim. Herr Diefenbach und sein Mitarbeiter sind gerade vor einer Minute gekommen. Sie wollten nur schauen, wie es mir geht.« Er machte eine kurze Pause. »Mir geht's übrigens prima«, sagte er zu Specht, »falls du mich das fragen wolltest.«

»Ja, ja, klar«, antwortete der Polizeioberkommissar in normaler Tonlage. »Es freut mich, dass du den Überfall so gut überstanden hast.« Er drehte sich zu uns. »Und Sie verschwinden jetzt endgültig. Ich hoffe, Sie im Zusammenhang mit diesem Fall nicht mehr zu sehen.«

Selbst KPD sah ein, dass jedes weitere Wort nur schaden würde.

Vor der Intensivstation blieb KPD stehen und sprach zu mir mit eindringlicher Stimme: »Sie müssen diesen Fall unbedingt in den nächsten drei, besser zwei Tagen lösen. Eine Bibel zu finden, kann ja nicht so schwierig sein. Sobald Sie diesen Reliquienschatz haben, wenn es ihn denn geben sollte, werden Sie mich unverzüglich informieren. Haben Sie mich verstanden?« Da es sich um eine rhetorische Frage handelte, sprach er sofort weiter. »Sobald Sie mit relativer Sicherheit wissen, wo der Kirchenschatz ist, werden Sie nicht Landgraf oder die Beamten in Neustadt informieren, sondern ausschließlich mich!«

KPD übernahm die Führung in Richtung Ausgang. Wir kamen nicht weit. Im Foyer kamen uns zwei Personen entgegen, die wir nur zu gut kannten.

»Palzki!«, schrie einer der beiden in einer Lautstärke, als wollte er das Echo im Grand Canyon testen. Mehrere Passanten blieben erstaunt stehen und starrten den Not-Notarzt Doktor Matthias Metzger an. Sein Erscheinungsbild war extrem furchteinflößend, auch ohne zu wissen, dass es sich um einen ausgebildeten Mediziner handelte. Seine roten fetttriefenden Haare, die wie eine feste Masse auf der Schulter klebten, lenkten nur wenig von dem schmutziggrauen Kittel ab, der mit viel Fantasie einmal weiß gewesen sein könnte. Sein ungepflegter Bart, den er sich seit einer Weile aus Bequemlichkeit wachsen ließ, war als Biotop ein Eldorado für bisher unentdeckte Kleinlebewesen. »Was machen Sie in einem Krankenhaus? Haben Sie Ihre Opfer besucht?« Metzger stieß eine absurde Lache aus, die die umstehenden Besucher die Flucht ergreifen ließ. Jetzt erst bemerkte er, dass ich nicht alleine war. »Herr Diefenbach, wollen Sie Ihren Untergebenen in der Klinik einliefern? Eine Psychiatrie gibt es hier leider nicht.«

Das sagte gerade der Richtige. Ginge es nach mir, würde Doktor Metzger schon lange als unheilbar in einer geschlossenen Abteilung sitzen mit drei warmen Mahlzeiten am Tag. Der Mediziner hatte, wie auch immer, ein abgeschlossenes Medizinstudium vorzuweisen. Vor ein paar Jahren entschloss er sich, seine Kassenzulassung zurückzugeben. Seitdem fuhr er mit einem zur OP-Klinik umgebauten Reisemobil durch die Kurpfalz und bot, natürlich gegen Schwarzzahlung, Kunden, wie er seine Patienten nannte, seine abstrusen medizinischen Dienstleistungen an. Bisher war es keiner Behörde gelungen, ihm das Handwerk zu legen. Keine Ahnung, ob das an seinem fehlenden Wohnsitz oder einer fehlenden Steuernummer lag.

Neben dem Not-Notarzt stand Günter Wallmen. Er entsprach eher dem typischen Mediziner. Als Oberarzt eines Speyerer Krankenhauses hatte er sich ein Sabbatjahr genommen, um bei seinem Kumpel zu promovieren. Wallmen litt schon länger daran, als Mediziner über keinen Doktortitel zu verfügen. Der Unfallchirurg unterstützte Metzger im Gegenzug für die Hilfe bei seiner Promotion bei der Umsetzung von neuen und innovativen medizinischen Dienstleistungen. Seit Kurzem boten sie eine vererbbare Kundenkarte an, mit der ihre Kunden OP-Punkte sammeln konnten.

»Guten Tag, Herr Palzki.« Wallmen begrüßte mich ebenfalls. »Entschuldigen Sie Matthias bitte, er ist etwas aufgedreht, weil wir gerade einen richtig großen Deal gemacht haben.«

»Wir haben keine Zeit, meine Herren.« KPD wollte das peinliche Aufeinandertreffen beenden. Er kannte Metzger und Wallmen ähnlich lange wie ich, was ihm genauso unangenehm war.

»Wollen Sie nicht wissen, was wir hier machen?«, polterte Metzger und deutete auf zwei schwarze Rolltonnen, die vor den Medizinern standen.

»Wir sind unter die Entsorger gegangen«, erklärte Wallmen. »Unter die medizinischen Entsorger.«

»Noch nie haben wir so leicht unser Geld verdient«, frohlockte Metzger. »Die beiden Tonnen sind bis zum Rand mit menschlichen Körperteilen und Geweberesten gefüllt. Die Experten nennen es ›Ethischer Abfall‹, was aus hygienischen und arbeitsrechtlichen Gründen einer ganz besonderen Sorgfalt bei der Entsorgung bedarf.« Metzger winkte lässig ab. »Das Meiste ist Kleinzeug, doch manchmal sind Amputate ganzer Füße, manchmal sogar

Beine dabei. Selbst Finger und Hände liegen mit ein bisschen Glück in der Tonne. Nicht zu vergessen sind allerlei Gedärme, kiloweise abgesaugtes Fett und andere Organe. Aus den pathologischen Instituten bekommen wir gelegentlich auch Gehirn. Stellen Sie sich mal vor, wenn das neben einer palatinischen Säuferleber schwimmt.« Metzger zelebrierte seine abartige Lache. »Wollen Sie mal einen Blick reinwerfen?«

Während sich KPD mit einer entsetzten Mimik begnügte, musste ich mit einem Würgereiz kämpfen.

»Das ist alles Sondermüll nach Abfallschlüssel AS 18 01 02 LAGA, sofern es nicht hochinfektiös ist. Noch einträglicher ist hochinfektiöser Abfall. Da müssen die Tonnen mit dem *Biohazard*-Symbol für biologische Gefahren gekennzeichnet sein«, übernahm Wallmen. »Wegen der Infektionsgefahr und Gasbildung sind die Tonnen selbstverständlich hermetisch verschlossen. Aber Matthias und ich waren halt schon immer sehr neugierig.«

Mein Chef und ich waren längst ein paar Schritte zurückgetreten. »Und wo bringen Sie das Zeug hin?«

Metzger schüttelte seine wilde Mähne. »Die Kliniken sind eigentlich dazu verpflichtet, die Gewebereste in einer Sondermülldeponie verbrennen zu lassen. Sauteuer, sage ich Ihnen, sauteuer. Und absolut absurd.«

»Absurd?«

Metzger senkte die Stimme und kam näher, was olfaktorisch extrem unangenehm war. »In Deutschland fallen jährlich im Schnitt 2.600 Tonnen an menschlichen Körperteilen und Organen, einschließlich Blutbeutel und Blutkonserven, an. Natürlich ohne die Leichen, da gibt's ja leider den Friedhofszwang. 2.600 Tonnen, für deren

Entsorgung die Krankenhäuser und damit indirekt die Versicherten ein Schweinegeld ausgeben müssen.«

»Na und?« Ich verstand nicht, worauf der Not-Notarzt hinauswollte.

»Sie müssen global denken, Palzki, global! Was glauben Sie, wie viele größere Lebewesen jedes Jahr allein in unseren Wäldern verrecken und dort vor sich hin verwesen. Wildschweine, Rehe und anderes Zeug. Dagegen sind die 2.600 Tonnen humanes Material weniger als Peanuts. Nur weil das Zeug hier«, Metzger deutete auf die Tonnen, »Menschenreste sind, müssen sie kontrolliert entsorgt werden. Ethik hin, Ethik her, das ist doch absurd. Verstehen Sie jetzt die Brisanz?«

»Nein.«

»Mensch, Palzki, stellen Sie sich doch nicht blöder, als Sie sind«, polterte Metzger. »Wir entsorgen für alle Krankenhäuser und Pathologien der Kurpfalz ab sofort exklusiv die Gewebereste zu einem unschlagbar günstigen Preis. Gerade mal die Hälfte verlangen wir im Vergleich zu den bisherigen Entsorgern.«

»Und das sogar rechtssicher«, ergänzte Günter Wallmen. »Die Organmüllerzeuger bekommen von uns offizielle Zertifikate für die Entsorgung. Damit sind sie juristisch abgesichert und sparen gleichzeitig einen Haufen Kohle.«

»Gefälschte Zertifikate«, vermutete ich.

»Ach was«, rechtfertigte sich Metzger. »Die Dinger sind vielleicht noch nicht in letzter Konsequenz offiziell zugelassen, aber das wird schon bald der Fall sein. Die Klinik-Lobby ist mächtiger, als man vermutet. Im Prinzip funktionieren die Entsorgungs-Zertifikate wie die CO_2-Zertifikate: Wenn eine Fabrik mal ein bisschen mehr

Dreck aus dem Schornstein pustet als erlaubt, dann wird schnell ein CO_2-Zertifikat gekauft, und dann ist Ruhe im Karton. In der Bilanz sind die Abgase damit rechnerisch neutralisiert. Die Kosten des Zertifikats werden auf den Preis der Produkte umgelegt.«

KPD stand mit offenem Mund da. Auch ich sah bestimmt nicht besser aus.

»Unsere Leichenteilezertifikate erwerben wir supergünstig in der Mongolei. Das Porto kostet mehr als die Urkunden, sage ich Ihnen.« Metzger brüllte vor Lachen.

Mein Chef versuchte zu reagieren. »Das ist ja unglaublich, meine Herren. Ich weiß nicht, ob ich das dulden darf.«

»Das ist alles sauber, Herr Diefenbach«, beteuerte Wallmen ohne schlechtes Gewissen. »Rechtlich ist mit den Zertifikaten alles abgedeckt. Die Entsorgung ist somit ganz allein unsere Aufgabe. Das ist natürlich ein Betriebsgeheimnis.«

Metzger hielt nicht viel von Geheimnissen. »Du kannst ruhig sagen, dass wir die Tonnen im Wald auskippen. Wäre ja auch schade um die teuren *Biohazard*-Behälter, die ansonsten verbrannt würden. Und im Wald fällt es am wenigsten auf. Natürlich achten wir darauf, dass kein Wanderweg in der Nähe ist, aber unser OP-Mobil ist ja geländegängig, wie ich Ihnen vor einer Weile auf dem Hambacher Schloss bewiesen habe.«[*]

»Manchmal kapern wir nachts auch einen Müllcontainer auf einer der vielen Baustellen der Region. Es hat sich noch niemand beschwert, auch wenn es hin und wieder ein bisschen riecht. Einmal wurden wir verdächtigt, das Material auf einem Kinderspielplatz abgeladen zu

---

[*] Hambacher Frühling, Palzkis 15. Fall, ISBN 978-3-8392-2215-7

haben. Der Gestank kam aber von einer toten Katze, die in einem Gebüsch lag. Aus Großzügigkeit haben wir die gleich mit entsorgt.«

Ich musste diesen Ort verlassen, und zwar schnell. KPD war mir keine Hilfe, er stand wie zur Salzsäule erstarrt und stotterte unverständliche Wortbrocken. »Wir müssen leider weiter«, sagte ich zu Metzger und Wallmen. »Herr Diefenbach wird Ihre Tätigkeit auf Legalität überprüfen lassen und die Gewerbeaufsicht informieren.«

»Die Gewerbeaufsicht?«, brüllte der Not-Notarzt. »Ich habe nicht mal einen Gewerbeschein, was soll ich mit dem Gewerbeamt?«

Ohne mich auf eine weitere Diskussion einzulassen, zog ich meinen Chef nicht gerade zimperlich in Richtung Ausgang.

»Habe ich das eben geträumt?«, fragte er mich, als wir vor dem Krankenhaus angekommen waren.

Ich nutzte die Chance. »Hatten Sie gerade einen Tagtraum?«, fragte ich scheinheilig zurück. »Sie wirkten etwas abwesend, seit wir Herrn Landgraf verlassen haben.«

Auf der Heimfahrt saß KPD gedankenversunken im Fond und rührte sich nicht. Leider war sein Zustand auf die Fahrt beschränkt. »In zehn Minuten bei mir«, sagte er, als ich auf dem Parkplatz hinter der Dienststelle hielt. Ohne meine Hilfe stieg er aus und stapfte in das Gebäude.

Ich benötigte eine halbe Stunde, um meine wissbegierigen Kollegen auf den aktuellen Stand zu bringen und Juttas neue Keksdose zu plündern. Sodbrennenbelastet ging ich zu meinem Chef.

PALZKI MUSS LEIDEN

»Wo bleiben Sie nur so lange?«, herrschte er mich an, ohne von einem Schriftstück aufzusehen. »Ihr Zeitmanagement lässt stark zu wünschen übrig. In den nächsten Tagen müssen Sie effizienter und effektiver arbeiten, Palzki.«

Ich war mir sicher, dass KPD, wie die meisten anderen Menschen auch, den Unterschied zwischen Effizienz und Effektivität nicht kannten. Um die Situation nicht überzustrapazieren, blieb ich still.

»Wir haben große Pläne«, begann KPD. »Ich muss gleich zwei der größten Aufgaben lösen, die es in der Kurpfalz, ja in ganz Europa, je gegeben hat. Ganze Bibliotheken wird man umschreiben müssen, wenn ich Erfolg habe. Man wird Schulen nach mir benennen und …« Mitten im Satz hielt er inne und seufzte. »Lassen wir das zunächst. Leider bin ich auf Ihre Mitarbeit angewiesen, Herr Palzki.« Er hob einen Zettel hoch, der auf seinem Schreibtisch lag. »Ich habe, gleich als wir zurückgekommen sind, einen mir persönlich bekannten Professor der Theologie in Heidelberg konsultiert. Er hat sofort reagiert und mir die passenden Quellen gemailt. Die Aussagen von Herrn Landgraf stimmen tatsächlich.«

Ich hatte keine Ahnung, was er damit meinte. »Die Bibel existiert wirklich?«

»Die Bibel, was soll ich mit der Bibel?«, reagierte er ungehalten. »Es geht um die Reliquien, Palzki. Der Kirchenschatz hat wirklich existiert, unglaublich!«

»500 Jahre sind eine lange Zeit«, bemerkte ich. Den sarkastischen und nicht ernst gemeinten Hinweis, dass der Schatz sicherlich nicht aus einem *BASF*-Aktiendepot bestand, verkniff ich mir.

»Und da er seitdem nicht wieder aufgetaucht ist, muss es ihn noch geben«, schlussfolgerte KPD. »Es ist ja nicht nur der ideelle Wert der Reliquien, es geht auch um die Gefäße, in denen die Reliquien aufbewahrt wurden: goldene Schatullen, mit Diamanten besetzte Etuis und vieles mehr. Der Theologieprofessor aus Heidelberg taxiert allein den Materialwert auf viele Millionen Euro. Und für die katholische Kirche wäre der Fund einer der größten noch existierenden Reliquienschätze der Welt.« KPD stand auf und fuchtelte mit seinen Armen. »Stellen Sie sich einmal vor, wenn der Schatz hier in diesem Büro …«

»Bei Ihnen?«

»Äh, na ja, zumindest vorübergehend, um die Reliquien der Weltöffentlichkeit vorzustellen. Danach könnten sie in der Neustadter Stiftskirche ausgestellt werden, dort, wo sie vor Jahrhunderten bereits waren.«

Nun war KPD endgültig übergeschnappt.

»Wir haben als Anhaltspunkt nur die Vermutung Landgrafs und ein paar seltsame Zeichen in einer alten Bibel, die auch noch geklaut wurde, Herr Diefenbach. Meiner Meinung nach ist das ein bisschen wenig, um daraus den größten Kirchenschatz der Gegenwart zu zaubern.«

»Ihre Meinung ist irrelevant, Palzki. Denken Sie nur

an *Sakrileg*, die Jagd nach dem *Da Vinci Code*.« KPD bekam große Augen.

»Das ist ein Buch«, erwiderte ich, schon fast resignierend, »und das ist ungefähr so realistisch geschrieben wie diese Regionalkrimis von Dietmar Becker.«

»Kommen Sie mir nicht mit Sachargumenten«, polterte KPD. »Sie versuchen immer, alles schlechtzureden. Wenn die Evolution nur Bedenkenträger wie Sie hervorgebracht hätte, würden wir heute noch in Höhlen wohnen.«

Ich merkte, dass ich mit Argumenten nicht weiterkam. »Was soll ich tun?«

»Den Schatz finden, natürlich. Sie werden wohl hoffentlich in der Lage sein, ein paar kryptische Zeichen zu entziffern. Fragen Sie *Google* oder sonst einen Experten. Die Verschlüsselungsmethoden waren früher äußerst simpel, da gab's noch keine *Enigma* und anderen technischen Firlefanz.« KPD drückte mir den Ausdruck der E-Mail in die Hand. »Das ist der aktuelle Wissenschaftsstand zu den Reliquien der Neustadter Stiftskirche. Machen Sie was draus, wenn Sie morgen früh pünktlich bei Herrn Landgraf sind. Und noch einmal: Sobald Sie wissen, ja erahnen, dass Sie den Ort des Verstecks kennen, informieren Sie sofort mich. Niemanden anders, nur mich. Verstanden?«

Vor ein paar Jahrzehnten hätte ich mich auf eine Schatzjagd à la *Da Vinci Code*, beziehungsweise Enid Blyton, sehr gefreut. Jetzt, in gereifterem Alter, lagen meine Interessengebiete und Schwerpunkte eines erfüllten und zufriedenen Lebens in gemäßigteren Bereichen. Ich nickte meinem Chef zu und drehte mich zum Ausgang.

»Halt, wo wollen Sie hin?« KPD kam mir nach und überreichte mir seine Ledermappe. »Dieser Vorgang ist mindestens ebenso wichtig. Sie garantieren mir mit Ihrem Leben, dass Sie Herrn Landgraf die Mappe mit der Urkunde persönlich übergeben. Sie werden von ihm verlangen, dass er das Schriftstück an einem gesicherten Ort, am besten in einem Safe, aufbewahrt. Nicht, dass bei ihm noch einmal eingebrochen wird und meine Urkunde gestohlen wird. Ich schreibe ihm einen Brief, in dem ich eine Frist für die Erledigung der Expertise setze. Mehr als zwei Tage sollte das nicht dauern. Bis dahin erwarte ich von Ihnen, Palzki, dass Sie diese Bibel wiederbeschaffen und vor allem Erfolg bei der Schatzsuche haben. Das ist alles.«

Noch mieser gelaunt als heute früh betrat ich Juttas Büro. Respektlos warf ich KPDs Ledermappe auf den Besprechungstisch, wo sie an einer Kaffeetasse anschlug, die geringfügig überschwappte.

»Mensch, Reiner«, motzte Gerhard, der an besagtem Tisch saß und in einem Fachmagazin für Marathonläufer blätterte. »Jetzt hat der teure Einband einen Fleck abbekommen.«

Ich zog desinteressiert kurz die Achseln hoch und schaute in die leere Keksdose.

»Du hast vorhin die Vorräte komplett vernichtet, Reiner. Ich kann dir nur mehr Würfelzucker anbieten.«

»Ich werde die nächsten Tage in Neustadt verbringen müssen«, erklärte ich ohne Anzeichen von Emotionen. »KPD möchte tatsächlich, dass ich den sagenhaften Kirchenschatz finde. Und natürlich die verschwundene Bibel.«

Jutta setzte sich neben mich. »Mit Schatzsuchen hast du doch gute Erfahrungen gemacht. Immerhin ist es dir vor zwei Jahren gelungen, den Nibelungenschatz zu finden, und der ist ein paar Jahrhunderte älter als der Reliquienschatz der Neustadter Stiftskirche.«[*]

»Den Nibelungenschatz gibt's ja auch wirklich«, konterte ich. »Aber ausgerechnet Reliquien? Ich weiß nicht einmal genau, was das ist.« Ich legte die E-Mail des Professors mit dem aktuellen Wissensstand betreffend die Reliquien auf den Tisch. »Ich habe nur die Überschrift gelesen, mehr muss und will ich gar nicht wissen.«

Meine Kollegen lachten, und Gerhard erklärte es mir: »Reliquien sind Überreste vom Körper eines Heiligen oder eines Gegenstands, der mit ihm in Zusammenhang stand und von den Gläubigen verehrt wird. Häufig, aber nicht immer, geht es um Jesus oder Maria. Mal ist es ein Splitter des Holzkreuzes oder ein Dorn der Dornenkrone, ein Fingernagel Marias oder ein Zeh Jesu.«

»Leichenteile?« Mit Schaudern dachte ich an die Begegnung mit dem Not-Notarzt. »Das Zeug hat sich doch nach so langer Zeit komplett zersetzt.« Ich schüttelte mich.

»Dies ist in den meisten Fällen nur symbolisch gemeint«, ergänzte Gerhard. »Zumindest, was die älteren Reliquien angeht. Die Echtheit der Überreste dürfte in so ziemlich allen Fällen faktisch nicht gegeben sein, was aber keine Rolle spielt. Hier zählen allein der Glaube und die Symbolik.«

»Man kann auch keine unechten Fingernägel und Zehen Hunderte von Jahren aufheben«, beharrte ich.

»Die Sachen wurden natürlich konserviert, das konnte man damals schon, denke nur an die Mumien der Ägypter«, mischte sich Jutta ein. »Außerdem gibt es auch neuzeitliche Reliquien, wie eine in Gold eingefasste Schatulle eines Kleides von Edith Stein.«

---

[*] Sagenreich, Palzkis 12. Fall, 978-3-8392-1743-6

»KPD meinte, dass die Aufbewahrungsgefäße das Wertvollste sind«, sagte ich.

Jutta wusste Bescheid. »Materiell gesehen auf jeden Fall. Auch die ägyptischen Grabräuber hatten es nicht auf die Mumien abgesehen, sondern auf die Beigaben: Gold, Schmuck und solche Dinge. Die Reliquien wurden früher in kostbaren Behältnissen, zum Beispiel in Monstranzen, aufbewahrt. Die Gläubigen sollten schließlich staunen und viel Geld spenden für ihr Seelenheil.«

Da es nichts zu essen gab und mein Hunger inzwischen außerirdisch war, stand ich auf. »Ich mache heute früher Feierabend, um ein wenig abzuschalten. Für den Rest der Woche werden wir uns wohl nur telefonisch unterhalten können. Gebt mir bitte Bescheid, wenn in den nächsten Tagen KPD suspendiert wird. Dann kann ich meinen Einsatz vorzeitig abbrechen.«

»Gibt's dafür Anzeichen?«, fiel mir Gerhard ins Wort und freute sich sichtlich.

»Daumen drücken, Kollegen. Unser Chef hat sich mit den Neustadter Beamten angelegt. Es kann gut sein, dass es dieses Mal eskaliert. KPD meint ja immer, dass er über die ganze Welt bestimmen kann.«

Ich wandte mich an unseren Jungkollegen Jürgen, der die ganze Zeit an Juttas Schreibtisch saß und auf der Tastatur des Computers herumhämmerte. »Kannst du nach einem gewissen Joachim Specht recherchieren? Er ist Polizeibeamter, gehört aber nicht zum Personal der Neustadter Inspektion, sondern nach Grünstadt. Trotzdem leitet er die Ermittlungen in diesem Fall. Suspekt ist außerdem, dass er Zigarrenraucher und anscheinend mit der Stiftskirche verbandelt ist, irgendwas mit einer Trigonometrischen Messe oder so.«

»Das habe ich noch nie gehört«, meinte Jürgen. »Ich erledige vorher schnell den Auftrag von KPD, dann kümmere ich mich um deine Recherche.«

Ich wurde hellhörig. Jürgen war ein Phänomen. Er war Anfang 30 und wohnte noch zu Hause bei seiner Mama, wo er von ihr wie ein Kleinkind versorgt wurde. Sehr selten gelang es ihm, trotz mütterlicher Sozialkontrolle, Frauenbekanntschaften zu machen, die allerdings stets von kurzer Dauer waren, da sie den Anforderungen an eine Schwiegertochter nicht gerecht wurden.

Trotz fehlender Überlebenstauglichkeit im freien Leben war Jürgen ein Meister der Recherche. Virtuos ging er mit den modernen Möglichkeiten der Informationstechnologie um und nutzte alle verfügbaren Quellen und darüber hinaus auch sämtliche nicht offiziell verfügbaren Quellen für seine Recherchen. Dabei schoss er manchmal über das Ziel hinaus. Einmal ging es nur um eine einfache Halterabfrage nach einem Pkw-Eigentümer. Am nächsten Tag präsentierte Jürgen ein Exposé im Ausmaß eines früheren Quelle-Kataloges, das bis zu dem Aufnahmedatum in den Kindergarten des Fahrzeughalters zurückreichte. Um es auf den Punkt zu bringen: Wenn Jürgen etwas nicht fand, dann gab es das nicht.

Diese imposanten Fähigkeiten waren auch KPD bekannt. Wenn er auf Jürgens Kompetenzen zurückgriff, musste etwas im Busch sein. »Was musst du für KPD recherchieren?«, fragte ich ihn.

»Streng geheim«, beschied er mich. Längst standen Jutta, Gerhard und ich neugierig neben dem PC.

Jürgen grummelte vor sich hin: »Er hat mir vorhin gesagt, dass ich keiner Seele davon erzählen darf.«

»Wir sind deine Kollegen, Jürgen«, bedrängte ich ihn. »Das Verbot gilt nicht für uns. Außerdem erzählst du es heute Abend sowieso deiner Mama. Sollen wir bei ihr anrufen?«

Jürgen gab sich geschlagen. »Ich weiß auch nicht, was das soll. Es geht um den verschollenen Reliquienschatz.«

»Was?« Meine Stimme überschlug sich. »KPD lässt unabhängig von mir nach diesem Kirchenschatz suchen? Dem werde ich was erzählen!«

»Halt«, rief Jürgen. »Es geht um was anderes. Glaube ich jedenfalls.«

Ich hielt in meiner Wut inne und starrte Jürgen an. »Erzähl!«, forderte ich ihn auf.

Jürgen zeigte auf ein paar ausgedruckte Seiten. »KPD gab mir den Auftrag, eine Verbindung zwischen diesen Reliquien und den Wittelsbachern in historischen Quellen nachzuweisen.«

Erleichtert begann ich zu lachen. »Das ist mal wieder typisch für unseren Chef. Jetzt sieht er sich doch tatsächlich nicht nur als letzter Chef der Wittelsbacher-Dynastie, sondern auch noch als Hüter und Eigentümer des Neustadter Kirchenschatzes. Da kannst du lange suchen, Jürgen. Du jagst einem Hirngespinst von KPD hinterher. Am besten, du vergisst den ganzen Mist und kümmerst dich um meine Anfrage.«

Jürgen zog die Schultern ein und schaute mich mit unschuldigem Blick an. »So ganz von der Hand zu weisen ist KPDs Vermutung nicht, Reiner.«

Ich benötigte einen Moment, um die Tragweite des eben Gesagten zu verstehen. »Ne, oder?«

»Doch«, bekräftigte unser Jungkollege. »Das kannst du in meinem fast fertigen Bericht nachlesen. Die Pfalzgrafen, also die pfälzische Linie der Wittelsbacher, erhielten unter Ruprecht I. 1356 die Kurwürde. Damit durften sie dann auch die Kaiser wählen. Das alte Zentrum der Pfälzer Linie ist, und das ist gesichert, Neustadt an der Haardt, wie Neustadt an der Weinstraße früher hieß. Heidelberg und Mannheim kamen erst später.«

»Wahnsinn«, meinte Gerhard. »Dann könnte Neustadt heute Bayerns Landeshauptstadt sein, wenn die Wittelsbacher später nicht nach Heidelberg und Mannheim gegangen wären.«

Es war mir bewusst, dass Jürgens Recherchen stimmten, ein Irrtum war völlig ausgeschlossen. Dennoch erkannte ich den fehlenden Zusammenhang. »Und wenn die Wittelsbacher zehnmal in Neustadt präsent waren, was hat das mit der Stiftskirche und den Reliquien zu tun?«

Jürgen hob eine Broschüre in die Höhe. »Die Stiftskirche zu Neustadt – Entdeckungen aus 800 Jahren«, las ich laut. Dann erschrak ich wegen des Autorennamens: Michael Landgraf. Mir hatte der Theologe bereits von diesem Heft, in dem unter anderem die Schlusssteine abgelichtet waren, berichtet.

»Ich habe die Aussagen in diesem Führer selbstverständlich verifiziert«, erklärte Jürgen. »Der Autor arbeitete sehr gewissenhaft. Alle relevanten Quellenangaben entsprechen der Realität. Ich habe sogar online in den Bibliotheksarchiven nachgeschaut.«

So langsam begann ich, nervös zu werden. War KPD weit mehr in die Sache involviert als vermutet?

Jürgen sprach weiter: »Die Neustadter Stiftskirche ist eine Grabstätte und ein Gedächtnisort der Wittelsbacher. Daher wurde sie viel größer gebaut als normale Gotteshäuser zu der Zeit. Im Chorraum finden sich unter anderem die Grabplatten des Pfalzgrafen Rudolf II. sowie seines Nachfolgers Kurfürst Ruprecht I.« Jürgen zeigte auf eine Stelle des Führers: »Rudolf II. verfügte in seinem Testament die Stiftung dieser Kirche samt Personal, Ruprecht I. setzte dies ab 1356 um. Der Kurfürst Ruprecht I. gründete außerdem 1386 die Heidelberger Universität. Ab diesem Zeitpunkt verlegte sich das höfische Leben immer mehr nach Heidelberg.«

»Das passt nicht mit dem Druck der Bibel zusammen«, unterbrach ich Jürgens Ausführungen. »Da liegen 200 Jahre dazwischen.«

Jürgen schenkte mir ein Lächeln. »Das ist kein Widerspruch, Reiner. Der Reliquienschatz wurde in der Zeit, als die Wittelsbacher in Neustadt aktiv waren, begründet. Etwa 200 Jahre lang wurde er im Nordwestturm der Stiftskirche aufbewahrt. Die Gläubigen konnten ebenerdig durch eine Vorhalle gehen und dort ihren Obolus für ihr Seelenheil abgeben. Und jetzt kommt es: Nach 1570 konnte ich keine einzige zuverlässige Quelle finden, die einen Hinweis auf diesen Schatz gibt. Er war einfach verschwunden, so als habe er nie existiert. Es gibt kein auffindbares Ratsprotokoll und kein Kirchenbuch, die Aufschluss darüber geben könnten.«

»Bernhard Meister«, seufzte ich.

»Der Name steht auch in meinem Bericht«, erwiderte Jürgen überrascht. »Er war im 16. Jahrhundert Stadtrat und Schatzmeister der gerade evangelisch gewordenen Stiftskirchengemeinde.«

»Das ist eine evangelische Kirche?«, fragte ich verwundert.

»Zum Teil«, erklärte der Jungkollege. »Vor Luther gab es den Unterschied zwischen evangelisch und katholisch nicht. Für das Jahr 1554 haben die Pfälzer Kurfürsten dem Konfessionswechsel der Stiftskirche zugestimmt. So war sie rund 150 Jahre evangelisch, bis die Wittelsbacher Fürsten den Glauben gewechselt haben und um das Jahr 1700 katholisch wurden. Seither ist die Stiftskirche eine Simultankirche, das heißt, sie wird von Protestanten und Katholiken genutzt. Heute gilt die Neustadter Stiftskirche mit ihrer Mauer als ein seltenes Zeugnis dieser Zeit, in der Kirchen durch eine Trennwand geteilt wurden. So ist im östlichen Bereich die katholische und im westlichen die evangelische Gemeinde untergebracht.«

Das Prinzip der Simultankirchen war mir bekannt. Während meines Falles im Speyerer Bischöflichen Ordinariats war ich auch zur Otterberger Abteikirche gekommen, die ebenfalls eine Simultankirche war, allerdings ohne eine Trennmauer.

»Die Protestanten haben es aber nicht so mit Reliquien und Heiligenverehrung, oder?«, fragte ich.

»Ganz recht«, bestätigte Jürgen. »Daher liegt die Vermutung nahe, dass der Kirchenschatz bei der Umwandlung unter der Hand verkauft wurde.«

»Oder irgendwo versteckt«, ergänzte ich.

»Auch das ist möglich«, meinte Jürgen. »Da wären wir dann bei der These von Herrn Landgraf. Auf jeden Fall könnte der Reliquienschatz, rein rechtlich gesehen, den Wittelsbachern gehören, falls er wieder auftauchen sollte.«

»Unwahrscheinlich«, sagte ich. »Wenn du aber gerade dabei bist, könntest du zusätzlich nach Michael Landgraf und seiner Frau Barbara recherchieren.«

»Wieso nach seiner Frau?«

»Reines Gefühl«, sagte ich. »Sie hat sich seltsam benommen, als sie ihren Mann bewusstlos in der Schatzkammer liegen sah. Schau einfach mal nach, vielleicht findest du ja was.«

»Ich finde immer etwas«, behauptete Jürgen und ergänzte: »Du, Reiner: KPD hat mir von den handschriftlichen Eintragungen in der Bibel erzählt, die seiner Meinung nach den Weg zu dem verschwundenen Reliquienschatz weisen. Leider sollen die Hinweise verschlüsselt sein. Könntest du mir eine Kopie zukommen lassen? Ich habe richtig Lust auf eine Schnitzeljagd, unter Umständen kann ich dich mit einer Recherche sogar unterstützen.«

»Ich schaue, was ich machen kann.« Vielleicht war das Angebot von Jürgen gar keine so schlechte Idee. Je schneller ich mit dieser Sache fertig war, desto früher konnte ich mich wieder vernünftigen Dingen zuwenden.

Ich verabschiedete mich endgültig von meinen Kollegen. Im Flur kam mir Gerhard nachgerannt und reichte mir KPDs Ledermappe. »Wenn du die verlierst, bist du tot.«

Nachdem ich in meinen Wagen eingestiegen war, warf ich die Mappe auf den Rücksitz, damit ich nicht vergaß, sie morgen früh mit nach Neustadt zu nehmen. In unserem Wohngebiet wurden nur selten Autos aufgebrochen.

Zu Hause war es verdächtig ruhig. Melanie saß mit Kopfhörern im Wohnzimmer und lebte in ihrer eigenen Welt. Erst als ich mit der Hand vor ihrem Gesicht wedelte, wachte sie aus ihrem Tagtraum auf.

»Papa, was soll das!«, schrie sie. »Mich grundlos so zu erschrecken. Ich bin schließlich keine zwölf mehr.«

»Wo ist Mama?« Ich ging auf das Pubertiergehabe meiner Tochter nicht ein.

»Drüben bei den Zwillingen und räumt auf. Lisa und Lars haben in ihrem Kinderzimmer mal wieder randaliert.«

Ich seufzte. Die zweijährigen Zwillinge waren so agil wie ein Wirbelsturm auf *Ecstasy*. Seit sie laufen konnten und die Welt eroberten, war nichts und niemand vor ihnen sicher. Selbst Paul war in ihrem Alter pflegeleichter und bei Weitem nicht so abenteuerlustig gewesen. Ich ignorierte den familiären Störfall. »Und Paul?«

»In der Küche, Hausaufgaben machen oder so.«

Hausaufgaben? Paul? Mein Puls stieg auf 180. Da konnte etwas nicht stimmen. Paul und Hausaufgaben, das passte einfach nicht zusammen. Nicht umsonst wurde ich mindestens zweimal im Monat zum Elterngespräch in die Schule zitiert. Längst hatte ich Melanies Nachsatz »oder so« registriert. Ich atmete zwei- oder dreimal mit zitternder Gurgel durch und machte mich auf dem Weg in die Küche. Am Tisch stand Paul und bemalte ein Flipchartpapier. Als er mich wahrnahm, deckte er es mit einem leeren Blatt ab.

»Was machst du da?«, fragte ich unsicher, weil ich eher einen explosiven Versuchsaufbau aus dem Chemielabor erwartet hatte.

»Nichts«, war seine Standardantwort, die er jedes Mal von sich gab, wenn er etwas Schlimmes angestellt hatte oder vorbereitete.

»Nichts?«, fragte ich drohend. »Nichts, wie immer?«

»Ja«, antwortete er. »Hausaufgaben eben. Wir müssen so ein blödes Plakat malen.« Seine Lüge hörte sich gar nicht nach Lüge an. Paul wurde immer raffinierter, was eine wohlwollende Erziehung für uns als Eltern schwieriger machte.

Ich heuchelte Interesse, um hinter seinen perfiden Plan zu kommen. »Um was geht es bei den Hausaufgaben?«

»Äh … also … ja …«, Paul suchte angestrengt nach Worten, »Kunst … ja, wir müssen ein Plakat für den Kunstunterricht malen.«

Ich beendete unseren fruchtlosen Dialog und zog das Deckblatt zur Seite. Ich traute meinen Augen nicht: Auf dem Plakat war ungefähr hundertmal der Buchstabe T zu sehen. Nichts weiter, nur der Buchstabe T. Dieser allerdings in den unterschiedlichsten Ausführungen, Farben und Größen. Jedes T sah anders aus, es war ein wahrer T-Salat.

»Kunstunterricht?«, hakte ich nach, obwohl ich schon extremere experimentelle Kunst gesehen hatte.

Paul ahnte, dass ich ihm auf die Schliche kam. »Ich bereite gerade einen meiner neuen Streiche vor. Aber bitte nicht verraten, Papa. Ich habe mir so viel Arbeit damit gemacht.«

Das war mir neu: Paul machte sich Arbeit, um seinen Lehrern einen Streich zu spielen. Ich setzte mich an den Tisch. »Zuerst erklärst du mir, was das wird. Dann sehen wir weiter.«

Paul begann mit seiner Erklärung. »Du kennst doch Herrn Nicklas, unseren Religionslehrer. Der ist bestimmt schon 1.000 Jahre alt und will nicht in Rente gehen.«

Ich nickte, da ich schon das eine oder andere Gespräch mit Herrn Nicklas zu führen hatte. Mit dem Alter hatte sich Paul zwar verschätzt, aber nicht allzu viel. Sein Religionslehrer musste meiner Einschätzung nach sein Pensionsalter längst erreicht haben, außerdem gehörte er zur sogenannten »alten Schule« und war sehr streng. Mit Pauls kreativem Tatendrang ging das nur selten konform.

Paul erzählte weiter. »Du weißt doch, dass Herr Nicklas immer so nuschelt und die Wortendungen verschluckt.

Man muss bei ihm höllisch aufpassen, damit man alles versteht.«

Auch in diesem Punkt musste ich meinem Sohn recht geben.

»Vorgestern haben wir Martin Luther durchgenommen. Der soll vor ganz vielen Jahren einen Haufen Sätze an einer Kirchentür angenagelt haben. 95 Stück, glaube ich.«

»Ganz recht, mein Sohn. Das waren Luthers 95 Thesen am 31. Oktober 1517. Deshalb feiern die Evangelischen jährlich an diesem Tag den Reformationstag.« Mit der Jahreszahl konnte ich auch mal mit meinem Wissen protzen.

»Als er uns das mit diesen Thesen erzählte, hat keiner in unserer Klasse verstanden, was er wirklich meinte. Papa, wirklich. In der Pause haben wir gerätselt, was das soll. Nur die Sophia wusste Bescheid, weil ihre Mama Pfarrerin ist. Sie hat uns erklärt, dass Herr Nicklas Thesen meinte. Verstanden haben wir nämlich nur Ts, weil er den Rest verschluckt hat. Die ganze Klasse, außer Sophia natürlich, meinte, dass dieser Luther lauter Ts an der Kirchentür befestigt hat.«

Ich konnte nicht anders, als laut herauszulachen. »Und jetzt machst du …«

»Ja, Papa. Ich habe mich freiwillig gemeldet, um ein Plakat zu diesen Thesen zu machen. Herr Nicklas war voll stolz, als ich diesen Vorschlag gemacht habe. Morgen nehme ich es mit in die Schule.«

»Stolz wird dein Lehrer dann sicherlich nicht mehr sein«, sagte ich und schüttelte grinsend den Kopf.

»Du hast nichts dagegen?«, fragte Paul vorsichtig.

»Nicht das Geringste. Auf das Gespräch mit deinem Lehrer freue ich mich schon.«

»Danke, Papa.«

Als ich später mit Stefanie im Bett lag, erzählte ich ihr von Pauls Streich. Meine Frau war zwar nicht so begeistert, dass ich Paul das Plakat erlaubt hatte, aber Kinder müssen zur Selbstständigkeit erzogen werden und ihre eigenen Erfahrungen sammeln.

Am nächsten Tag warf ich Stefanies gut gemeintes Verpflegungspaket mit extradickem und extratrockenem Scheibenkäse auf bröselndem Vollkornbrot auf die Rückbank zu KPDs Ledermappe. Ohne einen halben Kasten Bier war das Zeug unverdaulich.

Den Weg zu Landgrafs Haus fand ich ohne Probleme. Ich wollte gerade hineingehen, da kam mir der fröhlich dreinblickende Theologe mit einer Tasse Kaffee in der Hand entgegen. »Guten Morgen, Herr Palzki«, begrüßte er mich, als hätte es den Überfall nicht gegeben. »Es freut mich, dass Sie so früh kommen konnten. Bitte entschuldigen Sie mein Aussehen.« Er deutete auf das Pflaster an seinem Hinterkopf. »Sobald die Wunde verheilt ist, kann ich meine Haare drüber kämmen.« Er machte den Weg frei. »Kommen Sie nur schon rein. Leider sind Sie früher hier als verabredet, was aber kein Problem darstellt. Ich erwarte jeden Moment einen Gast zu einem kurzen Vorgespräch, das dauert aber nur ein paar Minuten.«

Während wir in das Büro gingen, erklärte er mir, dass er Frühaufsteher sei und an manchen Tagen bereits um 5 Uhr Bücher schreibe oder auch mit seinem Fahrrad durch die Gegend fuhr, um den Kopf freizubekommen. »Im Krankenhaus wurde ich erst vor einer guten Stunde entlassen, weil ich auf den Arztbrief warten musste«, sprach er weiter. »Eigentlich wollten mich die Ärzte für ein paar Tage zur Beobachtung dabehalten, aber beobachten kann ich mich auch selbst, schließlich geht es mir gut. Und außerdem passen auch meine Frau und mein Sohn auf mich auf.«

Es klingelte. »Das wird mein Besuch sein, Herr Palzki. Nehmen Sie bitte Platz. In fünf Minuten stehe ich zu Ihrer vollen Verfügung. Ich habe mir den ganzen Tag frei gehalten.«

Landgrafs Besucher sorgte für das erste Schockerlebnis des Tages. Dietmar Becker war ebenso überrascht wie ich. »Herr Palzki, was machen Sie in Neustadt?«

Ausgerechnet Becker, der ewige Archäologiestudent, war Landgrafs Besucher. Um sein Studium zu finanzieren, schrieb er als freier Journalist für diverse Zeitungen und neuerdings auch Online-Magazine. Wesentlich schlimmer war die Tatsache, dass er mir seit Jahren bei meinen Ermittlungen ständig über den Weg lief und sich ungefragt und ungewollt in diese einmischte. Getoppt wurde dieser Wahnsinn dadurch, dass er über seine Erlebnisse total übertriebene Regionalkrimis verfasste, die von realitätsfernen Beschreibungen nur so strotzten. Nicht nur, dass er den ermittelnden Kommissar unaufhörlich lächerlich machte und als unfähig darstellte, seit ich ihm während eines Einsatzes versehentlich das Leben rettete, hatte er seinen Protagonisten nach mir umbenannt. Seitdem nahm mich auf der Dienststelle kaum jemand mehr ernst. Ich verstand nicht, wieso seine ständig wachsende Leserschaft diese kruden Geschichten mochte und jedem neuen Band entgegenfieberte. Aber warum war er hier? Hatte er bereits Lunte gerochen und von dem Bibeldiebstahl erfahren?

»Das Gleiche könnte ich Sie fragen«, konterte ich in vorwurfsvollem Ton. »Bevor Sie ein Verbrechen vermuten, Herr Becker: Es gibt keines. Ich bin nur dabei, ein Buch zu suchen.«

Michael Landgraf stand daneben und wusste nicht so recht, wie er reagieren sollte. Dass ich über Beckers Ankunft alles andere als erfreut war, hatte er an meinem Tonfall bemerkt. Er kannte die Vorgeschichte nicht, daher ging das Gespräch in die völlig falsche Richtung. »Es gab einen Überfall auf das Museum, bei dem ich einen Schlag auf den Kopf erhielt«, erklärte Landgraf dem Studenten und zeigte ihm sein Pflaster. »Dabei wurde eine wertvolle Bibel aus dem 16. Jahrhundert gestohlen.«

»Und das war es auch schon«, blockte ich ab. »Ich nehme ein Protokoll auf, dann fahre ich zurück zur Dienststelle.«

Der Museumsleiter ahnte nicht, dass ich unter allen Umständen Becker aus den Ermittlungen heraushalten wollte. Stattdessen machte er seinen Gast noch neugieriger. »Vermutlich geht es um ein paar handschriftliche Zeichen in der Bibel«, sagte er. »Darum hat mir Herr Diefenbach seinen fähigsten Beamten überlassen, um das Geheimnis zu lösen und die Bibel wiederzubeschaffen.«

»Fähigster Beamter?« Dietmar Becker schnappte nach Luft, beherrschte sich aber gerade noch im letzten Moment. »Ja, sicher, ist schon recht«, korrigierte er sich.

Um nicht meine Contenance zu verlieren, lenkte ich vom Thema ab: »Warum sind Sie eigentlich hier, Herr Becker?«

Die Ablenkung funktionierte, Landgraf antwortete für ihn: »Herr Becker möchte für *DIE RHEINPFALZ* eine Artikelserie über die Erlebnisausstellung des *Bibelmuseums* schreiben. Sie soll insbesondere Kinder- und Jugendgruppen inspirieren, die Ausstellung zu besuchen.«

»Das ist doch schön«, sagte ich. »Die Serie kann Herr Becker bestimmt auch nächste Woche schreiben.«

»Genauso ist es geplant«, mischte sich der Student ein. »Ich habe nachher einen Termin für ein Interview mit Marc Weigel, dem Oberbürgermeister von Neustadt. Daher wollte ich heute früh bei Herrn Landgraf nur ein paar Vorabinformationen abholen und drei oder vier Fotos der Ausstellung machen.«

Landgraf nahm ein dünnes Buch von der überladenen Theke und gab es Becker. »Der von mir geschriebene Führer durch das *ErlebnisBIBELmuseum* wird Ihnen eine gute Vorbereitung sein. Er geht auf die wesentlichen Stationen der Ausstellung ein.«

Der Student blätterte in dem Buch, sodass ich den Titel lesen konnte: *Der Bibel begegnen.*[*]

»Tolle Aufmachung«, lobte Becker. »Darf ich noch schnell die Fotos schießen?«

»Aber gerne doch«, freute sich Landgraf. »Herr Palzki, Sie können sich solang etwas umschauen, während ich mit Herrn Becker kurz nach unten gehe.«

Es war mir zwar unrecht, die beiden alleine zu lassen, aber eine Verhinderungstaktik fiel mir nicht ein.

Zuerst betrachtete ich die auszliegenden literarischen Werke auf der Theke. Ich war wenig überrascht, dass die meisten der Bücher und Hefte von Michael Landgraf verfasst waren. In dem Zusammenhang kam mir ein Gedanke, den ich bei nächster Gelegenheit überprüfen musste. Nach den hier auszliegenden Medien war der Theologe vor allem ein Fach- und Sachbuchautor, aber es lagen auch Romane von ihm aus. Was, wenn er als zusätz-

---

[*] Michael Landgraf, Der Bibel begegnen, ErlebnisBIBELmuseum
Neustadt an der Weinstraße, Agiro Verlag, ISBN 978-3-939233-07-7

liches Standbein Krimis schrieb? Oder plante er sogar, sich mit Dietmar Becker zu verbünden, um in einem weiteren literarischen Genre zu debütieren? Ich sah in meiner Fantasie einen Neustadter Bibelkrimi des Autorenduos Becker und Landgraf vor mir: *Die Jagd nach dem Reliquienschatz – der Neustadter Da Vinci Code.* Hatte ich bei meinen Ermittlungen nun nicht nur *einen* Hobbydetektiv, sondern gleich *zwei*? Ich musste aufpassen, dass mir die Ermittlungshoheit nicht entglitt.

Um mich von meinen blühenden Fantasiegedanken abzulenken, schaute ich mir die Infostände an, die im Büro und im Vorraum standen. Irgendwann hörte ich, wie die beiden die Treppe heraufkamen.

»Bitte sagen Sie Herrn Palzki nicht, dass Sie mir eine Kopie der Geheimzeichen aus der Bibel gegeben haben«, flüsterte Becker. Wegen des offenen Treppenaufgangs konnte ich jedes Wort verstehen.

»Haben Sie Ihre Fotos gemacht?«, fragte ich den Studenten. Mich würde es nicht wundern, wenn er es vergessen hätte.

»Ja, ja«, antwortete er eifrig. »Wunderbare Ausstellung.« Er zwinkerte Landgraf zu, für mich ein Zeichen, dass sich Becker mit Erfolg eingeschleimt hatte.

»Dann können Sie ja jetzt zu Ihrem Bürgermeistertermin fahren.«

Der Theologe drückte Becker zum Abschluss eine weitere Broschüre in die Hand. Kurz darauf war der Student verschwunden.

»Ein interessanter Mensch«, sagte Landgraf. »Meine Frau hat einige seiner Krimis gelesen und ist sehr begeistert. Ich selbst habe mich an das Genre noch nicht herangewagt. Neben meinen Sachbüchern schrieb ich historische Romane, darunter einer, der zur Reformationszeit in der Kurpfalz spielt.«*

Landgraf grübelte. »Vielleicht kann ich Herrn Becker überreden, einen Krimi über den Diebstahl der Bibel und unsere Zusammenarbeit zu schreiben.«

»Das geht nicht«, behauptete ich dreist. »Informationen zu laufenden Ermittlungen dürfen vor dem erfolgreichen Abschluss auf keinen Fall an die Presse und andere Unbeteiligte weitergegeben werden. Wir dürfen kein Täterwissen ausplaudern.«

»Das ist sehr schade«, meinte Landgraf. »Herr Becker erzählte mir, dass er bereits mehrfach mit Ihnen und Herrn Diefenbach zusammengearbeitet hat und wesentlich zur Lösung der Fälle beitragen konnte.«

Ich rollte übertrieben mit den Augen. »Fragen Sie Ihre Frau, wie realistisch sie die Krimis von Becker einschätzt. Was dieser Kerl schreibt, ist reine Dichtkunst. Mit der harten Polizeiarbeit hat das nicht das Geringste zu tun. Und dann erst die handelnden Personen! Becker behauptet, dass regelmäßig real lebende Menschen in seinen Romanen mitspielen, was für ein Quatsch.« Ich lachte höhnisch auf.

Landgraf wiegte skeptisch seinen Kopf. Er überlegte bestimmt, ob er eher mir oder dem Krimischreiber glauben sollte. Vielleicht hatte Becker ihm sogar versprochen, eine der Realrollen in seinem nächstem Buch zu spielen?

»Gehen wir nach unten und kümmern uns um die Realität und die harten Fakten«, bestimmte ich.

»Ja, ja, natürlich«, bekräftigte Landgraf und ging mit mir zur Ausstellung.

---

* Michael Landgraf, Der Protestant, Wellhöfer Verlag, ISBN 978-3954281930

DIE NEUSTADTER STIFTSKIRCHE
UND IHRE GEHEIMNISSE

»Meine Frau hat inzwischen die Scheibe der Terrassentür durch die Glaserei Germanus Berger, die unser Museum betreut, provisorisch reparieren lassen«, erklärte Landgraf und zeigte auf die Holzplatte, mit der die Tür verkleidet war. »Die Alarmanlage wurde überprüft und ist funktionstüchtig. Wir wissen nicht, wer diese gestern früh ausgeschaltet hat.«

»Was ist mit der Schatzkammer und der Vitrine? Wurden weitere Bücher gestohlen?«

»Mitglieder des Vereins haben gestern eine Inventur gemacht. Außer der Neustadter Bibel sind alle Exponate vorhanden. Bis die Vitrine erneuert ist, bleibt die Schatzkammer aus Sicherheitsgründen geschlossen. Sie dürfen selbstverständlich gerne hinein.«

»Das ist im Moment nicht nötig«, entgegnete ich. »Konzentrieren wir uns auf das Wesentliche. Erzählen Sie mir etwas über die verschwundene Bibel.«

Das hätte ich lieber sein lassen. Der Theologe war in seinem Element.

»Kurfürst Friedrich III. hatte um 1560 die reformierte Glaubenslehre Johannes Calvins in der Kurpfalz eingeführt und sein Land dadurch umgestaltet. Als er 1576 starb, begannen Jahre konfessioneller Zweigleisigkeit. Sein ältester Sohn und Nachfolger Ludwig VI. war ein strenger Lutheraner und Gegner Calvins. Alle reformierten Professoren der Universität Heidelberg mussten deshalb die Stadt verlassen. Sie fanden Aufnahme in Neustadt, das Ludwigs Bruder Johann Casimir gehörte. Der blieb dem reformierten Glauben treu. Damit die Professoren weiter lehren konnten, gründete jener Johann Casimir eine reformierte Gegenuniversität zu Heidelberg. Er ließ dazu ein altes Klostergebäude umbauen. Das Gebäude gibt es noch heute, ein wunderbares Renaissanceschmuckstück, das *Casimirianum* genannt wird.«

»Hat das alles mit dieser Bibel zu tun?« Mir schwirrte der Kopf.

Landgraf nickte. »Ich komme gleich zum entscheidenden Punkt. Es wanderten nicht nur berühmte Theologen wie Zacharias Ursinus und dessen Schüler David Pareus von Heidelberg nach Neustadt aus, sondern auch der Drucker und Verleger Matthäus Harnisch. Bei ihm erschien die gestohlene Neustadter Bibel. Bei der Frage nach der Bibelübersetzung, es gab damals mehrere, entschied man sich für den Luthertext, wobei man dessen Anmerkungen entfernte, da sie mit der reformierten Lehre nicht vereinbar waren.«

»Puh, ist das kompliziert.« Ich stöhnte in der Hoffnung auf ein rasches Ende der Erklärungen.

»David Pareus schuf mit der 1587 entstandenen Neustadter Bibel eine handliche und kommentierte Ausgabe. Durch diese Kommentare sowie die neu entwickelte Verszählung, von der ich Ihnen gestern schon berichtete, entstand ein Lehr- und Verkündigungsbuch reformierter Prägung. Das war damals revolutionär, denn all das half auch Laien, sich in der Bibel zurechtzufinden.« Landgraf hörte so plötzlich auf, wie er begonnen hatte.

»Und das war's schon?«, fragte ich sicherheitshalber nach.

»Ich kann Ihnen natürlich gerne die detaillierten Hintergründe erzählen.«

»Nein, nein, es ist alles in Ordnung. Haben Sie eine Vermutung, weshalb die Bibel gestohlen wurde?«

Landgraf sah mich an, als wäre ich dement. »Professor Trobisch, der Leihgeber, machte mich auf das Wappen und die Geheimzeichen in der Bibel aufmerksam.«

»Das weiß ich doch«, unterbrach ich ihn. »Ich meine einen Grund, den die Bibel als solche haben könnte.«

Der Theologe zuckte mit den Achseln. »Der ideelle Wert ist immens. Das betrifft aber viele Werke in der Schatzkammer.«

»Dann konzentrieren wir uns zunächst auf die handschriftlichen Anmerkungen.«

Michael Landgraf ging zu einem Stehpult neben der Druckerpresse und reichte mir ein Blatt Papier. »Ich habe glücklicherweise Kopien der betreffenden Seite angefertigt. Das ist eine davon.«

Zum ersten Mal konnte ich die Zeichen bestaunen, die mir nichts, aber auch gar nichts sagten. »Ein ziemliches Gekritzel und teilweise schlecht lesbar.«

»Bedenken Sie das Alter.« Mit seinem Finger zeigte er auf das erste Zeichen. »Das ist das Wappen von Bernhard Meister, Stadtrat und Schatzmeister der Stiftskirche zum Zeitpunkt des Bibeldrucks.« Landgraf nahm vom Stehpult seinen Stiftskirchenführer und zeigte ein montiertes Foto. »Hier sehen Sie den Grabstein Meisters, der bei den Ausgrabungen in der Stiftskirche gefunden wurde, und daneben sehen Sie das Wappen vor der Gaststätte *Herberge*. Der Hof ist einer der ältesten der Stadt und ehemals das Wohnhaus Bernhard Meisters. Am besten, ich zeige Ihnen das später alles vor Ort, damit Sie sich selbst ein Bild davon machen können.«

»Anhand der Abbildung des Wappens vermuten Sie, dass die Nachricht von Meister selbst ist?«

»Eine andere Erklärung ist unwahrscheinlich. Ein Wappen war damals wichtiger als eine Unterschrift.«

Ich war von Landgrafs Thesen nicht sehr überzeugt. Bisher hangelten wir uns von einer Annahme zur nächsten. Für ernst zu nehmende polizeiliche Ermittlungen war dies alles andere als ausreichend. »Und die weiteren Zeichen? Manche sehen ebenfalls aus wie Wappen.«

Landgraf wiegte den Kopf. »Könnte sein, könnte aber auch nicht sein. Zwei dieser Objekte kann ich zuordnen. Bei den Recherchen zum Schreiben des Kirchenführers der Stiftskirche habe ich sie entdeckt. Wissen Sie, was Schlusssteine sind, Herr Palzki?«

»Selbstverständlich«, antwortete ich stolz. Schlusssteine waren keilförmige Steine, die am höchsten Punkt eines gemauerten Bogens oder Gewölbes eingesetzt wurden, um die Gewichtslast gleichmäßig zu verteilen. Häufig waren diese Schlusssteine verziert. »Haben Sie bestimmte Schlusssteine in Verdacht?«

»Nicht nur in Verdacht«, entgegnete er. »Schauen Sie sich diese beiden Zeichen an.« Er legte seinen Zeigefinger abwechselnd auf zwei der kleinen Bilder.

Ich schaute genau hin. »Das linke ist eine stilisierte Hand, die zwei Finger hebt. Wie jemand, der einen Eid leistet. Gab es das damals schon?«

Landgraf grinste. »Und das andere?«

»Ein Mann mit langen Haaren und Vollbart.«

»Gut erkannt«, lobte der Theologe. »Die Zeichen haben eine frappierende Ähnlichkeit mit zwei Schlusssteinen im südlichen Seitenschiff. Hierbei handelt es sich um Glaubenssymbole.« Landgraf blätterte in dem von ihm geschriebenen Stiftskirchenführer und zeigte mir die entsprechende Seite. »Die Hand gilt als Symbol für Gott. Der Kopf stellt Christus dar, der auch als Lamm Gottes abgebildet wurde.«

Der Vergleich enttäuschte mich ziemlich. Die Zeichen aus der Bibel hatten nur eine vage Ähnlichkeit mit den Fotos der Steine aus der Broschüre. »Ich glaube, so weit reicht meine Fantasie nicht«, sagte ich vorsichtig, um ihn nicht zu sehr zu enttäuschen. Aus meiner Sicht heraus war er völlig auf dem Holzweg. Ein Traumgespinst, wahrscheinlich genauso wie die Hoffnung auf den Fund des Kirchenschatzes.

»Sie müssen bedenken, dass Meister für den Eintrag in der Bibel nur eine damals übliche Gänsefeder zur Verfügung stand. Die Schlusssteine wurden in den vielen Jahren mehrmals restauriert, überarbeitet und neu bemalt. Als Historiker kann ich Ihre Bedenken nicht teilen. Meister muss mit seiner Eintragung diese beiden Steine gemeint haben.«

»Und was ist mit dem dritten?«, provozierte ich Landgraf, während ich mich über sein Heft bückte und vorlas: »Der Heilige Geist, in Klammer Taube.«

»Gut gelesen, Herr Palzki«, bestätigte Landgraf schmunzelnd. »Ich habe mir damals, als ich die Steine fotografierte, natürlich keine Gedanken über die Anordnung gemacht und warum man ausgerechnet diese Glaubenssymbole genommen hat. Hier hilft nur eines: Wir müssen zur Stiftskirche. Sollen wir gleich losfahren?«

Dass mir eine Kirchenbesichtigung nicht erspart blieb, war mir bereits gestern klar. Mit ein bisschen Glück und psychologischem Gespür konnte ich die Führung zeitlich begrenzen und anschließend mit meinem Partner auf Zeit auf dem pittoresken Marktplatz Neustadts im Schatten sitzen und mir ein alkoholfreies Weizenbier munden lassen.

»Von mir aus«, sagte ich gleichmütig. »Bringen wir es hinter uns.«

Landgraf schaute mich skeptisch an. »Das klingt geradeso, als glaubten Sie mir nicht. Geben Sie mir eine Stunde Zeit, danach sind Sie überzeugt.«

Ich folgte ihm nach oben, er öffnete die Tür zu seiner Wohnung im Haus und verabschiedete sich von seiner Frau.

»Passen Sie gut auf meinen Mann auf«, gab sie mir zu verstehen. »Mit seiner Gehirnerschütterung sollte er eigentlich jetzt nicht mit dem Auto fahren.«

»Kein Problem, Frau Landgraf. Ihr Mann kann seinen Wagen stehen lassen, ich werde fahren.«

»Auf keinen Fall«, mischte sich der Theologe ein. »Unten in der Altstadt finden Sie um diese Zeit keinen Parkplatz.«

Ich versuchte, ihn mit seiner eigenen Logik zu schlagen. »Dann geht's Ihnen nicht anders.«

»Oh doch«, meinte er und lächelte geheimnisvoll. »Wir fahren mit meinem Wagen, und ich fahre vorsichtig.«
Seine Frau gab sich damit seufzend zufrieden.

Im linken Teil des Gebäudes war eine Garage integriert. Nachdem Landgraf herausgefahren war, stieg ich ein. Nun galt es, an dieser unübersichtlichen Stelle rückwärts auf die Straße zu kommen. Da ich die selbstmör-

derische Fahrweise meines Chefs gewohnt war, konnte
mir die etwas unkonventionelle Fahrt nichts anhaben.

Wenige Minuten später stellte mein Chauffeur das
Auto auf einem Privatparkplatz zwischen einem älteren, aber frisch renovierten Großbau und einem Bach
ab. Er legte ein laminiertes Schild, auf dem sein Name
stand und ihn als Mitarbeiter der Gemeinde auswies, hinter die Windschutzscheibe. Als wir ausgestiegen waren,
erklärte er mir die Umgebung: »Vor uns sehen Sie den
Floßbach, der ein Teil des Speyerbachs ist, der andere Teil
wird unterirdisch unter der Stadt hindurchgeleitet. Rechts
steht das *Casimirianum*, die Universität, die 1578 durch
den Pfalzgrafen Johann Casimir gegründet wurde. David
Pareus, von dem die Kommentare der gestohlenen Bibel
stammten, hat hier gelehrt.«

»Ist das immer noch ein Universitätsgebäude?«

»Das war einmal«, erklärte Landgraf. »Heute ist das

Casimirianum das Gemeindehaus der protestantischen Stiftskirchengemeinde und wird für kulturelle Veranstaltungen genutzt.«

»Das müssen wir uns jetzt aber nicht anschauen, oder?« Mein Führer grinste. »Nur, wenn Sie möchten. Übrigens, was mir gerade eingefallen ist: Sollten Sie mir nicht von Ihrem Vorgesetzten eine Urkunde geben, die ich mir anschauen soll?«

Ich patschte mir erschrocken an die Stirn. »Mist, die liegt in meinem Wagen.«

»Da liegt sie gut«, meinte Landgraf. »Geben Sie mir das Stück, wenn wir zurückkommen. Ich habe sowieso die Befürchtung, dass die Urkunde nicht echt ist.«

»Ich auch«, stimmte ich ihm zu. »Wo gehen wir jetzt hin?«

Der Weg zum Marktplatz und der Stiftskirche war kurz. Am Brunnen blieb Landgraf stehen. »Links befindet sich der protestantische Teil mit den beiden Türmen«, erklärte er. »Im vorderen Turm, also auf der südwestlichen Seite, befindet sich die Türmerwohnung, die bis in die 1970er-Jahre bewohnt war. Auf der nordwestlichen Seite hängt im Turm die größte läutbare Gussstahlglocke der Welt. Neustadt ist für so manchen Rekord gut.«

Ich schaute nach oben in schwindelerregende Höhe und hoffte, dass sich die Schlusssteine nicht in der obersten Etage eines der beiden Türme befanden. »Brutal, da oben zu wohnen«, meinte ich.

»Das Leben war für die Türmerfamilie sicherlich nicht einfach.«

»Familie?«, fragte ich ehrfurchtsvoll.

»Heinrich Hayn, der letzte Türmer, hatte jede Menge Kinder. Die haben alle dort oben gewohnt.« Er machte eine kurze Pause, bevor er zur Kirche zeigte. »Wir gehen zunächst in den evangelischen westlichen Teil, damit ich Ihnen die Schlusssteine zeigen kann.«

Der Theologe lief zielstrebig auf das entsprechende Portal zu. »Hinter dem Tor befindet sich das Seitenschiff mit den drei separaten Innengewölben.«

Im Seitenschiff standen zwei Personen, die angestrengt nach oben schauten. Nachdem sich meine Augen an die dunklen Lichtverhältnisse gewöhnt hatten, erkannte ich den vorderen: Joachim Specht, der in dem katholischen Teil der Kirche die Organisation rund um die lateinischen Messen in der Hand hatte. Mir war sofort klar, dass er aus dem gleichen Grund hier war wie wir. Erschrocken trat er zur Seite, und ich erkannte auch die zweite Person: Marco Fratelli, den Geschäftsführer des *Peregrinus*-Verlags aus Speyer, dem Herausgeber der Kirchenzeitung *Der Pilger*.

Trotz der schwierigen Lichtverhältnisse erkannte ich, wie die beiden in rekordverdächtigem Tempo erblassten.

Specht reagierte sofort und rief: »Michael, welche Überraschung! Im Krankenhaus sagte man mir gestern, dass du ein paar Tage stationär in der Klinik bleiben musst.«

»Bei meinem Dickkopf?«, konterte Landgraf und zeigte auf seinen Kopf. »Du weißt doch, dass mich nichts im Bett hält. Aber sag: Was machst *du* hier? Und wie weit sind die Ermittlungen zum Einbruch und Diebstahl in der Ausstellung?«

Ich hielt mich abwartend und still im Hintergrund in der Hoffnung, damit am meisten zu erfahren. Fratelli hatte sich auf die gleiche Taktik eingestellt.

»Das wird schon«, beschwichtigte der Polizist, ohne

auf seine Anwesenheit in der Stiftskirche einzugehen. »Zunächst müssen alle Protokolle getippt werden, und dann geht es los mit dem Verwaltungsapparat. Zum Glück gab es ja keine Todesopfer oder schwere Verletzungen zu beklagen. Normale Einbrüche sind leider auch in Neustadt an der Tagesordnung.«

»Das war kein normaler Einbruch«, konterte Landgraf grimmig. »Willst du mir sagen, dass der Diebstahl der Bibel bei euch nur verwaltet wird?«

»Ja ... äh ... nein, natürlich nicht«, stotterte Joachim Specht. »Aber wir müssen zurzeit mit den Personalressourcen gut haushalten, da wir einige Krankheitsfälle kompensieren müssen und der Personalschlüssel durch das Innenministerium sehr stringent gekürzt wurde. In Neustadt und auch in Grünstadt«, ergänzte er. »So wie wahrscheinlich auch in Schifferstadt.«

Michael Landgraf wandte sich mir zu: »Sie sehen, Herr Palzki, es ist genauso, wie ich vermutet habe. Wenn wir beide die Sache nicht aufklären, wird es niemand tun.«

Specht verstand. »Soll das heißen, dass du Herrn Palzki und womöglich seinen unsäglichen Chef beauftragt hast zu ermitteln? Das geht so nicht, Michael. Du kannst dich nicht einfach in Polizeiangelegenheiten einmischen. Außerdem könnte es gefährlich werden.«

»Gefährlich?« Landgraf hob die Stimme. »Wenn ihr den Diebstahl nur verwaltet, kann wohl von Gefahr nicht die Rede sein.«

»Und warum seid ihr hier?« Specht gab nicht auf.

Ich antwortete für Landgraf, um eine kleine Finte zu platzieren: »Weil ich mir die Stiftskirche schon immer mal von innen anschauen wollte. Insbesondere hat es mir die Türmerwohnung angetan, zu der wir hochsteigen werden.«

Specht nickte bedächtig und ließ sich für die Antwort einen Moment Zeit. »Soso, hoch zur Türmerwohnung. Gibt es dort etwas Besonderes zu sehen?«

»Nur die Aussicht«, antwortete ich mit einem vielsagenden, aber scheinbar verräterischen Lächeln. »Deswegen gehen wir auch erst heute Abend hoch. Neustadt bei Nacht von oben, das soll fantastisch sein.« Ich war mir sicher, den Kollegen erfolgreich auf eine falsche Spur gebracht zu haben.

Ob Landgraf mein Ablenkungsmanöver verstanden hatte, wusste ich nicht. Nun war er an der Reihe mit einer Frage: »Joachim, warum bist du eigentlich heute mit deinem Besuch in der Kirche? Du kannst ruhig eine deiner Zigarren auspacken, wir sind hier im protestantischen Teil der Stiftskirche. Bei uns geht auch der Pfarrer manchmal mit der Pfeife in die Kirche.«

Verlegen stellte er seinen Begleiter vor. »Das ist Marco Fratelli, der Geschäftsführer des *Peregrinus*-Verlags in Speyer. In seinem Verlag habe ich mein Buch veröffentlicht. Und Rauchen ist in einer Kirche für mich tabu, egal in welcher.«[*]

Fratelli trat vor und gab Landgraf die Hand. »Guten Tag«, sagte er und anschließend zu mir: »Hallo, Herr Palzki. Nett, Sie mal wieder zu sehen.«

»Sie kennen sich?«, fragten Landgraf und Specht unisono.

Der Verlagsgeschäftsführer war froh, etwas zur Entspannung der Situation beitragen zu können. »Herr

---

[*] Joachim Specht, Der Bischof von Neustadt, 2020, ISBN: 978-3-946777-14-4

Palzki hat vor ein paar Jahren im Auftrag des Bischöflichen Ordinariats in Speyer einen schwierigen Fall gelöst. Ich habe damals mit ihm gemeinsam ermittelt, nicht wahr?« Er schaute mich listig an.

Ich nickte, auch wenn es stellenweise nicht lustig gewesen war. Neben dem ständig nervenden Studenten Dietmar Becker hatte ich seinerzeit auch Störfeuer durch den Hobbydetektiv Fratelli bei den Ermittlungen zu verkraften. Beide mischten sich permanent in meine Ermittlungshoheit ein, was sehr lästig war, schlussendlich aber zum Erfolg führte. An zwei sehr spezifische Eigenschaften Fratellis konnte ich mich gut erinnern: Ohne seinen exzessiven Kaffeeverbrauch würden einige Kaffeeimporteure hierzulande wohl schon insolvent sein. Eine gewisse Bekanntheit erreichte er in der Kurpfalz durch seine verrückten Verhüllungsaktionen. Er sah sich als Erbe des Künstlers Christo und hatte in den vergangenen Jahren unter anderem den Speyerer Dom, das Hambacher Schloss und das Mannheimer Barockschloss verhüllt. Nur bei der Verhüllung der Speyerer Rheinbrücke legte die Verwaltung ein Veto ein, da die Brücke kurz nach seiner geplanten Aktion sowieso für mehr als drei Jahre für den Autoverkehr gesperrt wurde.

»Ich kann mich gut erinnern«, bestätigte ich. »Sind Sie immer noch auf den Spuren Christos? Werden Sie die Stiftskirche verhüllen?«

Fratellis Synapsen rotierten. Mit einem Blick zu seinem Begleiter antwortete er: »Ja klar, demnächst ist die Stiftskirche dran. Ich werde sie einen Monat lang vollständig verhüllen.«

Der Blick Spechts war eindeutig. Er hörte eben zum ersten Mal von der angeblichen Verhüllungsaktion und dem Spleen des Geschäftsführers. »Genauso ist es«, log er schnell. »Aus diesem Grund zeige ich Herrn Fratelli unsere Kirche. Wir haben gerade den katholischen Teil verlassen und sind zu dem protestantischen gewechselt.«

»Und dabei haben Sie die schönen Bilder da oben entdeckt?« Ich deutete zu den Schlusssteinen.

»Bilder?«, fragte Specht nach. »Ach so, Sie meinen die Symbole auf den Schlusssteinen. Ja, genau. Ich habe Herrn Fratelli die Symbolik der Zeichen erklärt.« Er schaute auf seine Uhr. »Wir müssen jetzt leider gehen, da ich bald zurück zur Dienststelle muss.«

Marco Fratelli zog einen Flyer aus der Tasche. »Herr Palzki, ich hätte da etwas für Sie.«

»Green Camp, Neustadt, Weinstraße«, las ich laut.

Bevor ich weiterlesen oder mir darüber Gedanken machen konnte, begann Fratelli mit einer euphorischen Erklärung: »Mit ein paar Mitstreitern habe ich ehrenamtlich eine unabhängige Informations-, Vernetzungs- und Mitmach-Initiative gegründet. Uns geht es vor allem um Nachhaltigkeit und Klimaschutz in unserer Stadt.«

»Aha«, sagte ich, ohne auch nur eine Vorstellung von Fratellis Projekt zu haben.

»Mit unserer Plattform im Internet vernetzen wir interessierte Menschen, die in den Bereichen bereits aktiv sind, um Synergieeffekte zu erzeugen oder die einzelnen Angebote sichtbarer zu machen. Auf unserer Internetseite sind inzwischen über 40 Nachhaltigkeitsakteure gelistet, und es werden ständig mehr.«[*]

Joachim Specht hatte Fratellis Monolog interessiert zugehört, doch nun schien er es eilig zu haben. Er unter-

---

[*]Green Camp https://www.green-camp-nw.de/

brach den *Pilger*-Geschäftsführer mit einem leichten Zupfen am Arm. »Wir müssen uns beeilen, wenn Sie den Rest der Kirche noch besichtigen wollen«, unterbrach er Fratelli. »Geben Sie Herrn Palzki am besten Ihre Visitenkarte, dann kann er Sie kontaktieren.«

»Das ist eine gute Idee«, meinte dieser und zog aus seinem Geldbeutel eine leicht lädierte Karte heraus. »Herr Palzki, es würde mich sehr freuen, wenn ich Ihnen demnächst ausführlich unsere *Green-Camp-Initiative* vorstellen dürfte. Vielleicht abends in einer Kneipe bei einem kühlen Weizenbier?«

Ich nahm die Karte und nickte ihm kurz zu. »Solang es bei dem Treffen keine Toten oder andere Verbrechen gibt, soll mir das recht sein.« Längst hatte ich einen grandiosen Einfall. Meine Frau Stefanie beschwerte sich seit Jahren, dass ich viel zu selten mit ihr ausgehen würde. Die jährliche Weihnachtsfeier der Kriminalinspektion reichte ihr offensichtlich nicht. Ich konnte mir vorstellen, dass sich Stefanie für die Aktion Fratellis und seiner Mitstreiter interessierte. Wenn ich sie zu dem Treffen mitnehmen würde, hätte ich gleichzeitig meine Frau und Fratelli zufriedengestellt. Außerdem würde ich bei meiner Frau einen Extra-Bonus in der B-Note kassieren.

Nachdem die beiden die Kirche durch das seitliche Portal verlassen hatten, fragte mich Landgraf: »Die Sache kommt mir merkwürdig vor. Wie schätzen Sie die Situation ein, Herr Palzki? Sucht Joachim Specht ebenfalls nach den Reliquien? Könnte Herr Fratelli ein Experte sein, der ihn unterstützt?«

Ich konterte zunächst mit einer Gegenfrage: »Wollten Sie mir nicht berichten, wer von den handschriftlichen Eintragungen in der Bibel weiß?«

88

»Ja, natürlich«, gab der Theologe sofort zu. »Ich habe Joachim Specht vor Kurzem davon erzählt. Er kennt aber nur die beiden Symbole der Schlusssteine über uns. Wir beide gingen sogar hierher, um uns die Steine anzuschauen. Er war übrigens der gleichen Meinung wie ich, dass sie den Zeichen in der Bibel entsprechen.«

»Kennt er wirklich nicht den kompletten Eintrag in der Bibel?«

Landgraf überlegte kurz. »Nein, ich versprach ihm zwar, dass ich ihm ein paar Tage später eine Kopie der betreffenden Seite zuschicken würde, doch ich bin noch nicht dazu gekommen.«

Wegen dieser Antwort musste ich Joachim Specht auf die Liste der Verdächtigten aufnehmen. Falls er die Kopie erhalten hätte, wäre der Diebstahl aus seiner Warte heraus nicht nötig gewesen. Aber etwas anderes hatte mich hochgradig stutzig gemacht: die Anwesenheit Fratellis. Der Geschäftsführer hatte zwar selbst keine wissenschaftliche und schon gar keine historische Expertise, aber er hatte Zugriff auf das komplette Archiv des Bistums und wahrscheinlich weit darüber hinaus. Für besondere Fragestellungen besaß er hochqualifiziertes Personal. Das konnte ihm jedwede verfügbare Information zu der Vergangenheit der Stiftskirche, der Reliquien und sämtliche Themen in diesem Zusammenhang besorgen. Falls Specht und Fratelli die kompletten handschriftlichen Eintragungen kannten, hatten sie früher oder später einen uneinholbaren Wissensvorsprung. Dass mein Ablenkungsmanöver mit der Türmerwohnung funktioniert hatte, zeigte mir, dass es so weit noch nicht war.

Eine weitere Frage drängte sich mir auf: »Wer außer Specht kennt ebenfalls die Eintragungen?«

»Doktor Trobisch natürlich«, sagte Landgraf ohne Anflug eines schlechten Gewissens.

»Ist der zurzeit in Deutschland?«

»Der ist Experte für Handschriften und meist in der ganzen Welt unterwegs. Wenn ich ihn mal anschreibe, erhalte ich oft Antworten aus den USA, aus Rom oder aus Israel. Es ist also eher unwahrscheinlich, dass er sich gerade in Deutschland aufhält.« Er runzelte die Stirn. »Trobisch hat mich doch erst auf die Zeichen aufmerksam gemacht. Warum sollte er seine eigene Leihgabe stehlen? Ich muss ihn in den nächsten Tagen sowieso anrufen und ihm den Diebstahl mitteilen, hoffe aber, dass wir das gute Stück vorher finden.«

Ich hatte das Gefühl, als wollte Landgraf mir etwas verheimlichen. Hartnäckig bohrte ich weiter. »Es gibt einen weiteren Kandidaten, dem Sie davon erzählt haben, stimmt's?«

Landgraf druckste herum, er fühlte sich sichtlich unwohl. »Ja«, gab er zu, »es sind halt Menschen, denen ich vertraue. Martin Denzinger habe ich ebenfalls konsultiert.«

»Denzinger?« Ich konnte mich nicht erinnern, dass der Name schon einmal gefallen war. »Hat der auch etwas mit der Kirche zu tun?«

»Sie kennen Martin Denzinger nicht?«

»Nein«, antwortete ich. »Muss sich um eine lokale Berühmtheit handeln. Oder einen Fußballer, da kenne ich mich nicht aus.«

»Die Familie Denzinger betreibt seit fast 100 Jahren ein Antiquitätengeschäft im historischen Altstadtkern von Neustadt. Das Gebäude ist eines der sieben ältesten Fachwerkhäuser der Pfalz, die übrigens alle in Neustadt zu finden sind.«

»Und was hat das mit den Schlusssteinen zu tun?«

»Ich weiß, es war eine Schnapsidee, die auch zu nichts führte. Martin und ich stehen uns bei Recherchen mit Rat und Tat zur Seite. Ich dachte, dass er vielleicht eine Idee hätte, wie man die Symbole deuten könnte. An die große Glocke hängen wollte ich die Sache nicht, aber Martin ist stets sehr diskret und alles andere als ein Schwätzer.«

Es half alles nichts, ich musste mir ein Bild vor Ort machen, um die potenzielle Gefährlichkeit Denzingers einschätzen zu können, daher hielt ich einen kurzen Besuch für sinnvoll. »Altstadt, haben Sie gesagt? Das kann nicht weit von hier sein, oder?« Da ich davon ausging, dass Specht und Fratelli irgendwo in der Kirche waren, schien es besser zu sein, den beiden zunächst aus dem Weg zu gehen.

LAUTER ALTE SACHEN

»Nur ein paar Meter«, erklärte Landgraf. »Das Geschäft befindet sich in der Hauptstraße, die hier eine Fußgängerzone ist.«

Es war wirklich nicht weit. In der schmalen Gasse, die den Neustadter Ortskern von Norden nach Süden durchschnitt, befanden sich viele kleine inhabergeführte Geschäfte. Filialen großer Ketten waren stark in der Minderheit.

Das Fachwerkhaus in der Hauptstraße 63 war augenscheinlich vor nicht allzu langer Zeit renoviert worden. Es besaß einen besonders pittoresken Charme. An einer Hausecke war ein skurriler Männerkopf angebracht, der den Passanten die Zunge herausstreckte – ob das ein Hinweis auf den Eigentümer sein sollte? Als wir eintraten, klimperte ein kleines Glockenspiel. Der großflächige Verkaufsraum wurde nur durch wenige lichtschwache Leuchten erhellt. Auf den ersten Blick sah ich nur Teppiche. Erst auf den zweiten Blick nahm ich entlang der Wände antike Möbel und andere Antiquitäten wie Spiegel und Bilder mit kunstvoll verzierten Rahmen wahr.

»Martin?«, rief Landgraf und ging nach hinten zu einem Tisch und zwei Stühlen, die offenbar als Sitzecke für das Personal bestimmt waren. Nun sah ich, dass der Ladenraum nach links um die Ecke weiterging und durchaus einem kleinen Supermarkt Platz bieten würde.

Wie aus dem Nichts tauchte ein Mann mit grauen Haaren und einem ebenso grauen Dreitagebart aus einem Treppenabgang auf. »Hallo, Michael, was verschafft mir die Ehre?«

»Ich habe Besuch mitgebracht. Darf ich dir Herrn Palzki vorstellen?«

»Hallo, Herr Palzki«, begrüßte er mich. »Ich bin Martin Denzinger. Schauen Sie sich ruhig um, ich freue mich über jeden Kunden.«

Landgraf wollte ihn über das Missverständnis aufklären, doch Denzinger sprach bereits weiter. »Ich bin ausgebildeter Restaurator und Schreinermeister, bei mir gibt es nur beste Qualität. Ich war früher Werkstattleiter der *Staatlichen Schlösser- und Gärtenverwaltung Baden-Württemberg*. Später habe ich dieses Geschäft von meinen Eltern übernommen und mich auf hochwertige Teppiche und antike Möbel spezialisiert. Außerdem habe ich eine große Auswahl an Stil- und Bezugsstoffen auf Lager. Oder interessieren Sie sich eher für Stahlstiche?«

»Nichts von alldem«, antwortete ich lächelnd über die Verkaufsbemühungen des Inhabers. »Das Haus gefällt mir«, sagte ich ehrlich, ohne zu wissen, dass ich damit eine weitere Informationswelle lostrat.

»Laut Signatur auf dem Fachwerk wurde das Haus 1574 erbaut, doch im Hinterhaus und in der Werkstatt weisen Eichenholzstämme der Gebäudebasis auf eine Bauzeit von etwa 1383 hin. Leider ist der Komplex durch Um- und Anbauten in den vergangenen Jahrhunderten sehr unübersichtlich geworden. Manchmal verlaufe ich mich in meinem eigenen Haus.« Er lachte über seinen Scherz, dann ergänzte er: »Vor 50 Jahren haben meine Eltern das Nachbarhaus hinzugekauft, im Anschluss wurde alles umfangreich saniert, soweit es halt möglich war. Trotzdem birgt das Haus noch so manches Geheimnis.«

»Herr Palzki ist kein Kunde, und wir sind auch nicht wegen des Hauses hier«, unterbrach Landgraf.

»Ach so«, sagte Denzinger überrascht und gleichzeitig neugierig. »Um was geht es denn?«

»Um die handschriftlichen Anmerkungen in der Bibel, die ich dir gezeigt habe.«

»Bist du damit inzwischen weitergekommen?«, fragte Denzinger.

Während Landgraf den Kopf schüttelte, mischte ich mich ein. »Konnten Sie weiterhelfen? Immerhin haben Sie ein Antiquariat.«

Martin Denzinger lachte laut heraus. »Ein Experte sind Sie offensichtlich nicht, Herr Palzki. Ich habe kein Antiquariat. Dort werden nämlich nur Bücher an- und verkauft. Ich bin Antiquitätenhändler, wie Sie anhand der Auslagen unschwer erkennen können. In meinem Privatbesitz habe ich zwar einen gewissen Fundus an alten Büchern, die ich von meinen Eltern geerbt habe, verkaufen möchte ich die aber nicht.«

Als psychologisch geschulter Kriminalbeamter hatte ich bei ihm die einsetzende äußere Unruhe bemerkt. Außerdem stand dem kräftigen Mann die Nervosität ins Gesicht geschrieben. Irgendetwas in seiner letzten Aussage war nicht ganz hasenrein. »Ich wollte nur testen, ob Sie tatsächlich ein Fachmann sind«, log ich. »Natürlich kenne ich den Unterschied.« An der Mimik der beiden konnte ich allzu deutlich ablesen, dass sie mir nicht glaubten. Ich rechnete ihnen hoch an, dass sie mich nicht bloßstellten.

Denzinger ging nun auf meine Ursprungsfrage ein. Dabei bemerkte ich, wie seine Stimme eine Nuance zitterte. »Herr Landgraf vermutete, dass es sich wegen des Wappens um die Handschrift Bernhard Meisters handelt. Auch wenn ich selbst keinen Beweis zu dieser Theorie beisteuern kann, so gehe ich davon aus, dass Michael recht hat.«

»Und der Text an sich?«, hakte ich nach.

»Ich kann weder mit den Zeichen noch mit den wenigen Wörtern etwas anfangen. Das ist nicht mein Metier.« Er schaute ratlos zu Landgraf.

»Wie ich Ihnen vorhin bereits sagte«, meinte der Theologe zu mir, »es war eine Sackgasse, Martin Denzinger zu fragen. Ich war zu diesem Zeitpunkt aber so voller Tatendrang, das Geheimnis zu lüften. Gebracht hatte es nichts.«

»Warum haben Sie den Text nicht mit einer Originalschriftprobe Meisters abgleichen lassen? Im Stadtarchiv ist doch bestimmt etwas von ihm zu finden.«

Überraschenderweise schauten sich beide mit einem merkwürdigen Blick an, den ich nicht deuten konnte. Hatte ich gerade in ein Wespennest gestochen? Oder gar in mehrere? Ich beschloss, zunächst Denzinger mit einer spontan erfundenen Geschichte unter Druck zu setzen. Mit solchen Experimenten hatte ich schon mehrfach grandiose Erfolge erzielt. Selbst wenn meine Geschichte nicht voll den Tatsachen entsprach, fühlten sich die Angesprochenen in der Regel ertappt und erzählten freiwillig, wie es sich tatsächlich zugetragen hatte.

Ich setzte eine ernste Miene auf und schaute dem Antiquitätenhändler direkt in die Augen. »Nachdem Herr Landgraf Ihnen die Handschrift gezeigt hatte, haben Sie sich bestimmt eine Kopie gemacht?«

Der Antiquar erstarrte. Ich holte zu einem weiteren Schlag aus. »Da Sie über ein gutes Archiv und eine private Bibliothek verfügen, die über Generationen aufgebaut wurden: Haben Sie vielleicht weitere Handschriften von Bernhard Meister?«

Denzinger schluckte, was einem Geständnis gleichkam.

»Und kann es sein, dass Sie fündig geworden sind und die Schriften dem Stadtarchiv oder dem Museum zum Kauf angeboten haben?«

Der Händler zog ein Taschentuch aus seiner Hose und wischte sich den Schweiß von der Stirn ab. »Wie, ... äh ...

woher wissen Sie das?« Zitternd ließ er sich in einen der Stühle fallen.

Während mich Landgraf mit offenem Mund anstarrte, entgegnete ich möglichst locker: »Ich bin Polizeibeamter, das gehört zu meinem Job.«

Landgraf fand seine Sprache wieder. »Martin, warum hast du mir das nicht gesagt?«

Denzinger schnaufte ein paarmal hart durch, bevor er zu einer Beichte fähig war. »Ich wollte ja«, beteuerte er. »Es stimmt, dass ich mehrere Schriftstücke von Bernhard Meister gefunden habe. In einem der Manuskripte wird sogar der Reliquienschatz erwähnt.«

»Wahnsinn!«, entfuhr es Landgraf, und er begann, nervös herumzuzappeln.

»Langsam.« Denzinger hob einen Arm. »Es ist nur ein kurzes Manuskript und leider unvollständig. Inhaltlich wird es dich nicht weiterbringen, Michael.« Er schaute ihn bedauernd an. »Eine hoffnungsvolle Sackgasse. Ich suchte nach diesem Fund in den vererbten Papieren, die seit Generationen in der Familie weitergegeben wurden, und fand weitere Texte von Meister. Ich habe sie allesamt gelesen. Es gibt keinen Hinweis auf den Schatz, nicht mal auf die Stiftskirche. Daraufhin beschloss ich, die Sachen dem Stadtarchiv oder dem Museum gegen eine gewisse Summe anzubieten.«

»Zeigst du mir die Dokumente?«, fragte Landgraf, worauf Denzinger nickte.

Mir war längst eine andere Sache aufgefallen, die der Antiquitätenhändler nur am Rande erwähnt hatte. »Sie erwähnten, dass Sie die Texte in der geerbten privaten Bibliothek gefunden haben.«

»Ja, genauso war es«, bestätigte er.

»Bis auf das erste Manuskript«, setzte ich ihn erneut unter Druck. »Erst danach haben Sie begonnen, in dem privaten Archiv zu suchen.«

Denzinger nickte mir anerkennend zu. »Sie sind wirklich gut, Herr Palzki. Ihnen entgeht kein einziges Wort.« Er stand wieder auf. »Dann kommen Sie mal mit nach hinten zur Restaurierungswerkstatt. Michael, du darfst natürlich auch mit.« Zunächst ging er zum Eingang seines Ladens und schloss ab. In eine Halterung der Glastür steckte er ein Schild mit der Aufschrift »Bin gleich wieder da«.

Wir gingen durch den schmalen Durchgang und landeten in einer anderen Welt. Vor uns begann ein schmaler und windschiefer Flur, der kaum zwei Meter hoch war. Auf beiden Seiten gingen massive Türen ab, die außerhalb jedes Normmaßes lagen. Dann ging es zwei Stufen nach rechts. Der nächste Flur besaß ein kleines Gefälle, dann wieder links, und danach hatte ich vollends die Orientierung verloren. Ich kam mir vor wie in einem der Glaslabyrinthe, durch die ich mich als Kind gerne auf diversen Festen gekämpft hatte. Nur halt ohne Glas, dafür mit massiven Wänden.

Denzinger ließ uns linker Hand in einen Raum schauen. »Das ist meine Werkstatt. Aber deswegen sind wir nicht hier.« Die Reise ging weiter in den nächsten Flur, dann eine kurze Treppe nach unten. »Dieses Gewölbe liegt zum Teil unter der Erde. Vermutlich sogar teilweise unter einem der Nachbargebäude. So genau hat das noch niemand vermessen lassen. Immer wieder werden in der Kernstadt neue Kammern gefunden. Oft bei Umbauarbeiten, manchmal auch per Zufall.«

Der Raum war fast leer. In der Ecke standen drei alte

Holzfässer, an der vorderen Wand hing ein vermodertes Regal, auf dem ein paar verrostete Dosen Bohnen standen. Die hintere Seite des Raumes war mit senkrechten Holzbalken beplankt.

»Früher waren auch die anderen Wände vertäfelt. Das weiß ich aus Erzählungen meines Großvaters. Nach dem letzten Krieg wurden sie als Brennholz verwendet. Nur diese eine Wand ist übrig geblieben. Mein Opa erzählte mir, dass in schlechten Zeiten, wenn, wie es früher häufiger der Fall war, Krieg herrschte und feindliche Gruppen durch die Gegend zogen, die Familie Zuflucht in diesem Raum suchte. Neustadt war glücklicherweise von einer Stadtmauer umgeben, doch man konnte nie wissen, wie der nächste Kampf ausging.«

Mir wurde kalt. Nicht wegen der Raumtemperatur, sondern wegen der Vorstellung, dass hier früher ganze Großfamilien zusammengepfercht darauf warteten und hofften, ob sie den nächsten Tag überleben durften.

»Wissen Sie, Herr Palzki, was ein Priesterloch ist?« Unvermittelt stellte Denzinger diese Frage.

Während Landgraf vielsagend lächelte, antwortete ich: »Ich habe früher viele Fachbücher von Enid Blyton gelesen. Priesterlöcher sind Geheimverstecke in alten Häusern.«

Die beiden lachten, was die Stimmung insgesamt etwas löste.

»Ein Geheimversteck gibt es in diesem Raum auch. Ich habe es vor nicht allzu langer Zeit zufällig entdeckt.«

Denzinger ging auf die Holzbalken zu, was den Theologen dazu ermunterte, zusätzliche Informationen zu einem Priesterloch zu geben. »Ursprünglich handelte es sich um Verstecke für Priester und religiöse Gegenstände in älteren katholischen Häusern in England. Römisch-katholische Priester wurden in England ab dem Ende des 16. Jahrhunderts verfolgt, da Katholizismus als Ungehorsam gegen den König galt und unter Hochverratsverdacht stand.«

In der Zwischenzeit hatte der Antiquitätenhändler mit relativ hohem Kraftaufwand zwei Balken, die sich in einem guten Meter Abstand befanden, in entgegengesetzte Richtungen gedrückt. So einfach, wie die Priesterlöcher bei Enid Blyton oder auch in Krimis für Erwachsenen geöffnet wurden, war es in der Realität nicht. Mit einem lauten Knarzen glitten die Balken zur Seite. In der Mitte tat sich ein quadratisches Loch auf, in dem man mit viel Mühe einen Einkaufswagen einbringen könnte.

»Da drin habe ich die Manuskriptseiten gefunden«, erklärte Denzinger. Er zog eine winzige Taschenlampe aus der Hosentasche und leuchtete in das Loch. »Sonst war nichts in dem Versteck, nur die Teile des Manuskriptes. Leider zerfiel ein Teil, als ich es barg, den Großteil konnte ich aber retten.«

»Und wo ist es jetzt?«, fragte der Theologe.

»In meinem Büro. Ich kann es dir nachher zeigen. Um es zu sichern, habe ich es vorläufig zwischen zwei Glasplatten gelagert. Selbstverständlich lichtgeschützt, ich bin ja kein Anfänger.«

»Seltsam, dass nur das Papier in dem Versteck lag«, grübelte ich laut. »Kann das Priesterloch bereits früher jemand entdeckt und geplündert haben?«

Denzinger hob die Achseln. »Denkbar ist alles.«

Ich nahm ihm die Lampe ab und leuchtete selbst in das Priesterloch. Der hintere Abschluss des fast quadratischen Raumes bestand komplett aus Erdreich. So gut es meine Gelenkigkeit zuließ, beugte ich mich hinein. »Vielleicht mündet da drin ein Geheimgang?«

Martin Denzinger verneinte schmunzelnd. »Das ist äußerst unwahrscheinlich. Ganz in der Nähe floss der Speyerbach vorbei, außerdem ist der Grundwasserspiegel sehr hoch, und das war er schon immer. Enid Blyton war nie in Neustadt.«

Ich glaubte ihm nicht so recht. Weiter, als es für mich gesund war, drückte ich mich in das Priesterloch. Es kam, wie es kommen musste: Ich verlor das Gleichgewicht und fiel mit dem Kopf voran durch die Öffnung. Im Reflex krallte ich mich an dem Holzbrett fest, das für die Mechanik der Tür zuständig war. Das Brett splitterte und zerbrach sofort. Ich lag kaum auf dem Boden, als mehrere der Wandbalken auf mich fielen.

»Alles klar bei Ihnen?«

Dumpf hörte ich die Stimme Landgrafs. Ich lag mitten im Staub der vergangenen Jahrhunderte.

»Wir ziehen Sie an den Füßen vorsichtig heraus. Geht das in Ordnung?«

»Ja«, krächzte ich. »Können Sie bitte vorher mal in das Loch leuchten?«

»Ich kann bei Ihnen kein Blut sehen«, stellte Landgraf fest, nachdem er mich und die Umgebung abgeleuchtet hatte. »Wenn Sie es schaffen, die Balken, die auf Ihnen liegen, zur Seite zu schieben, können wir Sie leichter herausziehen.«

Die Balken sahen schwerer aus, als sie es waren. Von mehreren Niesattacken begleitet, gelang es mir, mich von dem Holz zu befreien. Insgesamt konnte ich mit meiner Kondition zufrieden sein. »Geben Sie mir mal bitte die Lampe«, schrie ich nach draußen.

In einer Ecke des Priesterlochs hatte ich etwas Auffälliges entdeckt. Der Theologe reichte mir die Taschenlampe. »Bingo«, schrie ich, nachdem ich einen Stofflappen aus einer Ritze im Balken gezogen hatte. »Nun können Sie mich rausziehen, aber bitte vorsichtig.«

Ich sah aus wie Bruce Willis nach seinem schlimmsten Einsatz gegen eine Heerschar von Banditen. Leider fühlte ich mich anders als er. Der Filmheld lächelte stets über seine multiplen Verletzungen, ohne mit der Wimper zu zucken. Mir dagegen schmerzte jedes noch so kleine Körperteil. Knochenbrüche oder andere schlimme Verletzungen hatte ich mutmaßlich nicht, es war eher ein sogenannter dröhnender Ganzkörperschmerz. Ohne größere Schwierigkeiten konnte ich unter viel Stöhnen aufstehen. Mein Hemd hatte zwei beträchtliche Risse, außerdem hing ein rechteckiger Fetzen der Hose unterhalb des Knies nach unten.

»Alles in Ordnung«, stöhnte ich nach weiteren Niesattacken. »Kann ich mich irgendwo etwas frisch machen?«

Martin Denzinger führte mich durch den hausinternen Irrgarten zu einem Bad. »Wenn Sie fertig sind, gehen Sie im Flur links, dann am Ende die Treppe ein Stockwerk nach oben und dort gleich wieder links. Die zweite Tür ist mein Büro. Dort warte ich mit Michael auf Sie.«

Bevor ich im Bad verschwand, reichte ich den Stofflappen an Landgraf. »Bitte aufpassen.«

Die Erfrischung meines Körpers gelang mir mit befriedigendem Ausgang. Zwei kleinere Schürfwunden versorgte ich mit Pflaster, das ich im Spiegelschrank fand. Schlussendlich sah ich wieder einigermaßen manierlich aus, was man von meiner Kleidung nicht behaupten konnte. Ich beschloss, die Ermittlungen in Neustadt für den heutigen Tag schnellstmöglich abzubrechen, mit entsprechenden Ausreden hatte ich mich noch nie schwergetan.

Ohne mich wesentlich zu verlaufen, fand ich nach einiger Zeit Denzingers Büro.

»Da sind Sie ja wieder, Herr Palzki«, sagte Landgraf mit freudiger Stimme. »Scheint ja noch mal alles gut gegangen zu sein.«

»Bis auf die Kleidung stimme ich Ihnen zu«, erwiderte ich. »In diesen Lumpen kann ich schlecht durch Neustadt laufen. Sobald wir uns von Herrn Denzinger verabschiedet haben, werden wir für heute abbrechen. Morgen machen wir weiter.«

»Geben Sie immer so schnell auf?«, fragte der Theologe. »Ihr neuer Look ist bei der heutigen Jugend absolut angesagt, damit kommen Sie sogar in einen der Neustadter Klubs.«

Ich wusste, dass man Diskotheken heutzutage Klubs nannte. Die einzige Neustadter Diskothek, die ich kannte und in der ich früher verkehrte, war das *Madison*, und das gab es schon eine Weile nicht mehr. »Ich fühle mich zwar ganz und gar nicht alt, aber den Berufsjugendlichen raushängen zu lassen, ist mir dann doch zu peinlich.«

Landgraf versuchte, von dem Thema abzulenken. »Martin Denzinger hat mir inzwischen die Manuskriptseiten von Bernhard Meister gezeigt. Leider ist es tatsächlich so, wie er sagte: Es finden sich keine für uns relevanten Anhaltspunkte.«

»Und der Lappen? War in dem etwas eingewickelt?«

Beide schüttelten enttäuscht den Kopf. »Wir haben

ihn vorsichtig mit zwei Pinzetten entfaltet, da er ziemlich verklebt war. Es ist nur ein altes Stoffstück mit einem komischen Muster.«

»Muster?« Ich wurde hellhörig. »Darf ich mal sehen?«

Der Antiquitätenhändler war gerade dabei, den Lappen zwischen zwei Glasscheiben zu fixieren. Auch er schien frustriert, als er mir das Objekt reichte. Ich drehte es um 180 Grad, damit ich die gleiche Sicht wie die beiden anderen hatte. Für mich war es ein willkürliches Muster ohne Sinn.

»Moment mal«, rief Denzinger plötzlich. »Das darf doch nicht wahr sein!«

Wir glotzten ihn an.

Denzinger nahm den Lappen und die Glasscheiben in die Hand. »Natürlich, Michael und ich haben es die ganze Zeit falschherum gehalten.«

»Wie bitte?«

Er nickte mir heftig zu. »Sie, Herr Palzki, haben eben das Stück herumgedreht, sodass ich das Muster vermeintlich verkehrtherum sah. Aber das ist ein Irrtum: Erst dann lag es richtigherum, zumindest aus meiner Sicht.«

Landgraf sah ihn fragend an. »Kannst du das etwas präzisieren?«

»Aber ja doch«, frohlockte Denzinger. »Ich erkenne das Muster wieder. Aber erst, nachdem Herr Palzki es herumgedreht hatte. Kommt mit.«

In Windeseile standen wir im Verkaufsraum. An einer Seitenwand im hinteren Teil des Ladens zeigte er auf zwei kleine im Mauerwerk eingebaute Schränke in Augenhöhe, die jeweils kaum größer als ein DIN-A3-Bogen waren.

»Kann sein, dass das früher ebenfalls Geheimverstecke waren«, erklärte Denzinger. »Ursprünglich waren es Schießscharten der alten Stadtmauer, an die das Haus angebaut wurde. Die vorderen Holzverblendungen sind noch nicht so alt, dafür die Innenverkleidung.« Er öffnete den rechten Einbauschrank, in dem ein Stapel Papiere lag. »Die sind von mir«, sagte er und entnahm die Papiere. Dann hob er den Lappen in die Höhe und zeigte auf den Innenraum. »Schaut euch die hintere Wand genau an.« Er reichte Landgraf die Taschenlampe.

»Wahnsinn«, entfuhr es dem Theologen nach kurzer Zeit. »Genau das gleiche Muster wie auf dem Lappen. Das kann kein Zufall sein.«

»Darf ich auch mal?« Landgraf zeigte mir die Stelle. Auf Anhieb konnte ich das Muster finden und die Übereinstimmung feststellen. »Und jetzt?«, fragte ich. »Bringt uns das weiter?«

Die Euphorie war mit dieser Erkenntnis schlagartig verflogen. Weder Denzinger noch Landgraf hatten eine Idee. Ich selbst war inzwischen eine Spur skeptischer geworden. Ein Stofffetzen, gefunden in einem fast verschütteten Kellerloch, mit einem unbekannten Muster, das sich in einem Schrank wiederfindet. Konnte das von Belang sein? Aufgeben oder nicht aufgeben, das war hier die Frage. Ich beschloss, einen letzten Versuch zu starten. Verbarg der Schrank ein Geheimnis? »Leuchten Sie bitte mal hinein«, bat ich Landgraf.

Mit beiden Händen griff ich in den nicht allzu tiefen Kasten. Mit den Fingern versuchte ich, Unebenheiten zu ertasten. Überraschend schnell konnte ich die beiden Nuten an den Seiten der Rückwand finden, die gerade groß genug waren, um mit den Zeigefingern hineinzugreifen zu können. Ein bisschen Gewalt hat noch nie geschadet, dachte ich mir, da es bei Denzinger beim Öffnen des Priesterlochs ebenfalls funktionierte. Die Fingerkuppen begannen zu brennen, und gleichzeitig brach die Rückwand heraus. Dabei schrammte ich mit den Handrücken über die Seitenwände, was meinem Schmerzkonto weitere Sonderpunkte einbrachte.

Eine immense Staubwolke flutete die Umgebung. Statt zu niesen, schnappte ich nach Luft. Denzinger zog mich zur Seite, wo die Luft reiner war.

Während ich weiterhin um Sauerstoff rang, leuchtete Michael Landgraf in den Kasten. Kaum hatte sich der Staub einigermaßen gelegt, breitete sich die nächste Enttäuschung aus. »Die Rückseite besteht aus einem weiteren Holzbrett, allerdings ohne Muster«, stellte er fest. »Soll ich mal schauen, ob man das Brett ebenfalls ablösen kann?«

»Das führt zu nichts«, sagte ich ihm. »Wir brauchen nicht weiter zu suchen.«

Meine beiden Mitstreiter sahen mich mit fragenden Blicken an. Um sie nicht länger auf die Folter zu spannen, drehte ich die Holzplatte, die eben noch als scheinbare Rückwand des Schranks gedient hatte, herum.

»Da stehen die gleichen Symbole wie in der Bibel!«, schrie Landgraf überrascht heraus. »Zumindest der erste Teil davon.«

»Immer mit der Ruhe«, sagte ich zu ihm und wandte mich an den Antiquitätenhändler. »Ihr Laden ist abgeschlossen, oder?«

Denzinger nickte, während er auf die Holzplatte starrte.

»Erkennen Sie davon etwas?«, fragte ich ihn.

»Tut mir leid«, sagte er nach einer Weile. »Ich kann mit den Zeichen nichts anfangen. Einzig einen Turm kann ich identifizieren.«

»Das ist der von der Stiftskirche, und zwar vor dem Umbau der Türmerwohnung im 18. Jahrhundert«, unterbrach ihn Landgraf hastig, »da bin ich mir zu 100 Prozent sicher – ihr müsst euch nur den Stich von Matthäus Merian anschauen. Wir sind auf einer heißen Spur. Und zwar auf der Spur von Bernhard Meister.«

»Wie kommen Sie auf diese Idee?«, fragte ich.

»Es passt alles zusammen«, erklärte der Bibelexperte. »Die handschriftliche Eintragung in der Bibel stammt von Meister, sehen wir das mal als gesicherte Erkenntnis an. Die ersten Symbole entsprechen zwei Schlusssteinen in der Stiftskirche. Die nächsten Symbole finden wir versteckt in einem geheimen Schrank bei Martin Denzinger. Und dieses Haus wurde Ende des 16. Jahrhunderts, zu Lebzeiten Meisters, nachweislich umgebaut und erweitert.«

Denzinger schüttelte den Kopf. »Bernhard Meisters Wohnhaus befand sich aber nicht hier, sondern dort, wo jetzt die Weinstube *Herberge* ist.«

»Das weiß ich doch auch«, bestätigte Landgraf etwas genervt. »Aber vielleicht hat er nur kurz hier gewohnt oder Verwandte von ihm. Jedenfalls ist es ein glücklicher Zufall, dass die Rückwand des Schranks noch im Original erhalten ist, genau wie das Priesterloch.«

»Selbst wenn die Zeichen von ihm sind, bringt uns das nicht weiter«, gab ich zu bedenken.

»Oh doch«, verbesserte der Theologe. »Sie zeigen uns den Weg zum Reliquienschatz, davon bin ich nun fester überzeugt denn je.«

»In einem der Türme der Stiftskirche?«, mutmaßte Denzinger.

»Vielleicht«, meinte Landgraf vorsichtig. »Wir haben die zwei Schlusssteine zugeordnet, den Hinweis mit dem Turm sowie ein paar neue Zeichen. Ganz bestimmt finden wir die Gegenstücke zu unserem neuen Fund in der Kirche.«

»Sind Sie bei Ihrer Recherche zu dem Stiftskirchenführer über diese Symbole gestolpert?«

»Da ich nicht gezielt danach gesucht habe, sind mir diese Symbole nicht aufgefallen«, gab Landgraf zu. »Dennoch führt uns der nächste Schritt zur Kirche.« Er zog sein Smartphone aus der Hosentasche und fotografierte mehrmals die Holzplatte. Dann gab er sie Denzinger. »Martin, pass bitte gut auf das Brett auf. Vor allem darfst du niemandem davon erzählen.«

»Kein Problem«, bestätigte der Antiquitätenhändler. »Geheimnisse sind bei mir gut aufgehoben. Ich habe euch ja vorhin schon gesagt, dass dieser Gebäudekomplex für so manche Überraschung gut ist.«

Er ging mit uns zur Eingangstür und schloss auf. »Hältst du mich auf dem Laufenden, Michael?«

»Ganz bestimmt, Martin. Ich rufe dich an, sobald wir weiterkommen.«

Nach einer kurzen Verabschiedung gingen Landgraf und ich nach draußen. Dort zeigte sich mal wieder mein psychologisches Gespür. Während der Theologe sofort die Fußgängerzone betrat, bemerkte ich im Augenwinkel, wie Denzinger mit schnellen Schritten nach hinten lief. Ich drehte mich um und ging zurück zur Glastür. Gerade rechtzeitig, um zu sehen, wie der Antiquitätenhändler ein Telefon in der Hand hielt und hektisch eine Nummer wählte.

»Alles in Ordnung, Herr Palzki?«, rief Landgraf aus zehn Metern Entfernung.

Ohne Eile ging ich zu ihm. Das kleine Geheimnis um Denzinger würde ich vorläufig für mich behalten.

EINE KIRCHENFÜHRERIN
VERSCHWINDET

Mein Führer lief in Richtung Marktplatz. Da wir uns über die nächsten Schritte uneinig waren, musste ich ihn davon abhalten, sofort zur Kirche zu gehen. »Sehen Sie die Blicke der Passanten, Herr Landgraf? Die starren mich an, als hätte ich auf einer Mülldeponie übernachtet. Ich warte schon darauf, dass mir jemand einen Euro zusteckt. Die Stiftskirche können wir morgen früh aufsuchen.«

Landgraf stimmte seufzend zu, nachdem er die mitleidsvollen Blicke von mehreren Passanten ebenfalls wahrgenommen hatte. »Sie haben ja recht, Herr Palzki.«

»Hallo, Herr Landgraf!«, rief auf dem Marktplatz eine etwa 70-jährige Frau, die in der Nähe des westlichen Portals der Stiftskirche stand.

»Entschuldigen Sie bitte kurz«, nuschelte mir Landgraf zu und ging zu der Frau, die eine Mappe mit laminierten Fotos und Papieren in der Hand hielt. Notgedrungen folgte ich ihm.

»Guten Tag, Frau Gutermann«, begrüßte er sie. »Wie geht es Ihnen?« Er zeigte auf mich. »Darf ich Ihnen Herrn Palzki vorstellen?«

Die Frau verzog keine Miene, als sie mich von oben bis unten abscannte. Dass sie sich ihren Teil über mich und meine Kleidung dachte, war trotzdem klar. »Angenehm«, sagte sie, ohne mir die Hand zu geben.

»Das ist Helga Gutermann«, sagte Landgraf zu mir. »Eine der treuesten Seelen der Stiftskirchengemeinde – sie gehört zu Hambach. Sie ist seit 2003 Stiftskirchenführerin und macht das immer mit Bravour.«

»Das Zertifikat meiner offiziellen Ausbildung zur Kirchenführerin erhielt ich allerdings erst 2007«, unterbrach sie stolz. Das verdeutlichte mir, dass ich es mit einer sehr korrekten Person zu tun hatte.

Landgraf lächelte kurz über ihre Korrektur. »Helga Gutermann hat mich sehr beim Schreiben des Stiftskirchenführers unterstützt und ist selbst Mitautorin der Broschüre *Glocken – Historie, Glockenläuten und Uhrschlag*, die man in der Kirche und im Buchhandel kaufen kann.« Er drehte sich zu der Frau. »Was haben Sie eigentlich in Ihrem früheren Leben gemacht? Das wollte ich Sie schon immer mal fragen.«

»Ich war Verwaltungsleiterin beim *Kuratorium für Dialyse und Nierentransplantation*«, klärte sie ihn auf. »Da ich Sie gerade sehe, Herr Landgraf: Haben Sie die handschriftlichen Zeichen in der Neustadter Bibel inzwischen deuten können?«

Schlagartig erblasste Landgraf und zog sein Genick ein.

Demonstrativ setzte ich eine böse Miene auf. »Haben Sie die Geschichte auch der *RHEINPFALZ* angeboten?«, provozierte ich ihn. »Bin ich der Einzige, der davon bisher nichts wusste?«

»A... äh ... aber ... Herr ... äh ... Palzki«, stotterte Landgraf. »Ich habe das natürlich nicht an die große Glocke gehängt, das müssen Sie mir glauben. Frau Gutermann habe ich um Rat gefragt, weil sie sich mindestens ebenso gut mit der Stiftskirche auskennt wie ich. Eher noch besser, denn sie kennt wirklich jede Ecke.«

Grundsätzlich war seine Auskunft plausibel. Auch ich hätte mich wahrscheinlich an die Stiftskirchenexpertin gewandt. Als Täterin kam sie aufgrund ihres Alters eher nicht in Betracht. Dennoch hoffte ich, dass keine weiteren Personen von den Eintragungen in der Bibel wussten.

»Darüber können wir gleich im Auto sprechen.« Damit versuchte ich, ihm zu suggerieren, dass ich gehen wollte.

Michael Landgraf hatte einen anderen Plan. Ohne sich vorher mit mir abzusprechen, holte er sein Handy hervor. »Frau Gutermann, vielleicht können Sie mir dieses Mal helfen. Wir haben weitere Symbole gefunden, die wir bisher nicht deuten können.«

Die Kirchenführerin schaute angestrengt auf das Display des Handys. »Das könnte der nordwestliche Turm sein«, meinte sie spontan.

»Das habe ich auch gedacht, als ich mir das Merianbild von Neustadt ins Gedächtnis rief«, bestätigte Landgraf.

Auf einmal begann sie, heftig zu nicken. »Doch, doch, diese Symbole habe ich schon mal gesehen. Genau, das kann nur …«

Ich kam mir vor wie bei einer Autorenlesung, in der der Autor an der spannendsten Stelle abbrach, um damit die Zuhörer zu animieren, sein Werk zu kaufen.

»Und wo?« Landgraf hing an Gutermanns Lippen.

Die Kirchenführerin schaute auf ihre Armbanduhr. »Das kann ich Ihnen nachher direkt zeigen. Ich bin leider spät dran, sehen Sie, da vorne wartet meine Gruppe auf die Turm- und Kirchenführung. In einer guten Dreiviertelstunde reden wir weiter.«

Es war nicht möglich, sie von ihrem Plan abzubringen. Zuverlässigkeit schien ihr ein hohes Gut zu sein. Landgraf zeigte auf die Außenbestuhlung eines Cafés. »Wollen wir im *Marktcafé* auf Frau Gutermann warten? Ich sitze gerne in diesem Café, genieße das Leben und diesen wundervollen Blick auf das Ambiente. Man kann dort herrlich seine Gedanken mäandern lassen. Viele Ideen zu meinen Büchern oder Veranstaltungen sind an diesem Ort entstanden.«

Wir suchten uns einen schattigen und etwas abseits gelegenen Platz. Der Theologe schloss sich nicht meiner Bestellung eines alkoholfreien Weizenbiers an, sondern orderte eine trockene Rieslingschorle.

»Weiß man eigentlich, aus welchen Reliquien der sagenhafte Kirchenschatz bestand?«, fragte ich Landgraf, um ein Gefühl dafür zu bekommen, was wir überhaupt suchten. Von meinen Kollegen Gerhard und Jutta wusste ich bereits, dass Reliquien durchaus kleine bis kleinste humane Gewebeteile oder Stücke aus Holz oder Stoff sein konnten. Da Landgraf bisher von einem der größten Kirchenschätze der Region sprach, musste es sich in diesem Fall um außergewöhnliche Teile handeln.

Der Bibelexperte zählte mit Hilfe seiner Finger auf: »Viel ist nicht darüber bekannt, aber die Details habe ich in meinem Roman über die Reformationszeit in Neustadt verarbeitet. Auf jeden Fall sind es Dornen der Dornenkrone Jesu, ein Stück des Trinkschwamms, der Jesus während der Kreuzigung vor den Mund gehalten wurde, ein großes Stück des Kreuzes mit Blutspuren sowie Teile des Gewands Jesu und von Marias Schleier. Am spannendsten ist für mich der Hinweis auf ein Gefäß mit einer Träne Marias, die während der Kreuzigung von Jesus aufgefangen wurde. Außerdem sollen allerlei Knochenstücke und andere Gewebeteile von rund 60 Heiligen dabei gewesen sein – von den Heiligen Drei Königen über Sankt Nikolaus bis Sankt Martin.«

»Das ist nicht Ihr Ernst, oder?« Im ersten Moment dachte ich, Landgraf wollte mich mit dieser abwegigen Aufzählung auf die Probe stellen. »Das kann doch unmöglich alles gewesen sein? Und echt schon gar nicht. Wer glaubt denn an so etwas?«

Landgraf sah mich mit ruhigem Blick an. »Als Protestant bin ich zwar nicht gerade empfänglich für den Reliquienglauben, aber wie würden Sie Glaube definieren, Herr Palzki?«

Ich überlegte wohl etwas zu lange für den Theologen. Nach einigen Augenblicken fuhr er fort: »Glaube ist eine feste Überzeugung. Sie muss nicht von Beweisen oder Fakten abhängig sein, doch für den Glaubenden ist sie vom Gefühl her mit einer unbedingten Gewissheit verbunden.« Er machte erneut eine kurze Pause. »Das hat nichts mit Naturwissenschaft oder einer realistischen Betrachtung zu tun. Als Realist werden sie die Reliquien natürlich als Quatsch bezeichnen, im besten Fall vielleicht als Aberglaube. Aber sind Sie sicher, die wirkliche, die reale Welt zu kennen, Herr Palzki? Das aber nur als Gedankenanstoß, ich will jetzt nicht philosophisch werden, das würde zu weit führen. Früher glaubten so gut wie alle Menschen an die Echtheit der Reliquien, und viele tun es noch heute. Auch wenn ich persönlich nicht daran glaube, respektiere ich den Glauben anderer, für die es nach wie vor wichtige Symbole sind, die in der katholischen Kirche verehrt werden.«

»Aber wie sollen wir das Zeug, äh, die Reliquien finden?«, fragte ich ernüchtert. »Das kann ja alles sein, ein paar Holzstücke, ein Stück Stoff – wie sollen wir das erkennen?«

Mein Begleiter lächelte milde. »Wenn wir die Reliquien sehen, werden wir sofort wissen, dass sie es sind. Der Kirchenschatz wurde ja nicht einfach in einem Karton aufbewahrt. Die Reliquien wurden in Gold und Silber gegossen und mit Edelsteinen verziert – denken Sie doch nur an die Monstranzen, die an Fronleichnam der Öffentlichkeit gezeigt werden. Dazu kamen wertvolle Gefäße oder Truhen. Die Aufbewahrungsutensilien sind leider auch das größte Problem, wie ich so langsam erkenne.«

»Wieso Problem?«

»Weil ich inzwischen davon ausgehe, dass es Personen gibt, die es nicht auf die Reliquien abgesehen haben, sondern auf den immensen materiellen Wert der Gefäße, die dem Schutz der Reliquien galten. Das wäre eine gute

Erklärung für den Überfall auf mich und den Diebstahl der Bibel.«

»Was uns wieder zu der Frage führt, wem Sie alles von den handschriftlichen Eintragungen in der Bibel erzählt haben. Dass die Bibel zufällig gestohlen wurde, daran glauben wir *beide* schließlich nicht.«

»Nur ganz wenige wissen davon«, verteidigte sich Landgraf, »alles absolut integre Personen. Ich stelle Ihnen später eine Liste zusammen, die aber sehr kurz sein wird.«

Ich versuchte, mehr über die Personen zu erfahren, doch der Theologe wechselte das Thema. Er begann, über die Entstehung und die wechselhafte Geschichte der Stiftskirche zu referieren.

»Was ist da drüben los?«, fragte ich plötzlich. Ich hatte zwar den Ausführungen Landgrafs interessiert zugehört, was vor allem an seiner lebendigen Erzählweise lag, dennoch behielt ich den belebten Marktplatz im Auge. Männer waren zu mehr Multitasking fähig, als ihre Frauen für gewöhnlich vermuteten.

Der Theologe unterbrach seine Rede. »Komisch, da scheint irgendetwas passiert zu sein.«

»Sind das nicht Leute aus der Besuchergruppe von Frau Gutermann?«, rief ich. »Den Mann mit dem auffälligen fliederfarbenen Jogginganzug aus Ballonseide habe ich vorhin auch gesehen.« Ich verschwieg Landgraf, dass ich als junger Erwachsener selbst in solch einem peinlichen Anzug herumgelaufen war.

»Sie haben recht, das ist die Besuchergruppe. Lassen Sie uns nachsehen.« Da Landgraf die Getränke gleich bezahlt hatte, tranken wir aus und gingen zur Stiftskirche.

»Können wir Ihnen helfen?«, fragte ich nun die Gruppe.

So ziemlich alle starrten mich, oder vielmehr meine nicht mehr ganz so blütenreine Kleidung, an. Ihre Gedanken wollte ich besser nicht lesen.

Der Fliederfarbene fasste sich ein Herz und trat vor: »Wir haben eine Turm- und Kirchenführung gebucht. Während der Führung ist Frau Gutermann plötzlich verschwunden. Können Sie uns sagen, wo wir einen Ansprechpartner finden? In der Kirche ist niemand.«

»Da sind Sie bei uns richtig«, beruhigte ich ihn. »Mein Begleiter, Michael Landgraf, ist Theologe und kennt Frau Gutermann gut. Bestimmt kann er Ihnen weiterhelfen.«

Der Museumsleiter wirkte plötzlich aufgeregt. »Wo ist Ihre Führerin verschwunden? Was ist passiert? Wer …«

Staccatoartig stellte er weitere Fragen, die uns auf die Schnelle nicht weiterbrachten und die Gruppe verwirrten. Ich unterbrach ihn. »Am besten, wir lassen uns alles von Beginn an erzählen.« Ich wandte mich an den vermeintlichen Jogger. »Wann hat die Führung begonnen? Erzählen Sie bitte alles von Anfang an.«

»Da gibt es nicht viel zu erzählen. Vor einer halben Stunde hat sich Frau Gutermann uns vor der Kirche vorgestellt. Wir haben eine Führung durch die Stiftskirche inklusive der Türme gebucht. Es war alles ganz normal.«

»Nein«, schrie eine extrem hagere Frau mit einer noch extremeren schrillen Stimme, die Ähnlichkeit mit einer Kreissäge auf Überspannung hatte. »Unsere Führerin kam mir von Anfang an nicht geheuer vor. Haben Sie nicht gesehen, wie nervös und aufgeregt sie war? Als wir von den Türmen wieder nach unten gingen, wurde es noch schlimmer. Ich ging ja direkt hinter Frau Gutermann. Ein paar Mal wäre sie vor Aufregung fast auf der Treppe gestolpert.«

Der Jogginganzug zeigte sich unbeeindruckt. »Ich habe mich auf die Erzählungen unserer Führerin konzentriert. Vielleicht war es ihre erste Tour, und sie war deswegen aufgeregt.« Er blickte nun wieder in unsere Richtung. »Wir betraten die Kirche im protestantischen Teil und nahmen im südwestlichen Turm den Aufgang. Ein paar Stockwerke höher sind wir dann durch einen Dachstuhl hinüber in den anderen Turmbereich gewechselt und sind hoch bis zu der riesigen Gussstahlglocke gestiegen. Anschließend sind wir wieder runter und auf den anderen Turm zur Türmerwohnung hoch. Schon verrückt, dass da oben eine ganze Familie gewohnt hat und …«

»Weiter«, sagte ich, um ihn zurück zum Grund der Befragung zu bringen.

»Wir gingen anschließend ganz runter in den protestantischen Bereich. Frau Gutermann sagte, dass wir nun in den katholischen Bereich der Kirche wechseln würden, wir aber zunächst zwei Minuten lang warten sollen, weil sie kurz etwas nachschauen wolle.«

»Und dann?« Diese Frage kam von Landgraf. »Hat sie irgendetwas von Symbolen gesagt?«

»Ständig«, kreischte die hagere Frau mit schmerzhaften Dezibelwerten dazwischen. »Ich habe mir das aber nicht merken können.«

Der Fliederfarbene seufzte. »Jedenfalls ging unsere Führerin eine Treppe hoch, die vermutlich direkt in den nordwestlichen Turm führt. Ich wunderte mich, weil unsere Gruppe die Treppe des anderen Turms genommen hatte. Aber egal, jedenfalls warteten wir vergeblich auf die Rückkehr von Frau Gutermann. Irgendwann haben wir die Kirche verlassen, und Sie beide haben uns angesprochen.«

Ich schaute Landgraf an. »Können Sie mit dieser Aussage etwas anfangen?«

»Und ob«, erklärte dieser. »Die Treppe führt zu einem Raum im Nordwesteck, direkt über dem Paradies.«

»Paradies? Was ist das jetzt schon wieder?«

»Der frühere Eingangsbereich der Stiftskirche, aber was das genau bedeutet, erkläre ich Ihnen später, Herr Palzki. Wichtiger ist, dass vermutlich in einem Raum über diesem Bereich damals die Reliquien aufbewahrt wurden.«

Mein Adrenalinspiegel erhöhte sich schlagartig. »Die Reliquien? Sie wird doch nicht …«

»Ich befürchte das Schlimmste«, sagte Landgraf und setzte eine ernste Miene auf.

Was daran schlimm sein sollte, verstand ich nicht. Im schlimmsten Fall hatte sie die Reliquien gefunden, woran ich nach wie vor nicht glaubte.

Ich sprach die Gruppe an. »Leider müssen wir die Führung an dieser Stelle abbrechen. Selbstverständlich erhalten Sie einen neuen Termin, um Ihre gebuchte Führung abschließen zu können. Herr Landgraf und ich werden Frau Gutermann suchen, vielleicht ist ihr schlecht geworden.« Um die nach wie vor seltsamen Blicke der Gruppe zu beantworten, erklärte ich, auf meine Kleidung deutend: »Ich hatte vorhin selbst einen kleinen Unfall.«

Bis auf den Jogginganzugträger nickten alle zustimmend. »Kommt, wir setzen uns ins Café und warten ab, was passiert«, meinte dieser, und ein beträchtlicher Teil der Gruppe folgte ihm neugierig.

»Gehen wir rein«, sagte ich zu Landgraf, der gerade das Gleiche empfehlen wollte.

»Ist der Raum allgemein zugänglich?«, fragte ich ihn unterwegs.

»Im Prinzip schon, wenn man den Schlüssel hat. Ich muss Sie vorwarnen, Herr Palzki: Seien Sie nicht enttäuscht, wenn wir den Raum betreten. Er wird zwar Königssaal genannt und war früher bestimmt auch festlich geschmückt und mit vielerlei religiösen Gegenständen eingerichtet. Heute dagegen dient er vor allem als Abstellkammer der Kirchengemeinde.«

»Abstellkammer?« Ich hatte mit vielem gerechnet, damit allerdings nicht.

»Die Reliquien sind seit Jahrhunderten verschwunden, Herr Palzki. Wenn es in diesem Raum weitere wertvolle Gegenstände gab, sind sie ebenfalls weg. Dort lagert jetzt alles Mögliche, was zum Unterhalt einer Kirche benötigt wird oder wurde. Gerüstteile, Reinigungsgeräte, alte Bänke, Kartons mit Broschüren und Flyern und so weiter. Wahrscheinlich könnte man einiges davon auf den Sperrmüll bringen.«

Längst waren wir in der Kirche angekommen. Völlig desillusioniert blickte ich auf eine enge und steil nach oben führende Treppe, nachdem Landgraf eine Tür geöffnet hatte. Auf einer der unteren Stufen stand ein Besen, weiter oben konnte ich ein nicht zuordenbares Holzgestell erkennen, das aussah wie ein Wäscheständer.

Landgraf betätigte einen Lichtschalter, und eine winzige Funzel spendete einen Hauch an Helligkeit.

»Hier gibt's Elektrizität?«, staunte ich.

»Wir leben nicht mehr im Mittelalter«, entgegnete Landgraf trocken. »Auch die Türme sowie die Türmerwohnung sind längst mit dem elektrischen Segen der Neuzeit ausgestattet. Von dem Mauerwerk abgesehen gibt es hier leider nicht mehr allzu viel, das original aus dem 16. Jahrhundert stammt. Das macht die Sache für uns auch so schwierig. Falls nur ein wichtiger Hinweis von Bernhard Meister in der Zwischenzeit entfernt oder verändert wurde, werden wir die Reliquien vielleicht niemals finden.«

Am Ende der Treppe erreichten wir einen kleinen Flur, von dem nur eine einzige Tür abging. »Weiter nach oben geht's nicht?«, fragte ich meinen Begleiter.

»Nicht, dass ich wüsste«, sagte er. »Die Treppe führt nur zu dem Raum, in dem früher die Reliquien ausgestellt waren, weiter geht's hier nicht.«

Der ehemalige Reliquienraum sah chaotischer aus, als ich nach Landgrafs Aussage vermutet hatte. Vieles hatte sich im Laufe der vergangenen Jahrzehnte angesammelt. Eine Entrümpelungsaktion wäre sehr hilfreich. Wer weiß, vielleicht würden in einem der zahlreichen Kartons und Kisten doch noch die Reliquien auftauchen? Wundern würde es mich nicht.

Aufgrund des Chaos sah ich das Blut erst, als ich über einen alten Schlitten stolperte. Über die Sinnhaftigkeit eines Schlittens in einem Kirchturm konnte ich mir keine Gedanken machen, da ich im selben Moment Helga Gutermann entdeckte.

Nur in der ersten Sekunde stutzte ich, weil ihre Verletzung der von Michael Landgraf ähnelte. Auch sie war offensichtlich mit einem Gegenstand niedergeschlagen worden. Verkrümmt lag sie mit blutverschmiertem Gesicht zwischen einer metallbeschlagenen Holzkiste und mehreren deformierten Pappkartons und ein paar Holzlatten. Ich war gerade im Begriff, mich zu bücken, um zu sehen, ob sie noch lebte, da öffnete sie einen Spaltbreit die Augen und stöhnte. Ich reagierte sofort und drehte mich zu dem Theologen: »Sie lebt. Rufen Sie einen Notarzt.«

Während ich mich um Helga Gutermann kümmerte und sie bequemer lagerte, bekam ich im Hintergrund mit, wie Landgraf über ein nicht vorhandenes Mobilfunknetz schimpfte und daraufhin den Raum verließ.

»Können Sie mich verstehen?« Mit einem Taschentuch versuchte ich, ihre Augenpartien zu säubern. Mit einem zweiten Taschentuch und leichtem Druck hatte ich die Blutung gestillt. Sie hatte wesentlich mehr Blut verloren als Landgraf.

Sie bewegte ihre Lippen. Ich hatte den Eindruck, dass sie sprechen wollte, doch es dauerte eine Weile, bis ein paar mehr oder weniger verständliche Silben aus ihrem Mund kamen. Mehr als »Türmer« und »Gussstahl« konnte ich nicht verstehen. Ein weiteres Wort klang wie »Vier«, doch was meinte sie damit? Ging es ihr um die Fotos, die mein Begleiter ihr vorhin gezeigt hatte? Wusste sie, wo in der Kirche die Zeichen zu finden waren? Oder wollte sie mir einen Hinweis auf den Täter geben? Überhaupt, wohin war dieser nach dem Anschlag auf Gutermann verschwunden? Blieb er oben, bis die Besuchergruppe die Kirche verlassen hatte, oder gab es eine versteckte Tür oder einen geheimen Gang, der in einen anderen Bereich der Kirche führte? Wenn mich meine· eingeschränkten Ortskenntnisse nicht täuschten, könnte es ungefähr in dieser Höhe einen Zugang zum Dachgewölbe des Mittelteils der Kirche geben. Ich beschloss, die mutmaßlich verstandenen Wörter zunächst für mich zu behalten.

Schneller als vermutet stießen zwei Rettungssanitäter und direkt danach eine Notärztin zu uns. Landgraf hatte vor der Kirche gewartet und ihnen den Weg gezeigt.

»Lebt sie? Ist sie bei Bewusstsein?«, fragte mich der Theologe aufgeregt. Er war nach der Notärztin die Treppe hochgestürmt, die sich sofort um das Opfer kümmerte.

»Sie lebt«, entgegnete ich, »und wurde auf die gleiche Art und Weise wie Sie niedergeschlagen.«

»Der gleiche Täter?«, unterbrach Landgraf und runzelte die Stirn.

Ich zuckte mit den Achseln. »Möglich«, meinte ich vorsichtig. »Es muss auf jeden Fall jemand sein, der sich in der Kirche auskennt. Wahrscheinlich suchte er in diesem Raum etwas und wurde von Frau Gutermann überrascht.«

»Was soll in diesem Lager zu finden sein?«, fragte sich der Theologe und blickte zu der Notärztin. »Wird Sie überleben?«, fragte er sie besorgt.

»Ich glaab schunn«, antwortete sie in nicht ganz reinem pfälzischem Dialekt. »Des werd ä bissel daure, bis die Fraa uff die Bää kummt, aber des werd schunn widder. Wissen Se, wer dodefier verantwortlich iss?«

»Wir stehen noch ganz am Anfang der Ermittlungen«, sagte ich. »Wann wird Frau Gutermann das Bewusstsein wiedererlangen?«

»Kä Ahnung«, meinte die Notärztin. »So, wie's aussieht, wird ma die Fraa im Krankehaus erscht ämol ins kinschtliche Koma versetze, die Wund an ihrm Detz is nämlich net so ohne. Vum Blutverluscht mol ganz abgsehe.« Dann sah sie mich genauer an: »Was issn mit Ihne los? Sie sehe aus, als wärn Se die Trepp inne vum Turm nunnergfalle. Oder hänn Se mit derre Fraa gekämpft?«

Ich zeigte ihr meinen Dienstausweis, was sie beruhigte.

Wir standen stumm daneben, während die Notärztin die Patientin versorgte und die beiden Rettungssanitäter fluchend mit der Trage kämpften. »Dess werd net äfach, die Fraa do die eng Trepp nunner zu bringe«, meinte die Notärztin zu den Helfern. »Es dauert noch ä paar Minudde, bis ich soweit bin. Dodenoch kennen ihr zwee die Fraa ins Krankehaus bringe.«

Landgraf durchsuchte ohne brauchbares Ergebnis mehrere Kartons und Kisten. Plötzlich stand ein Mann im Türrahmen, der aufgrund seiner Kurzatmigkeit die Treppe hochgerannt sein musste.

»Michael, was ist passiert?«, fragte er Landgraf hastig. »Ich habe aus dem Fenster meines Büros gesehen, dass es zu einem Notfalleinsatz in der Stiftskirche gekommen ist.« Er trat näher. »Meine Güte, das ist ja Frau Gutermann! Was ist mit ihr passiert?«

Landgraf begrüßte ihn mit Handschlag, dabei fiel mir die verschmutzte rechte Hand des unbekannten Mannes auf. »Servus, Marc. Unsere Kirchenführerin wurde überfallen, mehr wissen wir noch nicht.« Er zeigte auf mich. »Das ist Reiner Palzki, Kriminalhauptkommissar aus Schifferstadt.«

Der Neuankömmling bekam große Augen. »Die Polizei ist bereits hier? So schnell?«

Ich spürte einen Hauch Sarkasmus in seiner Stimme, was mich aber nicht störte, weil ich es nicht auf mich persönlich bezog. »Nicht, wie Sie denken, ich bin nur zufällig hier. Entschuldigen Sie bitte mein Aussehen, ich hatte einen kleinen Unfall. Trotzdem wäre es nett, wenn Sie sich kurz vorstellen würden.«

»Ja, ja, natürlich«, beeilte er sich zu sagen, während er

meine zerrissene Kleidung musterte. »In Schifferstadt
kennt man nicht unbedingt zwangsläufig den Oberbürgermeister von Neustadt. Ich bin Marc Weigel. Mein
Büro befindet sich im Rathaus vis-à-vis zur Stiftskirche
am Marktplatz. Ich hörte das Martinshorn und bekam
so den Einsatz in der Stiftskirche mit. Haben *Sie* Frau
Gutermann gefunden?«

»Gemeinsam mit Herrn Landgraf«, erklärte ich dem
OB. »Uns ist auf dem Marktplatz eine Gruppe aufgefallen, die mit Frau Gutermann eine Führung gebucht hatte.
Die Teilnehmer berichteten uns, dass ihre Führerin verschwunden ist.«

Marc Weigel runzelte seine Stirn. »Hier oben? Dieser Raum ist doch noch nie Bestandteil einer Führung
gewesen.«

»Das ist uns auch völlig schleierhaft, Marc«, mischte
sich Landgraf ein. »Wir wissen nicht, was sie hier oben
wollte. Es wird eine Weile dauern, bis sie vernehmungs-
fähig ist.«

»Sie lebt?«, fragte der OB mit ungewöhnlich lauter
Stimme. »Gott sei Dank, ich dachte …« Er brach mitten im Satz ab.

»Im ersten Moment dachte ich das Gleiche«, beruhigte
ich ihn. Ich wurde das Gefühl nicht los, als hätte den OB
eine gewisse Nervosität gepackt.

»Ohne jemandem nahetreten zu wollen«, sagte Weigel, »gehe ich davon aus, dass neben dem Notarzt auch
die Polizei verständigt wurde. Die Neustadter Beamten,
meine ich.«

Betreten blickte ich zu Landgraf, der mit eingezoge-
nem Genick den Kopf schüttelte. »Daran habe ich gar
nicht gedacht.«

»Dess kann ich iwwernemme, wenn ich unne bin«, sagte die Notärztin. »Do owwe hot ma kähn Händyempfang, wie die Sanidäter schunn feschtgestellt hänn. Die zwee können jetztert die Fraa runnertrage zum Krankewage, ich bin nämlisch a fertisch. Ich ruf dann glei die Bulle a und geb Bescheid.« Mit Blick zu mir verbesserte sie sich: »Die Bolizei, mähn ich nadierlich.«

Es dauerte eine Weile, bis die Sanitäter die Kirchenführerin auf der Trage die Treppe hinunter bugsiert hatten. Marc Weigel und Michael Landgraf spekulierten wild über den Tathergang. Innerlich zollte ich dem Theologen Respekt, weil er dem OB gegenüber keine Silbe davon erzählte, warum ich mit ihm gemeinsam unterwegs war. Doch dann wurde meine Hoffnung jäh zerstört.

»Was macht eigentlich deine Suche nach den Schriftstücken von Bernhard Meister?«, fragte der OB unvermittelt.

»Nicht schon wieder!«, stöhnte ich bewusst laut und theatralisch auf.

Weigel sah mich verständnislos an. »Habe ich was Falsches gesagt?«

»Herr Palzki hat nur etwas falsch verstanden«, versuchte Landgraf einen Rettungsversuch. Dann erklärte er mir: »Ich habe den Oberbürgermeister nach der letzten Sitzung des Kulturausschusses gefragt, ob ich eine Zeit lang einen Schlüssel zum Stadtarchiv haben könnte, um abends und am Wochenende, wenn ich Zeit habe, nach einer Handschrift Meisters zu suchen. Ich wollte die handschriftlichen Eintragungen in der Neustadter Bibel verifizieren.«

»Und in dem Zusammenhang haben Sie Herrn Weigel alles erzählt«, ergänzte ich seufzend.

»Ich verstehe nicht ganz«, sagte der OB. »Es ging doch nur um diese Symbole in der Bibel. Ob die wirklich zu dem Reliquienschatz führen, weiß allein der Himmel.«

»Herr Landgraf hat Ihnen von den Reliquien erzählt?« Fassungslos schaute ich zwischen den beiden hin und her.

»Ich bin der Oberbürgermeister«, sagte Weigel. »Ich sollte so etwas wissen. Aber ganz im Vertrauen: So recht glaube ich nicht an Michaels Idee. Wenn der Schatz in der Stiftskirche wäre, hätte ich ihn längst entdeckt.«

»Sie?« Die Unterhaltung mit dem OB und Landgraf wurde immer rätselhafter.

Marc Weigel winkte lässig ab und lächelte. »Das können Sie natürlich nicht wissen. Ich habe Ende der 1990er-Jahre meinen Zivildienst in der Neustadter Stiftskirchengemeinde absolviert. Während dieser interessanten Zeit war ich häufig in der Stiftskirche. Ich hatte die Gelegenheit, sämtliche Ecken auszukundschaften. Das hat mir großen Spaß gemacht. Dabei habe ich mehrere interessante Stellen entdeckt, die so nicht mehr bekannt und in Vergessenheit geraten waren.«

»Aus diesem Grund habe ich Marc die Eintragungen in der Bibel gezeigt«, erklärte Landgraf.

»Außer den bekannten Schlusssteinen konnte ich aber nichts weiter dazu beitragen«, übernahm wieder der OB. »Falls die anderen Symbole einen Bezug zur Kirche hatten, wurden sie inzwischen entfernt. Ich kenne, wie gesagt, jede zugängliche Stelle in der Kirche. Selbst im Dachgewölbe bin ich während meines Zivildienstes herumgekrochen und habe dort gerne mein Mittagessen eingenommen. Der inzwischen verstorbene Hausmeister Rainer Schad kam dort nämlich nicht mehr hinauf, und ich hatte meine Ruhe.«

»Was wissen Sie über einen geheimen Raum oder Gang?«

Marc Weigel blickte mich ungläubig an. »Hier? In der Stiftskirche? Wo sollte das sein? Nein, das halte ich für ausgeschlossen. Es gibt nicht mal ein Kellergewölbe. Kein Wunder bei dem hohen Grundwasserstand.«

»Auch nicht rüber zum Rathaus?«, spekulierte ich frei heraus.

»Auf keinen Fall«, sagte Landgraf. »Das Rathaus wurde erst Jahrhunderte nach der Stiftskirche erbaut. Der vordere Teil gehörte früher zum Marktplatz, der bedeutend größer war als heute.«

Der Wissensdurst des Oberbürgermeisters war noch nicht gestillt. »Welchen Geheimraum meinten Sie, Herr Palzki?«

»Keine Ahnung, das war eine Frage an Sie. Es kommt mir irgendwie komisch vor, dass hier, wo wir uns gerade befinden, eine Treppe existiert, die nur zu einem einzigen Raum führt.«

»Der Raum war von Anfang an für die Reliquien geplant«, vermutete Weigel. »Ich habe keine Ahnung, was sich damals der Architekt dabei gedacht hat. Aber eines weiß ich ganz bestimmt: In der Kirche gibt es weder einen geheimen Raum noch einen Geheimgang. Und hier oben sowieso nicht.« Er kam für einen Moment ins Sinnieren. »Obwohl es eigentlich naheliegend wäre, wenn es einen weiteren Zugang zum Dachgewölbe geben würde.« Er schüttelte seinen Kopf. »Die Stelle hätte ich damals garantiert entdeckt.«

»Wir wissen nicht, wie der Täter entkommen konnte, der Frau Gutermann niedergeschlagen hat«, setzte ich ihn latent weiter unter Druck.

»Ich kann Ihnen da nicht helfen«, sagte der OB und schaute auf seine Uhr. »Ich muss wieder rüber ins Rathaus, die nächste Besprechung steht an.«

Landgraf zückte sein Smartphone und zeigte ihm die Fotos, die er bei dem Antiquitätenhändler aufgenommen hatte. »Sagen dir diese Zeichen etwas?«

Das Zusammenzucken des OBs war nicht zu übersehen. »Wo, äh, wo hast du das her?«, fragte er mit stotternder Stimme. Sofort hatte er sich wieder im Griff. »Das habe ich noch nie gesehen. Das Turmsymbol ist das Einzige, das ich erkenne. Wo hast du das gefunden?«

Ich schickte einen durchdringenden Blick zu Landgraf, der sofort verstand.

»Das hat mir ein Unbekannter geschickt, alles sehr mysteriös.«

»Ein Unbekannter? Soso«, brummte der OB. »Können wir uns morgen Mittag zusammensetzen und über alles reden? Bis dahin wissen wir vielleicht Neues über Frau Gutermann. Leitest du die Fotos bitte an mich weiter? Unter Umständen fällt mir später etwas dazu ein.«

Ich hatte keine Idee, wie ich den Wunsch des Oberbürgermeisters verhindern konnte. Landgraf hatte damit keine Berührungsängste, die Fotos würden unweigerlich auf dem Mobiltelefon des OBs landen.

»Da fällt mir tatsächlich etwas ein«, sagte Weigel. »Letzte Woche bekam das Stadtarchiv von Martin Denzinger ein Angebot zum Ankauf von mehreren Handschriften Bernhard Meisters. Was hältst du davon, ihn darauf mal anzusprechen? Vielleicht lässt er dich die Handschrift mit der in der Bibel abgleichen, ohne gleich ein Vermögen zu verlangen?«

Landgraf nickte, schwieg aber, und das war gut so. Der OB musste nicht wissen, welche Rolle der Antiquitätenhändler bisher gespielt hatte.

Wir waren gerade im Begriff zu gehen, da kam uns eine Person entgegen: Joachim Specht. Zuerst starrte er mich und meine desaströse Kleidung an, anschließend Michael Landgraf. Sein Blick verhieß nichts Gutes, er holte tief Luft für den zu erwartenden verbalen Angriff, doch dann entdeckte er Marc Weigel.

»Guten Tag, Herr Oberbürgermeister.« Er versuchte, sich unter Kontrolle zu halten. »Uns wurde ein Überfall gemeldet.«

Marc Weigel spielte mit und zeigte uns, auf welcher Seite er stand. Mit übertriebener Geste blickte er auf seine Armbanduhr. »Schnell wie immer, so bin ich es von unserer Polizei gewohnt«, meinte er mit einem undefinierbaren Unterton. »Frau Gutermann wurde inzwischen ins Krankenhaus gebracht.«

»Frau Gutermann?« Specht zeigte sich überrascht. »Unsere Kirchenführerin? Was ist passiert?« Noch immer ignorierte er Landgraf und mich.

»Jemand hat sie während einer Führung in diesem Raum überfallen. Mehr wissen wir nicht, das Opfer ist ohne Bewusstsein. Vielleicht können Sie irgendwelche Spuren sichern?«

Specht ließ seinen Blick durch den Raum schweben. »Das dürfte wohl sinnlos sein, bei dem vielen Zeug, das in dieser Kammer lagert. Außerdem haben sich hier in der Zwischenzeit Unbefugte aufgehalten und bestimmt wichtige Spuren zerstört.« Das ging eindeutig in unsere Richtung.

Der Oberbürgermeister verteidigte uns: »Herr Landgraf und Herr Palzki haben Frau Gutermann gefunden. Wer weiß, ob sie sonst noch leben würde.«

Der Polizeioberkommissar gab keine Ruhe. »Das macht die beiden eher noch mehr verdächtig«, bellte er. »Dieser Teil der Kirche ist stets abgeschlossen, außerdem gibt es an diesem Ort keine Führung.« Er sah Landgraf streng an. »Da ich nicht an Zufälle glaube, muss es einen Zusammenhang mit dem gestrigen Überfall auf dich geben. Weiß der Herr Oberbürgermeister überhaupt, dass du in der Schatzkammer der Bibelausstellung niedergeschlagen wurdest und die Neustadter Bibel gestohlen wurde?«

»Was?«, entfuhr es Weigel. »Du wurdest niedergeschlagen? So wie Frau Gutermann? Warum weiß ich davon nichts?«

Auch für Specht war diese Information neu. »Frau Gutermann wurde niedergeschlagen? So wie du?«

Alle sprachen aneinander vorbei. Erst nach einer Weile löste sich der Dialog auf.

»Ich muss jetzt wirklich rüber ins Rathaus«, leitete schließlich der Oberbürgermeister seine Verabschiedung ein. »Herr Specht, bitte halten Sie mich auf dem Laufenden. Melden Sie sich einfach, wenn ich Ihnen helfen kann.« Zu Landgraf gewandt sagte er: »Wir sehen uns morgen, die genaue Uhrzeit kannst du mit meinem Sekretariat vereinbaren.«

»Worum geht es bei dem morgigen Termin?«, fragte Joachim Specht neugierig.

»Kulturausschuss«, log Landgraf im gleichen Moment, als Weigel sagte: »Herr Palzki, Sie können gerne ebenfalls dazukommen.«

Wir ließen einen ratlosen Polizeibeamten zurück, da wir uns ebenso verabschiedeten. »Joachim, ich werde dafür sorgen, dass der Turm nachher abgeschlossen wird«, sagte Landgraf zum Abschied zu Specht.

»Das war knapp«, flüsterte mir der Theologe zu, während wir die Treppe hinuntergingen.

»Knapp?« Ich verstand nicht.

»Ich werde das unbestimmte Gefühl nicht los, dass Joachim Specht in der Sache mit drinhängt.«

»Ein Polizist als Täter?« So etwas Unglaubwürdiges hatte ich schon lange nicht mehr gehört. Laut Statistischem Bundesamt waren Polizeibeamte bei den schweren Delikten im Vergleich zum Rest der Bevölkerung leicht unterrepräsentiert.

»Täter, weiß ich nicht«, ruderte Landgraf vorsichtig zurück. »Auf jeden Fall kennt er meine Vermutung zu den Reliquien. Als Katholik hat er sicherlich ein hohes Interesse daran, dass der Kirchenschatz unversehrt gefunden wird. Das heißt nicht, dass er für die Attentate verantwortlich ist. Vielleicht hat er Helfer? Oder hat er die falschen Leute in die Sache einbezogen?«

»Wir behalten das mal im Hinterkopf«, wiegelte ich aufgrund seiner abwegigen Theorie ab.

Unten angekommen, wählte mein Begleiter nicht den Weg, den wir hereingekommen waren.

»Wo wollen Sie hin?«

»Ihnen etwas zeigen«, antwortete Landgraf geheimnisvoll. Er öffnete ein großes Tor am westlichen Ende der Kirche. Wir kamen in eine offene, aber mit Gittern versperrte Halle, die sich unter dem Zwischenbereich der Türme befand. »Willkommen im Paradies.«

Von einem Paradies hatte ich eine andere Vorstellung, musste aber zugeben, dass diese Vorstellung wohl durch den Religionsunterricht inspiriert war. In der Halle lagen, standen und hingen diverse Sandsteingrabplatten, Figuren und ein riesiger Glockenklöppel. Es sah aus wie in einem Museumslager.

»Gotteshäuser galten früher als Abbild des Himmels, darum wurden die Vorhallen Paradies genannt. Das Paradies der Stiftskirche ist übrigens dreijochig, wie Sie anhand der Schlusssteine bestimmt schon bemerkt haben.« Landgraf zeigte nach oben. »Die Vorhalle wurde in der ersten Hälfte des 15. Jahrhunderts mit Malereien ausgestaltet – beispielsweise mit einem Engelorchester, das uns Musikinstrumente der damaligen Zeit zeigt. Die Schlusssteine haben aber nichts gemein mit den Aufzeichnungen in der Bibel, das habe ich selbstverständlich längst überprüft.« Er kam kurz ins Grübeln. »Obwohl sich direkt über dem nördlichen Drittel der Halle der Raum befindet, in dem Helga Gutermann niedergeschlagen wurde.«

Bevor mir der Theologe die vielen Ausstellungsstücke und Deckenmalereien im Einzelnen erklären konnte, leitete ich den Rückzug ein. »Es ist Zeit, nach Hause zu fahren, sonst nimmt mich die hiesige Polizei noch wegen meines Aussehens fest.«

Mit einem kleinen Lächeln stimmte mir Michael Landgraf zu. »Ich hätte Ihnen zwar gerne noch die Weinstube *Herberge* gezeigt, aber aufgeschoben ist nicht aufgehoben. Ich werde für morgen Termine bei Inge Löchel, das ist die Inhaberin der Weinstube, sowie beim Oberbürgermeister vereinbaren. Lassen Sie uns zum Auto zurückgehen.«

Auf der kurzen Rückfahrt zum *Bibelmuseum* fragte mich Landgraf: »Um wie viel Uhr beginnen wir morgen? Ist halb acht für Sie in Ordnung?«

Als Pfälzer war es für mich leicht, halb acht in 7.30 Uhr zu übersetzen, dennoch dachte ich zunächst an einen Scherz. Ich täuschte mich.

»Ich bin extremer Frühaufsteher. Zwischen 5 Uhr und 8 Uhr liegen meine kreativsten Stunden«, erklärte Landgraf. »Man kann sich ohne das ständige Bimmeln des Telefons konzentrieren und recht viel abarbeiten.«

»So früh geht nicht.« Ich atmete durch. Solche unchristlichen Uhrzeiten kannte ich im halbwegs wachen Zustand nur aus der Zeit, als unsere Kinder frisch auf der Welt waren. Und das auch nur selten, weil sich meist Stefanie um sie kümmerte, wenn sie zur Unzeit anfingen zu schreien.

»Geht auch 9 Uhr?«, fragte ich unsicher und schob eine Erklärung hinterher: »Ich muss vorher auf der Dienststelle vorbei und mit meinen Teamkollegen sprechen. Die Langschläfer fangen allerdings erst um 8 Uhr mit ihrem Dienst an.«

»Meinetwegen.« Landgraf stimmte zu. »Bis dahin habe ich die Erlebnisse und die Erkenntnisse des heutigen Tages aufgearbeitet und kann vielleicht erste Rückschlüsse ziehen.«

ZU HAUSE MIT VIEL KULTUR

Erst auf der Rückfahrt nach Schifferstadt bemerkte ich KPDs Aktenmappe auf dem Rücksitz meines Wagens. Während der vergangenen Stunden hatte ich kaum oder überhaupt nicht an meinen Chef gedacht, was ich als gutes Omen bewertete. Und Landgraf wäre heute sowieso nicht dazugekommen, sich um KPDs Urkunde zu kümmern.

Aufgrund meines optischen Zustands verzichtete ich darauf, die Dienststelle aufzusuchen. Im Geiste sah ich die Couch vor mir, als ich zu Hause auf den Parkplatz fuhr. Leider entdeckte ich zeitgleich eine uneinnehmbare Bastion im Vorgarten der Nachbarn.

Mit den Beziehungen zu Nachbarn wurden ganze Bibliotheken gefüllt. Manchmal war das Verhältnis positiv, doch meist waren sie grausam bis tödlich oder noch schlimmer. Eine nicht ganz Duden-konforme Steigerung von »am allerschlimmsten« waren zweifellos unsere Nachbarn, die Ackermanns.

Während der männliche Part als Frührentner nur dann das Haus beziehungsweise seinen Wohnzimmersessel verließ, wenn er mit unserem Sohn Paul kriminelle Streiche ausbaldowerte, war seine Frau ungleich anstrengender. Und dies lediglich mit ihrer einzigen erwähnenswerten Fähigkeit. Es handelte sich um eine sogenannte Inselbegabung. Auch wenn die meisten Menschen die

Grundzüge dieser Begabung beherrschten, da es sich um Sprache handelte. Vermutlich um menschliche Sprache, so genau war das nicht immer festzustellen. Die exorbitante Sprachbegabung von Frau Ackermann lag in ihrer atemberaubenden Geschwindigkeit, mit der sie Silben, Wörter, Sätze, ja ganze *Brockhaus*-Bände ohne einen einzigen Atemzug herunterratterte. Selten konnte man ein Wort in ihrer diffusen Sprachwolke verstehen, alles andere war ein permanentes Ploppen, weil ihre Sprechgeschwindigkeit über der physikalisch möglichen Schallgeschwindigkeit lag. Wie kürzlich ein Forschungsinstitut herausfand, handelte es sich bei den Ploppgeräuschen um eine stetige Aneinanderreihung von verbalen Schallmauerdurchbrüchen.

Während ich ausstieg, stapfte Frau Ackermann, die Frau, die schneller sprach als ihr Schatten, auf mich zu. Ich war verloren.

»Hallo, Herr Palzki!«, rief sie und sog eine Maximalmenge Sauerstoff in ihre Lungenflügel. Ich gewann wenige Sekunden Lebenszeit, als sie mein lädiertes Äußeres wahrnahm und fast lautlos mit ihrem Kiefer klapperte. Doch der Sprechzwang überkam Frau Ackermann dennoch.

»Was ist denn mit Ihnen passiert, Herr Palzki? Hatten Sie einen schwierigen Einsatz und einen Mörder durch eine Müllhalde verfolgen müssen? Ihre Frau wird nicht sehr begeistert sein. Sie sagt ja immer, dass Sie viel zu wenig Kleidung haben und nicht gerne mit ihr einkaufen gehen. Wenn Sie Ihre Hose und Hemd kurz ausziehen, kann ich das schnell flicken. Aber merken wird es Ihre Frau trotzdem. Sie haben eine gute Frau, Herr Palzki. Sie merkt alles immer sofort. Heute Mittag sind Ihr Sohn

Paul und mein Mann durch den Garten geschlichen, da hat sie sofort gewusst, dass die beiden etwas im Schilde führen. So war es dann auch, aber Ihre Frau hat sich den Paul geschnappt. Mit meinem Mann ist es leider nicht so einfach: Der liegt ja normalerweise den ganzen Tag nur faul auf der Couch und glotzt TV. Auf der einen Seite ist das ganz gut, weil er mir keinen Dreck im Haus macht. Nur wenn Paul kommt, steht er auf, um mit ihm irgendwelchen Unsinn anzustellen. Wissen Sie noch, wie die bei den kürzlich den Rehbach gestaut und für ein paar überschwemmte Keller gesorgt haben? Aber was sie heute gemacht haben, weiß ich nicht, weil ich keine Zeit hatte, mich darum zu kümmern. Zuerst habe ich mit dem Briefträger ein Schwätzchen gehalten, dann kam der Paketbote vorbei, der Ihrer Frau ein Päckchen brachte, und vorhin lief der neue Nachbar aus schräg gegenüber zufällig mit seinem Hund an unserem Vorgarten vorbei. Ach, Herr Palzki, mein Mann ist wirklich zu nichts zu gebrauchen. Das einzig Gute ist, dass seine Frührente pünktlich jeden Monat auf das Konto überwiesen wird.«

In Sturzbächen lief mir sinnbildlich das Blut aus den Ohren. Stefanie erwies sich als Lebensretterin, da sie meine Ankunft bemerkt hatte.

»Reiner!«, rief sie und unterbrach Frau Ackermann mit genügend Sicherheitsabstand von unserer Haustür aus. »Kommst du bitte mal? Es ist dringend.«

Während Frau Ackermann weiterploppte, hob ich zum Gruß den Arm und ging mit wackligen Knien und einem Synapsenchaos zu meiner Frau. Ich war gespannt wie ein Flitzebogen, was unser Sohn heute angestellt hatte. Die Tat mit der Rehbachstauung galt glücklicherweise nach wie vor als ungeklärt.

»Hallo«, begrüßte ich Stefanie. »Vermutlich haben wir heute das letzte Päckchen von dem Paketboten bekommen.«

»Ich weiß«, nickte meine Frau. »Er ist voll in die Falle getappt und wurde von unserer Nachbarin beinahe ins Koma gelabert. Unser Briefträger ist übrigens bereits der dritte in diesem Monat.«

»Wie macht sich der neue Nachbar von gegenüber?«, fragte ich.

»Woher weißt du, dass wir neue Nachbarn haben?«, fragte Stefanie überrascht. »Außer Ackermanns kennst du doch niemanden.«

»Frau Ackermann hat ihn getroffen«, erklärte ich ihr. »Mit Hund.«

»Ach du großer Mist«, entfuhr es ihr. »Das war vermutlich das erste und das letzte Mal, dass er auf unserer Straßenseite gelaufen ist.« Sie schaute mich nun genauer an. »Sag mal, wie siehst du aus? Bist du verletzt?«

»Keine Sorge, es ist nur eine kleine Wand in einem alten Haus eingestürzt. Es war weder gefährlich noch waren Fremde daran beteiligt. Ich hatte einfach Pech gehabt.«

Stefanie gab sich mit meiner Erklärung zwar zufrieden, ihr Blick sprach dennoch Bände: Sie glaubte mir kein Wort.

Als wir im Wohnzimmer ankamen, stellte ich die Frage der Fragen: »Was haben Paul und Herr Ackermann angestellt?«

Stefanie hob die Schultern. »Ich weiß es nicht. Es sah auf jeden Fall verdächtig aus, als die beiden draußen umhergeschlichen sind. Mein Eingreifen war eher prophylaktisch.«

»Papa, ich habe einen Zettel für dich«, rief Paul fröhlich, der gerade ins Zimmer kam. »Von der Schule«, ergänzte er.

Ich erkannte das Formular an Größe und Farbe. Davon hatte ich schon viele in den Händen gehalten. Ohne hinzusehen, fragte ich: »Wann?«

»Am nächsten Dienstag in der kleinen Pause«, meinte er lapidar. »Wie siehst du aus, Papa? Genauso wie die Jungs, die meine doofe Schwester ständig anschleppt.«

Ich ging auf mein Aussehen nicht ein. »Was hast du dieses Mal angestellt?« Ich seufzte theatralisch und setzte eine ernste Miene auf, obwohl ich genau wusste, dass es erzieherisch nichts brachte.

»Aber das weißt du doch«, konterte mein Sohn. »Du hast es mir selbst erlaubt.«

»Was habe ich erlaubt?«

»Das Plakat mit den 95 Ts, Papa. Das kam bei meinen Klassenkameraden richtig geil rüber. Nur unser Lehrer war irgendwie schlecht drauf. Er sagte, dass ich froh sein könne, dass die Prügelstrafe abgeschafft wurde.«

»Das hat dein Lehrer wirklich gesagt?« Ich fand den Thesen-Streich nach wie vor gelungen. Anscheinend gab es immer noch Lehrer, die zum Lachen in den Keller gingen oder Ansichten aus dem vorletzten Jahrhundert vertraten beziehungsweise nie selbst Kind waren. »Ich werde mit deinem Lehrer reden, Paul. Du hast nichts falsch gemacht«, beruhigte ich ihn, schob aber gleich eine Fangfrage hinterher: »Was sollte das heute Mittag mit Herrn Ackermann werden?«

»Nichts«, war seine übliche und mir hinlänglich bekannte Standardantwort.

»Geht es ein bisschen präziser?« Mein Tonfall wurde strenger.

»Nichts ist nichts«, beharrte er dreist und verschwand aus dem Wohnzimmer.

»Wo sind eigentlich die anderen?« Ich wunderte mich, dass ich aus dem Kinderzimmer kein Geschrei der drei- jährigen Zwillinge Lisa und Lars hörte und sich selbst die 13-jährige Melanie noch nicht mit für Eltern stressi- gen Pubertätsangelegenheiten bemerkbar gemacht hatte.

Stefanie verzog ihre Mundwinkel. »Vielleicht sollte ich dir einfach mal einen Termin beim Ohrenarzt buchen«, meinte sie anschuldigend. »Freiwillig machst du sowieso niemals einen Hörtest.«

Ich horchte auf. »Wieso das denn? Ich höre immer alles, was ich will«, konterte ich. In letzter Zeit ärgerte mich meine Frau regelmäßig damit, endlich mal zu einem HNO-Experten zu gehen. Ich konnte mich nicht erin- nern, jemals etwas nicht gehört zu haben.

»Tu's einfach«, sagte sie in wenig freundlichem Ton. »Mehr als einmal habe ich dir erklärt, dass Melanie zwei Tage schulfrei hat und sie mit Lisa und Paul in Frankfurt bei meiner Mutter ist.«

»Das hast du wirklich gesagt? Mir?« Einen mit Todes- strahlen durchsetzten Blick von Stefanie deutete ich dahingehend, sofort aufzuhören und mich unterwürfig zu entschuldigen. Alles andere würde die Lage ins Ufer- lose eskalieren lassen. »Natürlich, jetzt kann ich mich wieder erinnern. Entschuldige, ich habe in den letzten Stunden so viel erlebt, da habe ich nicht mehr an diese Sache gedacht.«

Stefanie beruhigte sich. »Dann weißt du sicherlich, warum meine Mutter die drei geholt hat?«

Ich war in eine böse Falle geraten. Wann würde sie es bemerken? »Natürlich«, nickte ich eifrig in der Hoff- nung, dieses Gespräch zu überleben. »Ich freue mich schon darauf.«

»Du freust dich?« Stefanie machte große Augen. »Das sagst du bloß, um mir eine Freude zu machen.«

»Nein, natürlich nicht«, wiegelte ich ab, ohne den Hauch einer Idee zu haben. Mein Rücken war klatschnass geschwitzt.

»Dann geh am besten gleich duschen und dich umziehen, wir haben nicht mehr viel Zeit, zumal wir Paul mitnehmen müssen und er nicht zu spät ins Bett soll. Leider hat er morgen Schule.«

Um ein Haar hätte ich gefragt, warum Paul mit musste. Doch damit hätte ich mich über die Unkenntnis der nahen Zukunft geoutet.

Meine Frau verzichtete auf die Forderung nach einer Krawatte. Allzu schlimm konnte der Abend folglich nicht werden, zumal sich Paul nicht umziehen musste.

»Können wir?«, fragte sie mit ungeduldigem Blick auf die Wanduhr. »Ich möchte ganz vorne sitzen.«

»Du sitzt im Auto immer vorne, Stefanie«, antwortete ich, was sie zu einem bösen Augenfunkeln veranlasste. »Ich wollte nur einen Witz machen«, verteidigte ich mich.

»So, wie soll ich fahren, rechts oder links?« Mit dieser taktischen Frage, wir standen noch in der Hofeinfahrt vor der Garage, versuchte ich, aus meiner Frau das Fahrtziel herauszukitzeln.

»Du wirst doch den Weg zum Kulturklub kennen?« Stefanie klang ungeduldig.

Ich hatte nicht den blassesten Schimmer, was wir so spät dort sollten. Wenigstens kannte ich nun das Ziel, sofern es sich um den Schifferstadter Kulturklub handelte.

»Beide Wege führen zum Konrad-Adenauer-Platz«, entgegnete ich forsch. »Vielleicht hast du eine Lieblingsstrecke.«

»Jetzt fahr schon«, knurrte sie.

Parkplatztechnisch war der Kulturklub an der Salier-straße gut ausgestattet. Nachdem wir ausgestiegen waren, entdeckte ich ein Veranstaltungsplakat: Das Datum stimmte, der Ort ebenfalls. Meine sofort einsetzende Panikattacke missverstand Stefanie.

»Darauf freue ich mich seit Wochen«, sagte sie eupho-risch mit Blick auf das Plakat, während ich nach Luft schnappte und dabei um ein Haar erstickte.

»Ja«, stöhnte ich mit der zittrigen Stimme eines Tod-geweihten. »Das glaube ich gern.«

Wir waren früh, sehr früh. Genau genommen waren wir die Ersten, die unsere Eintrittskarten vorzeigten und nach oben in das erste Obergeschoss gebeten wurden. Vor der Bühne standen etwa 100 Stühle. Stefanie setzte sich mittig in die erste Reihe, während Paul sofort die Bühne inspizierte und dabei einen Buchständer umwarf.

Kaum saß ich, meinte meine Frau: »Holst du uns etwas zu trinken?« Seufzend stand ich auf.

»Für mich eine große Cola-rot«, rief mir Paul nach.

An der Theke im Erdgeschoss rannte ich beinahe KPD um. »Herr Palzki, was machen *Sie* hier?«, fragte er über-rascht. »Kultur ist doch gar nicht so Ihr Ding.«

Ich richtete meinen Blick gen Himmel und hoffte, einen Albtraum zu haben, aus dem ich gleich aufwa-chen würde.

»Meiner Frau zuliebe«, erklärte ich meinem Chef, als ich merkte, dass mein Wunsch nicht in Erfüllung ging.

»Das erklärt natürlich einiges«, meinte er und zeigte auf eine Flasche, die er in der Hand hielt. »Dann brau-che ich den Champagner nicht alleine zu trinken. Meine Frau musste zu Hause bleiben, weil sie mit der von mir zugeteilten Hausarbeit nicht fertig wurde.« Er überlegte. »Nehmen Sie schon mal die Flasche mit hoch, ich werde zwei weitere Gläser besorgen. Den Champagner habe ich durch eine Spedition gestern im Kulturklub anliefern lassen, damit er für den heutigen Abend die richtige Temperatur hat.«

Stefanie reagierte ungehalten, als ich den Champagner vor ihr auf den Boden stellte. »Bist du verrückt? Weißt du, was eine Flasche dieser Sorte kostet?«

»Das bist du mir wert«, antwortete ich lässig, verbesserte mich aber sofort: »Der ist nicht von mir, sondern von KPD.«

»Dein Chef ist hier? Davon hast du mir gar nichts verraten. Wolltest du mich damit überraschen?« Das erste kleine Lächeln des Abends zog über ihr Gesicht.

Da ich grundsätzlich ein wahrheitsliebender Mensch war, musste ich ihr das Lächeln leider gleich wieder nehmen. »Mal im Ernst, Stefanie, glaubst du wirklich, dass ich dich mit meinem Chef überraschen will? KPD verrät mir normalerweise nicht, auf welchen, äh, tollen Veranstaltungen er seine Freizeit verbringt.«

Meine Frau hatte den Fehler inzwischen selbst bemerkt.

»Kann man das Zeug mit Cola mischen?«, fragte Paul, der ein langes Kabel hinter sich herzog.

KPD kam hinzu und machte einen debil wirkenden Diener vor meiner Frau. Die unzählbaren Orden an seiner maßgeschneiderten Uniform klimperten wild durcheinander. »Rücken Sie mal einen Platz weiter«, forderte er mich forsch auf und setzte sich zwischen Stefanie und mich. »Meinen Glückwunsch, Frau Palzki«, flötete er, »Sie haben einen vorzüglichen Geschmack bei der Auswahl der Kulturveranstaltungen, die Sie besuchen.« Diskret ließ er wie ein Gigolo den Korken der Flasche ploppen.

»Und ich?«, forderte Paul aufdringlich, während KPD einschenkte. »Ich will auch von diesem Mineralwasser mit Kohlensäure haben. Damit kann ich richtig laut rülpsen. Niemand in meiner Klasse kann lauter rülpsen als ich«, sagte er meinem Chef direkt ins Gesicht und gab sogleich eine bestätigende und reichhaltige Kostprobe seines Könnens ab.

Um von unseren missglückten Erziehungsversuchen abzulenken, öffnete ich meinen Geldbeutel und drückte Paul zehn Euro in die Hand. »Hol dir was zu trinken, aber keinen Alkohol. Und nichts mit Kohlensäure«, rief ich ihm Sekunden später nach.

»Der Junge ist mit der ihm fremden Umgebung geistig überlastet«, entschuldigte ich mich bei KPD, der angewidert sein Gesicht verzog, da der Großteil der olfaktorischen Auswirkungen des Rülpsers direkt in seine Nasenlöcher schoss.

»Wie finden Sie das Programm?«, fragte Stefanie meinen Chef, um von dem Malheur abzulenken.

»Hervorragend«, begann KPD, nachdem er umständlich seine Nase gesäubert hatte. »Ich weiß aus erster Hand, dass der Kulturbereich seit vielen Jahren finanziell äußerst knapp gehalten wird. Die richtig großen Stars kann man damit nicht in die Stadt locken. Der Kulturklubleiter und sein Team tun, was sie können, und sie stellen ja mit ihrem begrenzten Etat jedes Jahr ein interessantes und vielfältiges Veranstaltungsprogramm auf die Beine. Den hohen Gagenforderungen der Crème de la Crème können sie leider nichts entgegensetzen. Mal sehen, vielleicht werde ich das zukünftig übernehmen.«

Mit einem Ohr hatte ich ohne größeres Interesse zuge-hört, doch der letzte Satz war purer Sprengstoff im posi-tiven Sinn. »Sie bewerben sich auf den Posten des Lei-ters?« Mein Puls schnellte vor Begeisterung in die Höhe.

»Wie kommen Sie auf diese blöde Idee?«, fuhr mich KPD an. »Ich bin und bleibe Ihr guter Chef, vorläufig jedenfalls. Apropos, hat Herr Landgraf meine Urkunde inzwischen verifiziert?«

»Er ist dabei«, murmelte ich enttäuscht. »Es haben sich ein paar inhaltliche Fragestellungen ergeben, die er zunächst klären muss.«

»Unmöglich«, protestierte KPD. »Ich rufe ihn mor-gen früh an und kläre das auf höchster Ebene. Ob Land-graf wirklich der geeignete Experte für die Bestätigung der Echtheit des Dokuments ist?«, sinnierte er laut. »Was machen eigentlich Ihre Ermittlungen in Neustadt, Herr Palzki? Haben Sie die Bibel inzwischen gefunden? Ein altes Buch zu finden, kann ja nicht so schwierig sein. Und was ist mit den Reliquien? Warum habe ich da noch keine Erfolgsmeldung vorliegen? Die Presseeinladung zum Fund des Kirchenschatzes habe ich längst im Feinschliff vorbereitet.«

»Wir stehen kurz vor dem Durchbruch, Herr Die-fenbach«, versuchte ich, ihn zu beruhigen. »Spätestens morgen oder so kann ich …« Ich musste hart schlucken. Auslöser war Paul, der gerade mit einem zu einem Vier-tel gefüllten Schorleglas zu uns kam. Der rötliche Inhalt sah weder nach Limo noch nach Cola aus. »Was trinkst du da?«

»Keine Ahnung«, antwortete er naiv. »Das fast volle Glas hat einer der Besucher mit der Bemerkung ›das schmeckt ja fürchterlich‹ auf einem der Stehtische abgestellt. Ich hab's probiert, das ist richtig lecker. Und da der Mann das nicht mehr trinken wollte, habe ich es genommen und die zehn Euro von dir eingesteckt. Davon kaufe ich mir morgen …«

Stefanie hatte ihrem Sohn das Glas abgenommen und daran gerochen. »Ein Cocktail«, stellte sie fest. »Eindeutig mit Alkohol.«

»Alkohol ist geil«, stellte Paul mit glasigen Augen fest und fuhr sich mit der Zunge über die Lippen.

Der zum Glück kinderlose KPD reagierte sichtbar genervt. Er nippte zunächst zur Beruhigung an seinem Champagnerglas. »Jaja, dann will ich morgen Abend die Ergebnisse Ihrer Ermittlungen aus Neustadt auf meinem Schreibtisch haben«, sagte er knapp in meine Richtung.

Stefanie versuchte, den erneuten Angriff von Paul zu überspielen. »Herr Diefenbach, Sie werden Sponsor des hiesigen Kulturklubs? Habe ich Sie richtig verstanden?« Von meinem Chef im Wesentlichen unbemerkt, hatte sie auf der anderen Seite ihren Sohn mit mehr oder weniger Gewalteinsatz auf dem Stuhl platziert.

Die Ablenkung gelang, wofür ich meiner Frau sehr dankbar war. Diefenbach trank einen weiteren Schluck des Sodbrennen fördernden Gesöffs und erklärte dann voller Stolz: »Es ist mehr als ein Sponsoring, ich und meine Dienststelle werden mit dem Klub kooperieren. Die gemeinsamen Veranstaltungen werden selbstverständlich zukünftig in einem größeren Rahmen in einer Halle stattfinden mit viel Prominenz. Wenn mein Plan aufgeht, und da bin ich mir sicher, werden wir mit unserem Festival in die Geschichtsschreibung eingehen, und das nicht nur in der Kurpfalz.«

Da ich unfreiwillig mithören musste, verdrehte ich meine Augen. Da war sie schon, KPDs nächste größenwahnsinnige Aktion. Um meinen Kollegen davon berichten zu können, rückte ich ein wenig näher.

»Ich habe beschlossen, einen nicht unbeträchtlichen Anteil der Schwarzgeldbußkasse für die Kooperation einzusetzen. Mit dem Kulturklub erhalte ich einen wichtigen Marktzugang. Der ist fast so wichtig wie meine zahlreichen Beziehungen. Ich habe an alles gedacht.«

»Ein Festival?«, fragte Stefanie anerkennend. »So etwas fehlt bei uns in Schifferstadt noch. Welchen Schwerpunkt wird das Festival haben?«

»Mundart, also Pfälzer Dialekt, was sonst?«, antwortete KPD. »Aus diesem Grund bin ich schließlich heute gekommen.«

Vor Schreck verschüttete ich eine größere Menge aus meinem Champagnerkelch. Mein Chef plante, ein Mundart-Festival in Schifferstadt zu etablieren! Reichte es nicht, dass sich für die heutige Veranstaltung rund ein halbes Dutzend Dialekt-Lyriker angesagt hatte, das in wenigen Minuten seine kaum verständlichen Gedichtproben auf uns arme Zuschauer loslassen würde? Ich hatte mir längst unbemerkt aus einem Papiertaschentuch zwei kleine Tamponaden gedreht, die ich vor Beginn der Lesungen unauffällig in meine Gehörgänge einzubringen gedachte.

»Brauchtum ist wichtig«, referierte KPD weiter. »Auch wenn ich selbst stets lupenreines Hochdeutsch spreche, so wie es sich für einen guten Chef gehört, muss ich anerkennen, dass der Pfälzer Dialekt erhaltungswürdig ist. Die Jüngeren können mit der hiesigen Mundart nur noch selten etwas anfangen. Die stiefmütterliche Behandlung unseres sprachlichen Erbes möchte ich fördern und wieder richtig aufleben lassen. Das wird mir einen weiteren *Wikipedia*-Eintrag bringen und mich unsterblich machen.«

Stefanie hatte einen Einwand: »Sie wissen schon, Herr Diefenbach, dass es in der Pfalz seit Jahrzehnten zwei renommierte Wettbewerbe gibt: die *Bockenheimer Mundarttage* und den *Mundart-Wettbewerb Dannstadter Höhe*.« Erwartungsvoll schaute sie zu meinem Chef.

KPD grummelte kurz, bevor er antwortete: »Ja schon, aber dort geht's nicht mit rechten Dingen zu. Bei der Auswahl der Finalisten in Dannstadt wird gemauschelt.«

»Haben Sie Beweise?« Stefanie senkte ihre Stimme.

»Einen eindeutigen«, begründete KPD. »Seit acht Jahren schicke ich jährlich meine selbst verfassten und genialen Beiträge in den Kategorien Lyrik und Prosa nach Dannstadt. Noch nicht ein einziges Mal wurde ich bisher für das Finale nominiert. Ist das nicht Beweis genug?«

»Vielleicht gibt es sehr viele Einreichungen?«, versuchte sich meine Frau an einer Lösung.

»Papperlapapp«, entgegnete KPD. »Meine Beiträge sind gut, sehr gut sogar. Ich werde sie allesamt demnächst in einem Buch veröffentlichen. Es gibt nur noch ein paar Detailfragen mit dem Verlag zu klären. Das ist auch so ein Ding: Ich zahle sämtliche Kosten, die dem Verlag entstehen, und trotzdem wollen die bei meinem Buch mitreden.«

»Vielleicht klappt es im nächsten Jahr«, mischte ich mich ein.

»Garantiert«, unterbrach KPD mit heftigem Nicken. »Dann wird nämlich das erste Mal das *Schifferstadter Mundart-Festival* stattfinden. Selbstverständlich werde ich als Sponsor und Kooperationspartner als Vortragender gesetzt sein. Und zwar mehrfach in sämtlichen Kategorien, so auch in der neuen und von mir erfundenen Kategorie *Kripolyrik*. Auch die Jurymitglieder werden von mir höchstpersönlich ausgewählt.«

»Dann kann ja nichts mehr schiefgehen.«

»Das will ich aber meinen«, sagte KPD stolz. »Wettbewerbe mit ungewissem Ausgang haben mich schon immer gestört. Herr Landgraf wird staunen.«

»Michael Landgraf?«, fragte ich erstaunt. »Was hat der damit zu tun?«

Mein Chef erklärte es mir: »Herr Landgraf moderiert seit einigen Jahren den *Mundart-Wettbewerb Dannstadter Höhe*. Ich habe ihn auf die Manipulationen des Wettbewerbs angesprochen, aber er hat natürlich nichts zugegeben. Die Jury entscheide autark und kenne die Namen der Autoren nicht, da die Texte anonymisiert seien, meinte er. Ich habe da meine Zweifel. Während unserer, zugegebenermaßen interessanten, Unterhaltung habe ich beschlossen, dass mir Herr Landgraf aufgrund seines breit gefächerten Wissens in anderen Bereichen nützlich sein kann. Daher habe ich die Sache mit dem Wettbewerb zunächst auf sich beruhen lassen und entschieden, gemeinsam mit dem Kulturklub Schifferstadt ein eigenes Mundart-Festival aufzubauen.«

»Und in dem Zusammenhang haben Sie erfahren, dass Landgraf ein Experte für alte Handschriften ist«, riet ich.

»Mit den Wittelsbachern kennt er sich ebenfalls aus«, ergänzte KPD. »Außerdem ist er richtig gut in ...«

In diesem Moment betrat der Leiter des Kulturklubs die Bühne. Dabei stolperte er über ein ungünstig verlegtes Kabel. Langsam wurde das Licht gedimmt, und ich nutzte die Gelegenheit, mich zurückzulehnen und die Augen zu schließen. Bereits im halbdämmernden Zustand bekam ich noch mit, wie sich der Beginn des ersten Beitrags verzögerte, weil es Probleme mit der Technik wegen eines fehlenden Kabels gab.

»Hallo, Reiner.« Ich zuckte heftig zusammen, als ich am Arm geschüttelt wurde. »Es ist Pause, du wirst doch hoffentlich nicht geschlafen haben?«

»Was hast du gesagt?«, fragte ich viel zu laut.

Stefanie wiederholte ihre Frage, bis ich das Problem erkannte. Leider bemerkte Stefanie, wie ich im Reflex meine Gehörgänge befreite. »Du wirst doch nicht ...« Ihre Gesichtsfarbe wechselte schnell und deutlich. »Geh heim«, schrie sie böse, »und nimm Paul mit. Herr Diefenbach wird mich bestimmt später nach Hause bringen.« Als ich keine Anstalten zeigte zu gehorchen, hob sie ihre Stimme um eine weitere Eskalationsstufe.

»Komm, Paul, wir gehen«, sagte ich, ohne einen weiteren Schlichtungsversuch zu unternehmen.

»Papa, aus welchem Land kommen die Leute, die da vorgelesen haben? Ich habe kein einziges Wort verstanden, das war voll langweilig. Krieg ich, weil ich so brav war, noch einen Cocktail?«

Als Stefanie nach Hause kam, stellte ich mich schlafend, was meiner Gesundheit gewiss förderlich war.

»In Zukunft gehe ich nur noch alleine zu Kulturveranstaltungen«, sagte sie am nächsten Morgen während des Frühstücks. Damit war alles gesagt.

*

»Guten Morgen, Reiner«, wurde ich mit überraschtem Blick von meiner Kollegin Jutta begrüßt. »So früh heute im Dienst?«

Dass ich aus persönlichen Gründen meinen Aufenthalt zu Hause so kurz wie möglich gehalten hatte, brauchte sie nicht zu wissen. »Ich bin doch schunn immer än Friehuffsteher«, log ich mit theatralischer Gestik.

»Bist du es wirklich, Reiner?«, vergewisserte sich Gerhard stirnrunzelnd. »Ich habe kürzlich einen Film mit geklonten Außerirdischen gesehen, da …«

Jutta schnitt ihm das Wort ab. »Erzähl schon, Reiner, was ist los? Willst du ein paar Kekse?« Sie deutete zur Besprechungsgruppe und holte eine Blechdose aus ihrem Schreibtisch.

Jürgen, der einen Stapel Blätter in der Hand hielt, setzte sich als Vierter zu uns an den Besprechungstisch.

»KPD plant für nächstes Jahr ein Mundart-Festival. Bei uns in Schifferstadt und auf Pfälzisch.« Diese in meinen Augen sensationelle, Nachricht wurde lediglich schulterzuckend zur Kenntnis genommen.

»Ach so«, meinte Gerhard lapidar. »Ich dachte schon, jetzt kommt ein richtiger Kracher. Dabei ist es nur das übliche Gedöns unseres Chefs.« Er schaute zu Jürgen. »Bis gestern Mittag hofften wir, dass unser geliebter Chef seine Ehre als Nachkomme der Wittelsbacher erhält und seinen Job aufgibt, doch dann haben Jürgens Recherchen alles zunichte gemacht.«

»Wir haben es ihm aber noch nicht gesagt«, beteuerte Jürgen. »Ich habe herausgefunden, dass Diefenbachs direkte Vorfahren als verarmte Bauern in Oberbayern gelebt haben. Es gibt keinerlei Verbindung zwischen

KPD, der Urkunde und den Wittelsbachern. Ob die überhaupt echt ist, weiß ich nicht.«

»Absturz von 100 auf null oder noch tiefer«, meinte Jutta mit einem süffisanten Lächeln. »Gibt es wichtige Hintergrundinformationen für uns bezüglich des von KPD geplanten Festivals, oder wolltest du uns nur eine Kostprobe deiner Dialekttauglichkeit demonstrieren?«

»Er hat es Stefanie und mir gestern Abend im Kulturklub gesagt«, erklärte ich in der Hoffnung, das Thema damit beenden zu können.

»Du warst«, Gerhard schnappte nach Luft und verbesserte sich, »du musstest gestern zu der Lyriklesung auf Pfälzisch?« Er schüttelte den Kopf. »Warum hast du dich für heute nicht krankgemeldet?«

Jutta horchte auf. »Und jetzt ahne ich, warum du heute so früh zum Dienst erschienen bist. War das Desaster so schlimm? Soll ich Stefanie anrufen und Gutwetter für dich machen?«

»Können wir bitte das Thema wechseln?« Ich schaute zu Jürgen. »Was hast du über Michael Landgraf und seine Frau Barbara herausgefunden?«

Gerhard und Jutta lachten laut auf, während unser Jungkollege ängstlich in eine Raumecke blickte, in der drei oder vier Bananensteigen gestapelt standen. »Das hatte ich bereits nach 30 Minuten zusammengetragen, alles aus offiziell verfügbaren Quellen. Dann musste ich meine Arbeit unterbrechen, weil ich Papier für den Drucker nachbestellen musste.«

Aus einem inneren Reflex heraus ging ich zu dem Stapel und hob die obere Kiste hoch, die ich auf zehn Kilogramm taxierte. »Jürgen, Jürgen, wann soll ich – wann soll das irgendjemand lesen? Ich brauche Fakten, Fakten, Fakten.«

»Das sind alles Fakten, Reiner.«

»Ich meine relevante Fakten. Vorstrafen, irgendwelche Ungereimtheiten in der Vergangenheit, Jugendsünden, solche Sachen halt, wie man sie bei jedem Bürger findet, wenn man nur lange genug sucht. Stell mir alles zusammen, was man nicht in den offiziellen Quellen findet, verstanden?«

Jürgen nickte ergeben. »Das Büropapier wird gegen 14 Uhr angeliefert. Ich habe extra eine größere Menge bestellt, damit uns so etwas nicht noch mal passiert. Wir werden es in deinem Büro lagern, da stört es niemanden.«

Ich wusste nicht, warum, aber mir schwirrte das Bild von Loriot im Kopf herum, wie er in dem Spielfilm *Papa ante portas* als Heinrich Lohse wegen eines absurden Vorratskaufs an Geschäftspapier und Radiergummis vorzeitig in den Ruhestand versetzt wurde.

»Dann hast du bezüglich Joachim Specht noch nicht recherchiert?«

»Nur mal ganz kurz für einen ersten Überblick«, sagte Jürgen. »Er ist der Dienststelle in Grünstadt zugeordnet, arbeitet zurzeit aber in Neustadt. Die internen Protokolle zu der zeitweisen Amtshilfe reiche ich dir morgen nach. Das Gleiche gilt für seine Tätigkeit in Sachen lateinische Messen. Aber etwas anderes macht mich stutzig.«

Ungeduldig horchte ich auf.

Unser Jungkollege machte es mit einer gekonnt eingesetzten Pause spannend. »Er raucht Zigarren.«

»Das weiß ich längst«, winkte ich enttäuscht ab. »Das sind richtig dicke Prügel. Ein Zug an solch einem Monstrum, und du würdest drei Tage nicht mehr vom Klo runterkommen.«

»Haha«, meinte Jürgen. »Die italienischen *Toscano*

Antico Zigarren sind vor über 200 Jahren entdeckt worden, als zufällig ein Regenschauer eine Ladung Kentucky-Tabak durchnässte. Dadurch fermentierte sich der Tabak, und es entstand der typische und intensive Geschmack. Ich habe gelesen, dass dem Italiener seine *Toscano* so wertvoll ist wie dem Deutschen sein Bier.«

»Specht ist Italiener?«

»Falsch geraten«, entgegnete Jürgen. »Specht ist Deutscher, hat aber zusätzlich einen indischen Pass. Auch seine Frau ist aus Indien.«

In meinem Kopf rotierte es. Ein Deutscher mit indischem Pass, der lateinische Messen hielt und italienische Zigarren aus amerikanischem Tabak rauchte. Internationaler ging es wahrlich fast nicht mehr. Diese ungewöhnliche Kombination machte ihn mir noch eine Spur verdächtiger, obwohl es eigentlich keinen greifbaren Grund gab.

»Zigarren hin, Zigarren her«, beschied ich Jürgen. »Ich bleibe Nichtraucher und du besser auch. Bleib bitte bei Joachim Specht dran. Er ist bestimmt hinter den Reliquien her, und soweit ich bisher weiß, ist er leider nicht der Einzige.«

Ich zog ein zerknittertes Blatt Papier aus der Hosentasche, das ich beinahe vergessen hatte. »Das ist eine Kopie der handschriftlichen Zeichen aus der Neustadter Bibel. Die ersten Symbole entsprechen zwei Schlusssteinen in der Stiftskirche, die haben wir identifiziert, den Rest leider noch nicht.« Mir fiel der Fund bei dem Antiquitätenhändler ein. »Wir haben gestern noch ein paar weitere Symbole gefunden, die Herr Landgraf fotografiert hat. Ich werde ihn nachher bitten, die Fotos an euch weiterzuleiten. Schaut, ob ihr damit was anfangen könnt.«

Meine Kollegen beugten sich neugierig über die Symbole auf dem Blatt, konnten damit aber nicht das Geringste anfangen. »Gibt es von eurer Seite noch etwas zu berichten? Ich sollte mich langsam auf den Weg nach Neustadt machen. Stellt euch mal vor, Landgraf beginnt mit seinem Tagewerk morgens um 5 Uhr. Brutal, oder?«

»Wer so früh aufsteht, hat meist was zu verbergen«, meinte Gerhard mit voller Überzeugung. »Übrigens, Becker war hier, gestern gegen Mittag schon.«

Dietmar Becker, natürlich. Ich hatte bereits begonnen, ihn zu verdrängen, doch so einfach war das Leben nicht. Störfeuer war ich gewöhnt, auch von dem nervigen Studenten. »Was wollte er? Ihr habt ihm doch hoffentlich nichts erzählt?«

»Woher auch«, verteidigte sich Jutta. »Wir wussten ja selbst kaum etwas. Becker war aber vorher bei KPD und hat von ihm mehr erfahren, als wir selbst wussten.«

»Alles Quatsch«, unterbrach ich. »Von KPD kann er nur Quatsch erfahren haben. Solang Becker auf KPD fixiert ist, kann gar nichts passieren. Er tauchte gestern früh überraschenderweise zum gleichen Zeitpunkt wie ich bei Landgraf auf, weil er einen Artikel über die Erlebnisausstellung des *Bibelmuseums* schreiben möchte. Dabei hat er leider zwangsläufig den Diebstahl und den Anschlag auf den Museumsleiter mitbekommen, mehr aber auch nicht. Der Diebstahl eines alten Buches wird den Studenten sicherlich nicht auf den Gedanken bringen, einen neuen unrealistischen Krimi zu schreiben. Wenn er noch mal bei euch auftaucht, erzählt ihm einfach eine Story vom Pferd. Oder noch besser: Erzählt ihm von dem komischen Dorf, das nach Diefenbach benannt ist. Dann wird er dorthin fahren, was meine

Nerven ein Stück weit beruhigen wird.« Ich zog ein seliges Lächeln auf.

»Leider hast du eine Kleinigkeit nicht bedacht, Reiner«, meinte Gerhard. »Unser Chef hat ihm von den Reliquien erzählt und dass du auf der Suche nach diesem Schatz bist. Nach Beckers Erzählungen muss ihm KPD ein ausschweifendes Märchen à la *Ali Baba und die 40 Räuber* erzählt haben.«

»Mist«, dachte ich laut. Damit war klar, dass Dietmar Becker auch heute in Neustadt herumstreunen und mich von meiner Arbeit abhalten würde.

Ich stand auf. »Sobald ich Neuigkeiten habe, melde ich mich. Falls ihr euch fragt, wie weit meine Ermittlungen sind: ungefähr so weit wie zu Beginn. Die Zahl der Verdächtigen steigt ständig, und einen richtigen Plan habe ich auch nicht. Neben Landgraf haben wir eine weitere Verletzte: Die Kirchenführerin Helga Gutermann wurde von einer unbekannten Person niedergeschlagen.« Ich hob die Hand zum Abschiedsgruß und verließ ohne eine Begegnung mit KPD die Dienststelle und fuhr nach Neustadt.

DIE WEINSTUBE IST NUR EIN
ETAPPENZIEL

Der Museumsleiter erwartete mich mit einer Kaffeetasse vor seinem Haus.

»Guten Morgen, Herr Palzki«, begrüßte er mich, während er sich nervös nach allen Richtungen umschaute.

»Was ist los?«, fragte ich mit meinem untrüglichen Spürsinn. »Ich bin auf der Herfahrt nicht verfolgt worden. Oder fühlen Sie sich beobachtet?«

»Nein, nein«, antwortete er zerstreut. »Ich hatte nur gehofft, dass Barbara, also meine Frau, noch hier ist.« Landgraf schaute die Straße hinunter in Richtung Krankenhaus.

»Ist sie verschwunden?«

»Nicht so, wie Sie vermuten, Herr Palzki. Es ist nur die Situation, die merkwürdig ist. Meine Frau hat heute Vormittag frei und wollte eigentlich den Wocheneinkauf erledigen. Vor wenigen Minuten tauchte sie aufgeregt in meinem Büro auf und sagte, dass sie dringend weg muss.«

»Hat sie gesagt, wohin sie will?«

»Das habe ich leider nicht verstanden«, bekannte der Theologe. »Ich telefonierte gerade und konnte nicht sofort reagieren. Nachdem ich mit dem Telefonat fertig war, habe ich Barbara zunächst im Haus gesucht, bis ich auf den Gedanken kam, zu schauen, ob ihr Wagen vor dem Haus parkt. Jetzt weiß ich, dass sie tatsächlich weggefahren ist.«

Er blickte sich ein letztes Mal um, dann meinte er zu mir: »Kommen Sie erst mal mit rein, meine Frau wird schon wieder auftauchen. Ich hoffe, dass mit unserem Sohn alles in Ordnung ist.«

Neben der Bibliothek im Erdgeschoss lag, zur Stra-ßenfront hin, Landgrafs Büro. Dass auch dieser Raum vollgestopft mit Ordnern, Papieren, zeitgenössischen Büchern sowie jeder Menge jahrhundertealter Schwar-ten war, wunderte mich nicht. »Ich schalte noch meinen Computer aus, dann können wir los.«

»Wohin geht's heute?«, fragte ich naiv. »Zum Ober-bürgermeister und zu dieser Weinstube? Hat die über-haupt schon geöffnet? Oder haben Sie eine Überraschung für mich?«

»Keine Überraschung, Herr Palzki. Ich habe heute bereits mehrere Stunden darüber nachgedacht, wer für den Einbruch und die beiden Gewaltdelikte verantwort-lich zeichnen könnte, doch ich bin zu keinem vernünfti-gen Resultat gekommen.«

»Genug Leute wissen, was die Zeichen in der Bibel zu bedeuten haben«, gab ich zu bedenken.

»Ich bitte Sie«, konterte Landgraf. »Es handelt sich aus-schließlich um absolut integre Menschen, die niemals zu solch einer Tat fähig wären. Eine alte Frau hinterrücks niederschlagen? Wer sollte das gewesen sein?«

»Trotzdem hat es jemand getan.«

»Das ist es ja, was mich beunruhigt und was ich nicht verstehe.« Der Museumsleiter stand auf, nachdem er sei-nen Computer ausgeschaltet und ein paar Dokumente auf dem Schreibtisch geordnet hatte. »Eine fremde und mir unbekannte Person muss davon erfahren haben.«

»Der letzte Strohhalm?«, fragte ich provokant.

Landgraf seufzte. »Vielleicht. Solang ich nicht eines Besseren belehrt werde, können wir die Metapher des Strohhalms im Raum stehen lassen. Ich glaube stets an das Gute im Menschen, und nur sehr selten wurde ich in meinem Leben bisher enttäuscht.«

»Wenn die Welt und die Menschheit so gut wären, bräuchte es nicht so viele Polizeibeamte«, bohrte ich weiter.

Landgraf trank seinen Kaffee aus und verkniff sich einen Kommentar. »Wir fahren zunächst zu Inge Löchel, der Inhaberin der Weinstube *Herberge*. Sie hat für uns eine Stunde Zeit eingeplant, danach hat sie einen wichtigen Termin.«

Der Marktplatz und dessen Außen-Gastronomiebereich waren aufgrund der angenehmen Wetterlage um die relativ frühe Uhrzeit bereits gut bevölkert. Ich schielte in Richtung eines leeren Tischs und nahm mir vor, nach Möglichkeit im Laufe des Tages an diesem wohltuenden Ort abermals eine Pause einzulegen.

Mein Begleiter verließ den Marktplatz in östlicher Richtung, bog allerdings vor der Hauptstraße links ab. Nach wenigen Metern blieb er stehen. »Hier sind wir schon, Herr Palzki. In diesem Haus hat Bernhard Meister gewohnt, dafür haben wir Belege. Der Komplex wurde zwar im Laufe der Jahrhunderte immer wieder umgebaut und renoviert, doch der Grundriss des Haupthauses soll noch mit dem Ursprungsgebäude übereinstimmen. Seit langer Zeit ist es im Familienbesitz und wurde durchgehend als bewirtschaftete Weinstube genutzt.«

Wir standen in einer engen, mit Kopfstein gepflasterten
Gasse, in der man ohne wesentliche Änderungen einen
authentischen Mittelalterfilm hätte drehen können. Im
linken Teil des Gebäudes führte ein Rundbogentor nach
innen. Mehrere gleich große Fenster mit Außenklapplä-
den ließen auf einen Gastraum schließen. Über dem Torbogen las ich in verschnörkelter Wandmalerei »Herberge

aus der Zunftzeit«. Den Rest des Textes konnte ich auf die Schnelle nicht identifizieren, da mich mein Begleiter auf ein bestimmtes Detail aufmerksam machte.

»Sehen Sie das linke Wappen da oben über dem Torbogen? Das ist das Wappen von Bernhard Meister.«

Der Museumsleiter ging zum Eingang. Etwas widerwillig folgte ich ihm. Falls Meister die Reliquien in seinem eigenen Haus versteckt hatte, war es äußerst unwahrscheinlich, dass sie die lange Zeit schadlos überstanden hatten. Wobei ich selbst nicht davon ausging, dass er den Schatz in seinem Wohnhaus versteckte, wenn er überhaupt für das Verschwinden der Reliquien verantwortlich war. Viel zu groß dürfte damals die Gefahr gewesen sein, dass bei einer groß angelegten Suchaktion die wertvollen Gegenstände bei ihm zu Hause gefunden worden wären. Versteckmöglichkeiten wie Möbel gab es im 16. Jahrhundert nur in sehr eingeschränktem Maß. Falls es auch in Meisters Wohnhaus ein unentdecktes Priesterloch geben sollte, hätten sich die Reliquien mangels Pflege längst aufgelöst. Aber die Gefäße, kam mir schlagartig ins Bewusstsein. Was wäre, wenn es jemand ausschließlich auf den materiellen Wert der Monstranzen und Behältnisse abgesehen hatte? Gold, Silber, Edelsteine? Wenn ich mich bei den Ermittlungen allein auf dieses Motiv beschränken würde, müsste ich Joachim Specht und Marco Fratelli als potenzielle Täter ausschließen. Aber wer bliebe übrig? Denzinger, der Antiquitätenhändler, oder gar Marc Weigel, der Oberbürgermeister?

»Alles in Ordnung, Herr Palzki?«

»Entschuldigen Sie, ich habe vor mich hingeträumt.« Ich folgte ihm ins Innere.

Wir wurden bereits erwartet. »Ich bin Inge Löchel«, sagte die Inhaberin mit einer angenehm freundlichen Stimme, bei der man sich sofort wohlfühlte. Sie gab mir die Hand.

»Palzki, Reiner Palzki«, stellte ich mich vor. »Dürfen wir uns bei Ihnen etwas umsehen?«

Die Weinstubeninhaberin lachte. »Aber sehr gerne, Michael hat Sie beide ja angekündigt. Ich zeige Ihnen nachher alle Räume. Wollen Sie zunächst das Handwerkszimmer sehen? Es ist die ideale Kulisse für Feiern im Familien- oder Kollegenkreis. Bis zu drei Dutzend Personen können in dem Raum gemeinsam feiern. Dort haben unzählige Generationen, lokale Honoratioren und sogar ein paar Berühmtheiten getafelt, gefeiert und getagt. Auch heutzutage nutzen noch einige Handwerksgesellen den Raum als Versammlungsort. Sie mögen besonders den gemütlichen Kachelofen im Winter.«

Wir setzten uns in dem rustikal eingerichteten Raum an einen Tisch neben dem Fenster. Ich verband solche mit dunklem Holz getäfelten Räume, die man vor allem früher in Gastwirtschaften regelmäßig antraf, stets mit einer rauchgeschwängerten nebligen Luft. Das inzwischen durchgesetzte Rauchverbot in öffentlichen Räumen empfand ich persönlich als eine der angenehmsten Gesetzesänderungen der letzten Dekaden.

»Darf ich Ihnen etwas zu trinken anbieten?«, fragte Inge Löchel.

»Eine Apfelsaftschorle?«, fragte ich vorsichtig in der Hoffnung, nicht in einer wörtlich zu nehmenden Weinstube gelandet zu sein.

»Selbstverständlich, und du, Michael?«

Landgraf schloss sich meinem Getränkewunsch an.

»Womit kann ich helfen?«, fragte die Inhaberin, nachdem die Getränke auf dem Tisch standen.

»Wir interessieren uns für Bernhard Meister«, begann ich. »Herr Landgraf meinte, dies wäre sein Wohnhaus gewesen.«

»Das stimmt, Herr Palzki. Ich selbst bin ein direkter Abkömmling Meisters.«

»Sie?«, rief ich aus.

»Du?«, fragte der Theologe erstaunt.

»Ja, schon«, gab sie zu und schaute Landgraf schuldbewusst an. »Das habe ich dir verschwiegen, als du mir die handschriftlichen Eintragungen von Meister in der Bibel gezeigt hast.«

»Sie wissen von der Bibel?« Dies war für mich die zweite Überraschung innerhalb weniger Sekunden.

»Klar.« Inge Löchel tat unschuldig. »Michael, also Herr Landgraf, hat mir kürzlich die Eintragungen gezeigt. Da ich ein paar Handschriften Bernhard Meisters in meinem persönlichen Besitz habe, konnte ich die Übereinstimmung bestätigen.«

»Warum hast du mir nicht gesagt, dass du mit ihm verwandt bist?«, unterbrach Landgraf.

»Du hast nicht danach gefragt«, antwortete sie. »Außerdem ist das noch nicht ganz sicher. Die Eigentumsverhältnisse dieses Gebäudes und auch die familiären Beziehungen sind bis zum Jahr 1793 wegen des Dreißigjährigen Krieges nicht lückenlos nachvollziehbar. Trotzdem bin ich mir inzwischen sicher, in gerader Linie mit Meister verwandt zu sein. Die Ahnentafel, die ich mir zurzeit von einem Experten erstellen lasse, spricht eine eindeutige Sprache. Sobald der Stammbaum fertig ist, kannst du eine Kopie haben, Michael.«

Sie wandte mir den Blick zu. »Falls es diesen ominösen Reliquienschatz tatsächlich gibt, werde ich natürlich Besitzansprüche stellen. Um ehrlich zu sein, glaube ich aber nicht an diese Geschichte.«

»Herr Landgraf hat Ihnen von den verschwundenen Reliquien erzählt?«

»Natürlich«, bestätigte Inge Löchel sofort. »Darum ging es Michael doch.«

Der Theologe machte, bewusst oder nicht, einen Kardinalfehler, indem er Täterwissen von sich gab: »Die Bibel wurde aus dem Museum gestohlen, Inge. Bei dem Diebstahl wurde ich niedergeschlagen.«

Die Weinstubenbesitzerin starrte Landgraf an. »Du wurdest überfallen, und die Neustadter Bibel wurde gestohlen? Um Himmels willen, wer tut denn so etwas?«

»Jemand, der die Reliquien sucht«, mischte ich mich ein. Ich war ein wenig sauer auf Landgraf, aber vermutlich würde der Diebstahl sowieso in Bälde in der Zeitung stehen.

»Verrückt«, meinte Löchel. »Ich jedenfalls kann mir nicht vorstellen, dass dieser Schatz noch irgendwo versteckt ist. Nach so langer Zeit«, ergänzte sie.

Ich lehnte mich zurück, um über die neue Situation nachzudenken. Dabei schaute ich zufällig aus dem Fenster und sah den Antiquitätenhändler Denzinger, der mit einer mir unbekannten Person in der Gasse stand und deutlich nach oben in Richtung Wappen zeigte. Interessant, dachte ich zufrieden. Schließlich kannte ich meine Pappenheimer.

Und schon lenkte mich die nächste Überraschung ab.

»Unser Oberbürgermeister glaubt auch nicht daran«, meinte Inge Löchel beiläufig.

»OB Weigel?« Beinahe überschlug sich meine Stimme. Waren alle Verdächtigen untereinander vernetzt? Gab es vielleicht gar keinen Einzeltäter, sondern handelte es sich um eine ganze Gruppe, die als Team hinter den Reliquien her war? Ich tat meinen spontanen Gedanken als absurd ab. »Was weiß der darüber?«

Landgraf schien ebenso überrascht wie ich.

»Der OB ist regelmäßig mit seinen Verwaltungsleuten bei uns in der Weinstube zu Gast«, erklärte sie.

»Sie wollen mir doch nicht erzählen, dass Sie jedem Gast von Ihrer vermuteten Verwandtschaft zu Meister und den Reliquien erzählen?«

»Natürlich nicht allen Gästen«, reagierte Löchel entrüstet. »Nur denen, die sich für die historischen Fakten der Weinstube interessieren. Und da gehört auch die Person des ursprünglichen Eigentümers dazu. An der Hausfront ist sein Wappen ...«

»Das wissen wir«, unterbrach ich sie. »Wem haben Sie alles von den Reliquien erzählt?«

Inge Löchel verstand nicht so recht. »Ich weiß nicht, worauf Sie hinauswollen, Herr Palzki. Dass der Kirchenschatz der Stiftskirche im 16. Jahrhundert spurlos verschwand, ist kein Geheimnis. Das kann man sogar in Michaels Kirchenführer nachlesen.«

Ein kurzer Blick zu dem nickenden Theologen bestätigte die Aussage. Ging ich die ganze Zeit von falschen Voraussetzungen aus? Ich wandte mich an Landgraf, um meinen Wissensstand zu aktualisieren und zu festigen.

»Die Probleme fingen wohl erst an, als Ihnen der Professor aus den USA die handschriftlichen Eintragungen zeigte und Sie die Vermutung äußerten, dass in der Bibel Bernhard Meister das Versteck der Reliquien verschlüsselt beschrieben hat. Bis zu diesem Zeitpunkt hat kein Mensch daran geglaubt, dass der Kirchenschatz noch existiert. Kann das so stimmen?«

Landgraf nickte zaghaft. »Das ist gut möglich, aber ich ...«

Ich schnitt ihm rigoros das Wort ab. »Dann können wir uns also weiterhin auf die Personen beschränken, denen *Sie* gegenüber Ihre Vermutung geäußert haben. Wie ich inzwischen weiß, wurden von Ihnen vor dem Diebstahl der Bibel keine Kopien von Meisters Eintragungen an andere Leute weitergegeben.«

»Das stimmt«, bestätigte er sofort. »Ich wollte Kopien weitergeben, bin aber noch nicht dazu gekommen.«

Nun sprach ich Inge Löchel an. »Ihnen hat Herr Landgraf nicht nur von den Eintragungen erzählt, er hat Sie Ihnen sogar gezeigt.«

»So war es«, sagte sie. »Eine Kopie der Bibelseite habe ich von ihm nicht erhalten. Ich hatte aber bei meinem Besuch im *Bibelmuseum* die Original-Briefe von Bernhard Meister dabei, die sich in meinem Privatbesitz befinden. Wir glichen die Handschrift ab, das Ergebnis war eindeutig.«

»Und das haben Sie anschließend dem Oberbürgermeister erzählt?«

»Stimmt ebenfalls«, betonte Löchel mit ehrlicher Miene. »Ich habe Herrn Weigel meinen fast fertigen Stammbaum gezeigt. In dem Zusammenhang sind wir auf das Thema Reliquien zu sprechen gekommen. Mehr war aber nicht, das lief eher so nebenbei. Anderen Gästen habe ich von Michaels Entdeckung in der Bibel und den Reliquien nichts erzählt, glaube ich jedenfalls.«

Ihr Nachsatz ließ mich, ermittlungstechnisch gesehen, verzweifeln. Ungenaue Zeugenaussagen und fehlerhafte

Erinnerungen waren für jeden Polizeibeamten ein Gau, selbst wenn es ohne Vorsatz passierte.

Ich beschloss, dem Oberbürgermeister so bald wie möglich ordentlich auf den Zahn zu fühlen. Er und Helga Gutermann, niemand sonst kannte mehr Geheimnisse und Verstecke der Stiftskirche, davon war ich längst überzeugt.

Inge Löchel wäre keine gute Wirtin, wenn sie nicht eine gewisse Neugier an den Tag legen würde. »Michael, bist du inzwischen mit dem Text und den Zeichen von Meister weitergekommen? Außer den beiden Schlusssteinen hattest du ja keine so richtige Idee.«

»Sind wir nicht«, erklärte ich in aller Deutlichkeit, bevor Landgraf begann, das Abenteuer bei Denzinger oder die Sache mit Gutermann zu erzählen. Doch je länger ich darüber nachdachte, begriff ich Inge Löchel als eine kleine Chance. Da ich sie, zumindest im Moment, als Täterin ausschloss, fiel mir kein Gegenargument ein, ihr die bei Denzinger gefundenen Symbole vorzuenthalten. Vielleicht gab es eine wie auch immer geartete Verbindung zwischen der Stiftskirche, dem Fachwerkhaus von Denzinger und dem ehemaligen Wohnhaus Meisters. Zufrieden mit meinem Gedanken beschloss ich, trotz allem in den nächsten Tagen ihr Alibi zu überprüfen.

»Herr Landgraf, würden Sie bitte Frau Löchel die Fotos auf Ihrem Smartphone zeigen? Sie wissen schon, welche.« Ich vermied es vorsichtshalber, den Aufnahmeort zu nennen.

»Sie meinen die Aufnahmen, die ich bei Martin Denzinger gemacht habe?« Damit konterkarierte er meine Vorsichtsgründe bereits im Ansatz. »Sollten wir die Fotos nicht besser unter Verschluss halten, bis …«

»Nun machen Sie schon«, forderte ich ihn auf. Mittlerweile war ich selbst unsicher geworden, doch für einen Rückzieher war es zu spät.

Den Turm erkannte sie sofort. »So hat er früher ausgesehen«, sagte sie. »Ich habe in einem Nebenzimmer einen alten Kupferstich hängen. Soll ich Ihnen …«

Ich winkte ab. »Den Turm haben wir bereits identifiziert. Es geht uns um die anderen Zeichen, Symbole, oder wie immer man das nennen mag.«

Inge Löchel war Feuer und Flamme. »Der ganze rechte Teil sieht mir nicht nach einer Sprache oder einer Geheimschrift aus, das muss etwas anderes sein. Es ähnelt eher einer Skizze, gemalt von einem Kleinkind.« Sie stand auf und holte von einer Theke einen Schreibblock und einen Kugelschreiber. »Sehen Sie mal her: Wenn ich die anscheinend autarken Zeichen in dieser Ecke«, sie deutete auf den entsprechenden Bereich, »auf meinen Block übertrage und dabei die Zeichen näher zusammenfüge, sodass sie sich fast oder ganz berühren, dann …« Sie brach ab.

Ich fand ihren Ansatz bemerkenswert, auch wenn er nicht zum Ziel führte. Ihr Ergebnis sah aus wie eine chaotische Strichzeichnung.

»Was mich irritiert, sind die kleinen römischen Ziffern von I bis IV, die überall auftauchen. Wenn es wenigstens eine längere Zahlenreihe wäre, aber so ergibt das keinen Sinn.«

Die römischen Ziffern, die winzig klein in den einzelnen Zeichen integriert waren, hatten Landgraf und ich natürlich auch gestern schon entdeckt. Einen Reim konnten wir uns darauf allerdings nicht machen.

»Lassen Sie mich mal was probieren«, meinte die Inhaberin der Weinstube plötzlich. Wir schauten zu, wie sie jedes einzelne Zeichen in einer Tabelle auf dem Block anordnete und dabei im Uhrzeigersinn drehte. »Jedes Symbol lässt sich auf vier Arten ausrichten, wenn wir den rechten Winkel als gesetzt ansehen.« Sie probierte eine Weile herum, als würde sie eine neue Variante von *Tetris* spielen. Dann klatschte sie sich mit der flachen Hand an die Stirn. »Natürlich!«, schrie sie erregt. »Warum bin ich da nicht gleich draufgekommen? Das kommt davon, wenn man zu kompliziert denkt und das Einfache ignoriert.«

»Würden Sie uns bitte aufklären«, forderte ich sie höflich auf, denn ich hatte nicht den blassesten Schimmer, was sie meinte. Ein Blick zu dem Theologen zeigte mir, dass es ihm genauso ging.

»Die römischen Ziffern geben die Anzahl der Drehungen an«, begann Löchel mit der Auflösung. »Römisch I bedeutet eine viertel Umdrehung nach rechts, römisch II steht für eine halbe Umdrehung, römisch III für eine dreiviertel Umdrehung, und römisch IV steht für eine komplette Drehung. In dem Fall kann das Zeichen unverändert bleiben.«

Wir schauten ihr zu, wie sie die einzelnen Zeichen gemäß ihrer Erklärung auf den Block malte. Nach und nach entstand eine Skizze, die nicht mehr ganz so ungeordnet aussah wie zu Beginn, für uns aber trotzdem eine Enttäuschung war.

»Das sieht mit ein wenig Fantasie wie der Teil eines Gebäudeplans aus«, meinte Landgraf. »Damit kann aber unmöglich die Kirche gemeint sein. Solche Raumformen gibt es dort nicht. Und was sollen diese seltsamen kleinen Quadrate?«

»Säulen«, erklärte Inge Löchel mit einem Lächeln. »Das sind, beziehungsweise waren, tragende Säulen und nicht tragende Säulen.«

Ich hatte sofort verstanden. »Sie wissen, wo das ist?«

»Absolut«, bestätigte sie. »Möchten Sie den Ort sehen?«

»Die Räume gibt es noch?«, fragte ich vorsichtig.

»Mehr oder weniger«, antwortete sie salomonisch. »Den einen oder anderen Umbau gab es in der Zwischenzeit schon, aber dieser Teil ist so gut wie unverändert.«

»Bei dir?«, fragte Landgraf. »Die Weinstube, das Wohnhaus Meisters?«

»Treffer«, bestätigte sie. »In welcher Verbindung der Kirchenturm mit unserem Gewölbe steht, das weiß ich allerdings nicht.«

»Wohin gehört das Ganze? Zu deinen Lagerräumen?«

»Zumindest der hintere Teil davon. Wegen des nahen Speyerbachs, der immer wieder die Hintergasse überschwemmte, hat man den unteren Teil unseres Gebäudes mit stabilen Säulen ausgestattet. Eine Hochwassermarke könnt ihr ja am Toreingang rechts sehen.«

Landgraf nickte, schaute mich an und zeigte mit der flachen Hand auf sein Brustbein. »So hoch stand das Wasser mal.«

Die Gastwirtin fuhr fort: »Ein paar der Säulen wurden irgendwann entfernt, man sieht aber noch die Stellen, wo sie früher standen. Meine Eltern hatten das mal von einem Architekten untersuchen lassen, da war ich aber noch ein Kind.« Sie deutete mit dem Kugelschreiber auf die andere Hälfte der Skizze. »Dieser Raum besitzt ein Doppelgewölbe. Ich habe keine Ahnung, wie das statisch funktioniert, aber bisher ist das Haus nicht zusammengestürzt. Warum die Außenwand dermaßen schräg verläuft, weiß ich leider nicht. Kann sein, dass sich dahinter direkt ein Raum des Nachbarhauses befindet. So genau hat mich das bisher nicht interessiert. Der Lagerraum ist schlecht zu belüften und dunkel, da halten wir uns kaum auf.«

Ich trank meine Apfelsaftschorle leer. »Können wir?«

Inge Löchel schaute auf die Uhr. »Eine halbe Stunde habe ich noch, dann ruft die tägliche Pflicht.«

Sie führte uns in den von ihr genannten Bereich, dessen Boden uneben war. »Passen Sie bitte auf, damit Sie nicht ins Leere treten. In Ihrem Alter kann das schnell böse Folgen für die Wirbelsäule haben.«

Landgraf und ich knurrten aufgrund der für uns nicht nachvollziehbaren Altersbemerkung kurz auf.

Der Raum war spärlich ausgeleuchtet. Inge Löchel zeigte auf eine kleine Werkzeugecke mit Werkbank und Schraubstock. »Das stammt noch von meinem Großvater. Alles verrostet, wie Sie sehen. Hier geht alles kaputt.«

Dies war auch mein Gedanke und vermutlich auch der von Landgraf, wie ich an seinem Gesicht ablesen konnte. Falls Bernhard Meister hier die Reliquien versteckt hatte, dann waren sie unwiederbringlich verloren.

Die Inhaberin zeigte auf eine dunkle Stelle auf dem Steinboden. »Hier stand eine der Säulen. Die Fundamente der verbliebenen Säulen reichen kaum 30 Zentimeter in den Boden. Das ist das Einzige, was ich aus den Erzählungen meiner Eltern noch weiß. Wenn Sie die Tür auf der rechten Seite nehmen, kommen wir in den spitz zulaufenden Raum mit dem Doppelgewölbe.«

Der leer stehende Raum sah bizarrer aus als auf der Skizze. Mein erster Gedanke war, die Wand auf eine Geheimtür oder ein Geheimversteck hin abzusuchen. Nachdem ich die unverputzte Natursteinwand abgelaufen war und an manchen Stellen gedrückt und gezogen hatte, war klar, dass es sich um massives und dickes Mauerwerk handelte. Selbst die Schlusssteine in dem Doppelgewölbe bestanden aus schlichten und unmarkierten Quadern.

Der Theologe hatte in der Zwischenzeit die noch existierenden Träger im Nebenraum untersucht. »Alles massiv«, meinte er. »Es gibt kein Geheimfach, dazu sind die Träger auch zu dünn.«

»Mir ist in den Lagerräumen noch nie etwas Ungewöhnliches aufgefallen«, meinte Löchel.

»Zeigen Sie mir bitte noch mal die Skizze«, forderte ich sie auf. Zu dritt schauten wir angestrengt auf die Zeichnung der Wirtin, konnten aber keinerlei Besonderheit ausmachen. »Ich glaube, wir müssen systematisch vorgehen«, meinte ich schließlich und zog einen Kugelschreiber aus meiner Tasche. »Die Wände sind genauso, wie sie in der Realität stehen, sind wir uns da einig?« Die beiden nickten. »Auch der Durchgang ist an der gleichen Stelle wie früher. Die Holztür dürfte nicht so alt sein.«

»Die hat mein Opa selbst geschreinert«, sagte Löchel. »Der Durchgang war früher offen, so wie auf der Skizze.«

»Ich glaube, das Geheimnis hat etwas mit den kleinen Quadraten zu tun«, meinte der Theologe.

»Die Träger?«, fragte ich. »Die haben Sie doch untersucht.«

»Jedenfalls die, die noch da sind«, antwortete Landgraf.

»Okay, dann gehen wir auch hier systematisch vor. Zunächst haken wir auf Frau Löchels Plan alle Träger ab, die noch stehen.«

Diese Tätigkeit hatten wir in weniger als zwei Minuten erledigt. »Fünf oder sechs Quadrate befinden sich noch auf der Skizze, wo früher ein Träger gestanden haben soll. Dann suchen wir mal die entsprechenden Stellen am Boden.«

»Wie ich vermutet habe«, frohlockte Landgraf nach ein paar Minuten. »Eines der Quadrate auf dem Plan von Inge hat keine Entsprechung im Boden. Wurde der Steinboden irgendwann mal saniert?«

Die Inhaberin hob die Achseln. »Das weiß ich wirklich nicht. Für mich sieht der Boden nach Originalzustand aus, was die dunklen Flecken der ehemaligen Säulen ja bestätigen. Ich kann mir nicht vorstellen, dass er gerade an dieser Stelle ausgebessert worden ist.«

Wir standen um den Ort, an dem laut Löchels Skizze ein Träger gestanden haben sollte. Der Boden sah völlig unauffällig aus. Die Inhaberin der Weinstube verschwand kurz und kam mit einem Schrubber und einem Eimer mit Wasser zurück. Leider brachte die Reinigung des Bodens keine neuen Erkenntnisse.

»Dann halt mit Brachialgewalt«, sagte Löchel und verschwand ein zweites Mal. Nun kam sie mit einem schweren Hammer und einem Spitzmeißel zurück.

»Lassen Sie mich das machen«, bat ich. Dankbar reichte sie mir das rostige Werkzeug.

»Klopfen Sie zunächst mal vorsichtig den Boden ab«, meinte Landgraf. »Vielleicht klingt es an einer Stelle hohl.«

»Sehr gute Idee«, lobte ich ihn. In der Tat ersparte uns sein Hinweis ein gutes Stück Arbeit. Nur wenige Zentimeter neben der von uns berechneten Stelle klang es hohl. Wir hatten das Versteck gefunden. Um keine Beschädigungen zu riskieren, ging ich äußerst vorsichtig vor und entfernte zuerst das Fugenmaterial rund um den Bodenstein. In der Zwischenzeit hatte Inge Löchel zwei Flachmeißel und einen weiteren Hammer besorgt. Bald konnten wir die Meißel als Hebel ansetzen und den Stein lockern. Völlig verschwitzt und mit schmutzigen Händen hob ich schließlich den Stein hoch.

Um ein Haar stießen wir mit unseren Köpfen zusammen, als wir zeitgleich in das entstandene Loch schauen wollten. Die Enttäuschung war groß: Der Bodenstein lag in seinen Eckpunkten auf vier kleineren Steinen. Der so entstandene Hohlraum war leer. In 20 Zentimeter Tiefe blickten wir auf die gewachsene Erde.

»Wir waren wohl nicht die Ersten«, meinte die Gastwirtin enttäuscht. »Die Reliquien sind weg.«

Landgraf untersuchte den von mir herausgebrochenen Bodenstein. »Wenn das Versteck vor uns jemand gefunden hat, dann muss das schon sehr lange zurückliegen. Das Fugenmaterial sieht nicht anders aus als der Rest des Bodens. Davon abgesehen ist der Hohlraum viel zu klein, um darin die Reliquien zu verstecken. Das wäre sowieso im Boden eines Kellers unvernünftig gewesen, wo jederzeit mit Wassereintritt zu rechnen ist. Nein, hier muss etwas anderes gelegen haben. Vielleicht hat Meister selbst das Versteck wegen der potenziellen Wassergefahr wieder aufgegeben.«

Während ich die Fundstelle betrachtete, fiel mir ein länger zurückliegender Fall ein, bei dem der Mörder um Haaresbreite seiner Verurteilung entgangen wäre, wenn ich mich nicht auf meine Hartnäckigkeit verlassen hätte. Leichenspürhunde hatten auf dem Wochenendgrundstück eines Ingenieurs, dessen Partnerin kurz zuvor spurlos verschwunden war, angeschlagen. Die Schwester der Verschwundenen hatte uns mitgeteilt, dass es sich bereits um die dritte Freundin des Ingenieurs handelte, die in den letzten zehn Jahren auf Nimmerwiedersehen verschwunden war. Der Leichenspürhund schlug an, die darauffolgende Grabung brachte den Kadaver eines Schäferhundes hervor. Die Beamten vor Ort wollten bereits enttäuscht aufgeben, doch ich beharrte auf der Fortsetzung der Grabung. Keinen halben Meter tiefer lag dann tatsächlich die ermordete Geliebte des Ingenieurs. Später wurde mir bestätigt, dass Leichenspürhunde menschliche Verwesungsgerüche zielsicher von tierischen unterscheiden können. Nur tote Schweine rochen genauso wie tote Menschen.

»Ich habe eine Idee«, sagte ich und hebelte die vier Ecksteine aus dem Erdreich. »Haben Sie einen Spachtel, Frau Löchel? Und vielleicht ein Paar Handschuhe?«

Die schwere Metallkassette war nicht tief im Boden verborgen und mit einer Lehmschicht ummantelt, die sich durch die vielen Hochwasser zu einem harten Klumpen geformt hatte. Nachdem ich mit dem Werkzeug den Lehm abgeklopft hatte, blickte ich auf eine glatte und schmucklose Eisenkassette, die wohl wegen des fehlenden Sauerstoffs kaum Rost angesetzt hatte.

Meine Begleiter zappelten nervös vor Aufregung, und auch ich war keineswegs die Ruhe selbst. Die Metallschatulle war wegen des komplizierten und fremdartigen Verschlusses schwierig zu öffnen, zumal sie in sich verzogen war. Gebannt öffnete ich den Deckel.

»Ein Tuch!«, rief Löchel.

»Papier hätte die lange Zeit wohl nicht überdauert«, meinte Landgraf. »Wir sollten sehr vorsichtig sein, damit der Stoff nicht auseinanderfällt. Sollen wir nicht besser nach oben gehen?«

Frau Löchel wies uns den Weg in ihre Weinstube, die erst am Abend Gäste erwartete. Sie holte eine Decke, legte sie als Unterlage für das Tuch auf einen Tisch und reichte jedem von uns ein Paar Handschuhe.

Das gerollte Tuch war zwar sehr hart geworden, aber keineswegs brüchig. Dass es kaum Faltkanten gab, machte uns die Arbeit leichter. Wir gingen zwar nicht gerade wissenschaftlich und professionell vor, dennoch achteten wir alleine aus Eigeninteresse darauf, zerstörungsfrei zu arbeiten. Es dauerte trotz aller Vorsicht nur eine relativ kurze Zeit, bis das backblechgroße Tuch ausgebreitet auf der Decke lag.

»Schwierig zu erkennen«, sagte ich. »Der Text ist ziemlich blass und vergilbt.«

Landgraf stieß einen kurzen Schrei aus. »Da oben, das ist das Wappen von Bernhard Meister.« Er deutete auf das Wappen. »Wir sind am Ziel.«

»Am Ziel sind wir noch lange nicht«, verbesserte ich ihn. »Eine Teiletappe, die haben wir geschafft, höchstens.«

Landgraf holte sein Smartphone hervor und fotografierte das Tuch aus diversen Winkeln. Dabei löste der Blitz des Smartphones aus.

»Als es blitzte, konnte ich den Text für den Bruchteil einer Sekunde deutlicher erkennen als ohne«, bemerkte ich.

Der Theologe schaltete daraufhin das Dauerlicht an seinem Smartphone an. Mühsam konnte er damit zwei Teile des Textes entziffern, während Inge Löchel mitschrieb.

»Nur der nach Norden gut Sehende kann den göttlichen Weg erkennen«, las ich den ersten Teil laut vor. »Ich verstehe nur Bahnhof, obwohl es damals noch gar keinen gab.« Ich las den zweiten Teil: »Die Kraft des Hauses werden die Gottesgeschenke niemals verlassen.«

»Zweimal steht die Zahl 1889 im Text, das ist seltsam«, meinte die Wirtin. »Entweder ist das Tuch neueren Datums, oder Bernhard Meister wandelte auf den Spuren von Kassandra und wagte einen Blick in die Zukunft. In diesem Fall bringt uns der Fund nicht weiter.«

»Vorhersagen waren früher durchaus üblich und wurden auch wissenschaftlich anerkannt«, bestätigte Landgraf, »aber mir kommt gerade ein völlig anderer Gedanke.« Er malte etwas auf einen Zettel, den er mir anschließend in etwas größerem Abstand hinhielt, sodass ich die Nachricht gerade noch lesen konnte.

»1889«, las ich problemlos.

»Sicher?«, hakte Landgraf nach.

Ich schaute erneut hin. 1889, mehr stand da nicht. Erst beim dritten Mal bemerkte ich eine Besonderheit. »Bei der ersten 8 fehlt der untere Teil.«

Der Theologe lächelte. »Gut erkannt, Herr Palzki. Es handelt sich tatsächlich nicht um eine 8, sondern um die Ziffer 4. Im ausgehenden Mittelalter wurde die arabische Ziffer 4 wie eine unten gekappte 8 geschrieben. Die meisten anderen arabischen Ziffern haben übrigens, was ihr Aussehen angeht, ebenfalls eine wechselhafte Vergangenheit.«

»Dann könnte die Jahreszahl auf dem Tuch 1489 bedeuten«, sagte Löchel.

»So ist es«, bestätigte Landgraf. »1489 ist just das Baujahr des Nordturms. Und ich denke, dass ich sogar weiß, worauf sich der Text bezieht. Es hat in der Tat etwas mit den Türmen zu tun. Der zweite Satz könnte ein Hinweis sein, dass sich die Reliquien in der Stiftskirche befinden.

Für die reformierten Protestanten, zu denen Bernhard Meister gehörte, war nämlich eine Kirche nicht mehr ein geweihter Ort, wie es heute noch eine Kirche für Katholiken ist. Eine Kirche ist für sie nur ein Haus, in dem Gottes Wort gepredigt wird. Daher liegt im evangelischen Teil der Stiftskirche nur eine Bibel auf dem Tisch, denn die Reformierten kannten auch keinen Altar, der in katholischer Tradition geweiht wird. Und die Gottesgeschenke sind natürlich die Reliquien, deren finanzieller Wert auch den Protestanten bewusst war.« Er sah mich an. »Wir müssen auf den Südturm zur Türmerwohnung.«

Ich bemerkte Landgrafs Irrtum sofort. »Sie meinen bestimmt den Nordturm, oder?«

Der Theologe grinste. »Falsch gedacht, Herr Palzki. Wir müssen zur Türmerwohnung.«

Inge Löchel schaute zur Uhr. »Ich kann leider nicht mitkommen, das ist sehr schade. Rufst du mich später an, Michael?«

»Aber selbstverständlich. Nur mit deiner Hilfe sind wir so weit gekommen. Daher sollst du an dem Erfolg auch partizipieren. Okay, Herr Palzki?«

Notgedrungen nickte ich, obwohl ich nur mit einem Ohr zugehört hatte. Was er gesagt hatte, stimmte ja grundsätzlich. Aber mir lag etwas anderes auf dem Herzen. Etwas, das Landgraf unbedingt erfahren musste, Inge Löchel zurzeit eher nicht.

Da die Gastwirtin nun losmusste, fiel die Verabschiedung kurz aus. Das Tuch hatten wir vorsichtig mitsamt der Unterlage in das Handwerkerzimmer getragen, es dort auf einem großen Tisch ausgebreitet und den Raum abgeschlossen. Die Größe des Tuches war für uns ein Dilemma. Die Neustadter Beamten zu informieren, kam auf keinen Fall infrage, da Joachim Specht einer unserer Verdächtigen war. Schließlich versprach uns Inge Löchel, zwei Bretter besorgen zu lassen, sodass wir das Tuch im Laufe des Tages geschützt abholen konnten, ohne es einer Beschädigung auszusetzen.

VIELE STUFEN HOCH GEN
HIMMEL

»Herr Landgraf«, begann ich, während wir in Richtung Stiftskirche gingen, »Frau Gutermann konnte mir noch etwas sagen, bevor sie das Bewusstsein verlor.«

Der Theologe blieb schlagartig stehen und starrte mich an. »Jetzt bin ich aber mal neugierig. Warum haben Sie mir das nicht früher gesagt?«

»Ich weiß auch nicht, es ist irgendwie untergegangen. Es sind auch nur ein paar zusammenhanglose Silben, die sie gemurmelt hat. Ich weiß nicht einmal, ob ich alles richtig verstanden habe oder es mir nur einbilde. Seltsam ist, dass ich unter anderem die Zahl ›Vier‹ verstanden habe.«

»Vier?« Landgraf starrte mich nach wie vor an. »Und was sonst noch?«

»Gussstahl und Türmer«, antwortete ich. »Mehr nicht. Ich muss mich verhört haben, da es zu Lebzeiten Meisters noch keinen Gussstahl gab. Und die heutige Türmerwohnung wurde auch erst viel später, im 18. Jahrhundert, gebaut.«

»Da haben Sie schon recht, Herr Palzki. Ich glaube trotzdem, dass Sie richtig gehört haben. Frau Gutermann hat Ihnen nämlich nicht gesagt, was sie auf dem bei Denzinger fotografierten Bild gesehen hat, sondern wo der nächste Hinweis zu finden ist.«

»Ist das nicht dasselbe?«, fragte ich verwirrt.

»Ganz so einfach ist es nicht. Der nächste Hinweis ist nämlich nicht auf direktem Weg zu erreichen, Bernhard Meister hat sich damals viel Mühe gegeben. Deswegen auch der Hinweis mit dem ›gut Sehenden‹ auf dem Tuch.«

Ich war ein wenig verwirrt. »Das würde aber bedeuten, dass sowohl die Nachricht in Herrn Denzingers Schrank als auch das Tuch zum selben Ziel führt.«

Landgraf kratzte sich am Kopf. »Das ist in der Tat seltsam. Es könnte sein, dass Bernhard Meister eine Art informativen Bypass angelegt hat. Über den Grund können wir nur spekulieren. Es könnte beispielsweise sein, dass er zunächst das Tuch versteckt hat, später aber das Versteck nicht mehr für sicher hielt. Deshalb hinterließ er die Zeichen, die wir im Antiquitätenladen gefunden haben.« Er machte eine kurze Pause. »Nach dem jetzigen Kenntnisstand weiß ich relativ sicher, was mit dem Text auf dem Tuch sowie den letzten Worten von Helga Gutermann gemeint ist.«

Ich war über den Optimismus des Theologen erstaunt. »Wir sollten aber bedenken, dass wir nicht den kompletten Text auf dem Tuch lesen konnten. Das Entziffern des Rests werde ich morgen über unsere Dienststelle in Schifferstadt in Auftrag geben.«

»Wenn wir das dann überhaupt noch benötigen«, frohlockte der Theologe. »Ich habe das unbestimmte Gefühl, dass wir in Kürze die Reliquien finden werden.«

»Da bin ich mal gespannt. Falls Frau Gutermann aus dem Koma aufwacht, werde ich von einem Krankenhausmitarbeiter sofort informiert.« Zum Beweis zog ich mein Handy aus der Tasche. Ich drückte ein paar Tasten, doch nichts passierte.

Landgraf nahm mir das Gerät aus der Hand und versuchte ebenfalls sein Glück, es zum Leben zu erwecken. »Entweder ist der Akku leer oder es ist kaputt. Warum ist die Schifferstadter Polizei mit solchen Uraltgeräten ausgestattet? Da verfügen ja selbst die Beamten in Neustadt über modernere Geräte.«

»Sparmaßnahme unseres Chefs«, murmelte ich. »Jetzt ist es bestimmt kaputt.« Zugeben, dass ich das Mobiltelefon seit Wochen nicht mehr geladen hatte, wollte ich nicht.

»Wir können später auf der Rückfahrt kurz am Krankenhaus ...« Landgraf brach mitten im Satz ab. »Barbara, was machst du hier?« Er hatte seine Frau entdeckt, die uns aus Richtung Marktplatz entgegenkam. In der Hand trug sie einen Koffer.

Man sah ihr deutlich an, dass sie nicht damit gerechnet hatte, auf ihren Mann zu treffen.

»Sorry, Michael, ich bin in Eile, habe einen wichtigen Termin.« Und schon war sie hinter der nächsten Hausecke verschwunden.

»Seltsam«, meinte der Theologe.

Da sich seine Frau bereits bei unserem ersten Zusammentreffen in der Schatzkammer verdächtig verhielt, wollte ich als pflichtbewusster Kriminalbeamter nachhaken, doch ich wurde durch einen nicht von dieser Welt stammenden Urschrei abgelenkt.

»Palzki!«, brüllte der Not-Notarzt Doktor Metzger über den Marktplatz. »Dass Sie mir und Günter nichts von den geklauten Reliquien erzählt haben, finde ich ein starkes Stück. Wollen Sie, dass wir bankrottgehen?«

Zahlreiche Touristen und Einheimische, die an den Tischen der Cafés saßen, wandten uns neugierig die Köpfe zu.

Mit halbrealen Mordgedanken und einer bis zur Grenze gehenden Selbstbeherrschung ging ich auf den Pseudoarzt zu, Adrenalin schoss bis in meine letzte Körperzelle. »Herr Doktor Metzger, müssen Sie vertrauliche Informationen über polizeiliche Ermittlungen in der Öffentlichkeit herumposaunen? Sie machen sich damit in höchstem Maße strafbar.« Metzger klappte, von meiner verbalen Gegenwehr überrascht, seinen Mund zu. »Außerdem wurden keine Reliquien gestohlen.«

»Das hat mir aber Dietmar gestern erzählt. Und dem Günter auch.« Metzger wehrte sich.

Ich nickte Günter Wallmen kurz zu, der sich im Hintergrund aufhielt und etwas zu verbergen versuchte. Seit Metzger und Dietmar Becker in einer besonders üblen Sache zusammengearbeitet hatten, waren sie per Du. »Die Reliquien wurden vor über 400 Jahren gestohlen.«

Metzger zelebrierte seine berühmt-berüchtigte Frankensteinlache in einer Lautstärke, die im Inneren einer Flugzeugturbine kurz vor der Notabschaltung herrschte. Noch mehr Menschen als bisher schauten zu uns rüber. Passanten blieben stehen und dachten an ein improvisiertes Freilufttheaterstück. »Und das soll vertraulich sein? Erzählen Sie mir doch keine Märchen, Palzki. Und überdies ist es uns beiden Medizinern egal, wann das Zeug geklaut wurde. Günter und ich sind dabei, diese Reliquien neu zu erschaffen. Beim Bernsteinzimmer weiß auch niemand mehr, was Original und was der Nachbau ist. Wir beide haben nämlich kurz recherchiert und sind nun absolute Experten für originalgetreue Reliquien aller Art. Wenn wir vorher gewusst hätten, wie viel Kohle man damit scheffeln kann …«

Ein Blick zu Landgraf zeigte mir, dass er sich unsicher war, ob das, was er gerade sah und hörte, der Realität entsprach. Leider konnte ich ihm im Moment nicht sagen, dass die Realität manchmal nicht dem entsprach, was man sich gemeinhin wünschte.

»Was hat Ihnen Herr Becker erzählt?« Ich sah Metzger streng an. »Auf das Weitergeben von Dienstgeheimnissen gibt es lebenslänglich, mindestens. Seien Sie froh, dass vor wenigen Jahren die Todesstrafe aus der rheinland-pfälzischen Landesverfassung gestrichen wurde.« Auch wenn meine Drohung übertrieben und in Teilen fiktional war, stellte ich mir für einen winzigen Augenblick die beiden Mediziner sowie Dietmar Becker hinter schwedischen Gardinen vor. Ob es in Gefängnissen erlaubt war, als Schriftsteller tätig zu sein?

Metzger präsentierte erneut seine unmenschliche Lache. »Aber Palzki, machen Sie mal halblang. Dietmar hat seine Informationen direkt von Herrn Diefenbach, Ihrem Chef. Keine Ahnung, was daran vertraulich sein soll. In einem Museum wurde eine alte Bibel geklaut, na so was.« Er hob kurz seine Schultern. »Irgendein so ein komischer Kauz des Museums behauptet angeblich, dass in dem Buch der verschlüsselte Hinweis zu einem Kirchenschatz steht. Das ist doch haarsträubend, oder?«

Der Not-Notarzt hatte keine Ahnung, dass die von ihm als komischer Kauz betitelte Person zuhörte und die Welt nicht mehr verstand.

Ich war nicht nur mit meinem Latein am Ende. Da sich die Geschichte mit Landgrafs Vermutung über die verschwundenen Reliquien wie ein Lauffeuer verbreitete, stand ich zeitlich gesehen extrem unter Erfolgsdruck: Ich musste die Ermittlungen schnellstmöglich zum Abschluss bringen. Mit ein bisschen Fortuna kannte der Theologe tatsächlich die Lösung, und wir würden noch heute die Reliquien finden. Mit dieser Hoffnung versuchte ich, das unerfreuliche Treffen mit den Pseudomedizinern zu beenden. Weit kam ich nicht, denn nun stand ich Günter Wallmen gegenüber, der vor einem mir hinlänglich bekannten Reisemobil stand. Das Gefährt war die mobile Gesundheitsstation der beiden, in dem sie ohne jeden Skrupel Kunden, wie sie ihre Patienten nannten, den Meniskus richteten oder am offenen Herz operierten. Die hygienischen Verhältnisse in dem OP-Mobil des Grauens entsprachen dem finstersten Mittelalter während einer Pestepidemie.

Wallmen stand vor einem Campingtisch, auf dem ein Kochtopf auf einer Heizplatte mit Gasanschluss vor sich hin brodelte. »Hallo, Herr Palzki, geht es Ihnen gut?« Er versuchte, mit seinem Körper den Kochtopf, so gut es ging, zu verbergen.

Ich hatte nicht vor, sein Geheimnis zu lüften, um einen weiteren Schock zu verhindern. Während ich als Selbstschutz meinem Begleiter mit einer Armbewegung in Richtung Kirche andeutete, wohin wir gehen sollten, sagte ich zu Metzgers Gehilfen: »Ich will Sie nicht bei der Zubereitung Ihres Mittagsessens stören, machen Sie es gut, Herr Wallmen.«

Ich hatte nicht mit Metzger gerechnet, der sich laut lachend einmischte. »Mittagessen? Der ist gut, Palzki. Wir mazerieren in diesem Topf menschliche Knochen. Durch Auskochen und die anschließende Behandlung mit Wasserstoffperoxid bekommt man selbst die kleinsten Fleischreste und das Fett aus den Knochen. Das geht zwar genauso gut mit Geschirrspültabs in der Maschine, doch wo sollen wir hier einen Geschirrspüler herkriegen? Die Knochen bekommen wir direkt von den Kliniken aus der Umgebung geliefert, da sparen wir uns sogar den Aufwand für die Entsorgung.«

Angewidert drehte ich mich zur Seite, aber Metzger war noch nicht fertig. »Für 35 Euro haben wir uns einen kleinen Apparat zum Dörren gekauft. Damit lässt sich problemlos der eine oder andere Finger oder eine Großzehe zur Reliquie machen.«

Günter Wallmen waren die Erklärungen Metzgers peinlich. Er versuchte abzulenken, was Metzger sofort im Keim erstickte.

»Aber Günter, seit wann bist du so empfindlich? Du profitierst doch genau wie ich, wenn wir unseren narkotisierten Kunden bei den Operationen zusätzlich ihre Gold- und Silberzähne gegen billige Keramikvarianten aus Fernost austauschen.« Mit einem Seitenblick zu mir erklärte er: »Das machen wir selbstverständlich nur mit einer rechtssicheren Aufklärung, wie sich das für einen guten Arzt gehört. Wir sind ja schließlich keine Kurpfuscher. Welcher gesundheitsbewusste Mensch möchte schon eine Edelmetallvergiftung erleiden? Amalgam wird ja schon länger ausgetauscht, aber vom Wert her ist das Zeug absolut vernachlässigbar und für uns absolut unwirtschaftlich.«

»Alles völlig legal«, versuchte Wallmen, seinem Chef beizustehen. »Die Formulare haben wir uns im Internet besorgt.« Er schaute kurz zu Metzger, doch dieses Mal wurde er nicht unterbrochen. »Die Edelmetalle sammeln wir, seit wir uns kennen, um uns damit eine zusätzliche Alterssicherung aufzubauen. Aus gegebenem Anlass bauen wir jetzt aus unserem Bestand die Monstranzen für die Reliquien. Die Wertsteigerung gegenüber dem reinen Metallpreis ist immens.«

Metzger bestätigte Wallmens Erklärungen: »Als alter Unfallchirurg und Schrauber mit künstlerischer Ader kann ich natürlich auch gut mit dem Lötkolben umgehen. Wer anderen Leuten Knie- oder Hüftprothesen hineinzimmern kann, wird ja wohl auch eine Monstranz zusammenbringen. Als Chirurg ist man Hufschmied und Goldschmied zugleich.«

Inzwischen standen rund zwei Dutzend Menschen im Halbkreis vor dem OP-Mobil und hörten dem Reality-Drama zu. Situationsbezogen nutzte ich einen spontanen Einfall und sprach mit lauter und theatralisch-übertriebener Stimme zu den beiden Medizinern: »Vielen Dank für Ihre Kostprobe, meine Herren. Der Probedurchlauf für unseren Comedy-Dreh mit Dadaismus-Elementen am kommenden Wochenende war sehr überzeugend und authentisch. Sie dürfen jetzt die Utensilien wieder wegräumen. Wir haben vom Ordnungsamt für das Parken des Reisemobils auf dem Marktplatz nur eine zeitlich befristete Ausnahmegenehmigung erhalten.«

In der Hoffnung, dass die anderen Zuschauer unserem Beispiel folgten, zog ich Landgraf aus der Schusslinie. Vor dem Seiteneingang der Stiftskirche blieben wir stehen und schauten zurück. Die meisten Zuschauer gingen weiter, nur wenige kamen mit den Pseudomedizinern ins Gespräch.

Michael Landgraf fand seine Sprache wieder. »Ist das eben alles wirklich passiert, Herr Palzki? Ich schwöre Ihnen, ich habe mit diesen beiden komischen Vögeln nicht das Geringste zu tun. Ich habe sie nie zuvor gesehen, und schon gar nicht in der Bibelausstellung.« Er schüttelte fassungslos seinen Kopf.

»Ich habe manchmal den Eindruck, die beiden sind aus einer geschlossenen Anstalt ausgebrochen«, erklärte ich ihm. »Dort wären Metzger und Wallmen zwar unzweifelhaft gut aufgehoben, doch bisher ist es weder der Exekutive noch der Legislative oder der Judikative gelungen, sie dingfest zu machen. Die beiden winden sich jedes Mal mit einer dubiosen Gesetzeslücke aus der Affäre heraus. Zum Glück kennen diese Pseudomediziner nicht die tatsächlichen Hintergründe unserer Ermittlungen. Trotzdem müssen wir unser Tempo erhöhen, Sie haben ja gesehen, welche Wellen diese Reliquien inzwischen in der Öffentlichkeit schlagen.«

»Wenn ich gewusst hätte, welchen gefährlichen Wahnsinn ich mit meiner Vermutung lostrete, hätte ich niemals irgendjemandem davon erzählt. Dabei könnten mir als Protestant die Reliquien eigentlich völlig egal sein.«

»Das lässt sich nun nicht mehr rückgängig machen, Herr Landgraf. Ich hoffe darauf, dass Sie Bernhard Meisters Rätsel gelöst haben und wir in den nächsten Minuten den Kirchenschatz finden, falls es ihn gibt.«

»Da muss ich Sie enttäuschen«, meinte der Theologe. »Ich bin mir zwar sicher, wohin uns Meisters Rätsel führen wird, es ist aber auszuschließen, dass sich an diesem Ort die Reliquien befinden.«

»Wieso?«

»Das werden Sie gleich selbst sehen«, antwortete er geheimnisvoll.

Ich gab so schnell nicht auf. »Ist der gesuchte Ort nicht mehr im Original vorhanden? Dann können wir uns den Aufstieg ersparen.«

»Oh nein«, bekräftigte Landgraf mit einem für mich nicht zu deutenden Grinsen, »der Ort ist unzweifelhaft im Originalzustand. Das kann ich Ihnen beweisen. Doch zunächst müssen wir da hoch.« Er streckte seinen Arm aus und zeigte auf die fast unendlich hohen Türme der Stiftskirche, deren Spitzen irgendwo zwischen den Wolken endeten. »Es sind nur knapp 70 Höhenmeter bis nach oben«, ergänzte er.

Ich schluckte, gab mich aber tapfer. 70 Meter waren eine auf ebener Fläche für mich fast immer leicht zu bewältigende Entfernung. Stolz dachte ich daran, dass ich in meinem harten Polizistenleben bereits die innere Treppe des Mannheimer Fernmeldeturms ohne zusätzlichen Sauerstoff bezwungen hatte. Um zu zeigen, wie locker ich das Angebot zur Turmbegehung nahm, frotzelte ich: »Geht der Aufzug bis ganz nach oben?«

Landgraf sah mich an, als wäre ich Doktor Metzgers Bruder. »Aufzug?«, fragte er verwirrt. »Den gibt's in der Stiftskirche nicht.«

»Kein Problem«, entgegnete ich möglichst locker, da ich mit dieser Antwort gerechnet hatte. »Im Speyerer Dom und in der Ludwigshafener Friedenskirche gibt's welche, daher dachte ich, dass es hier vielleicht …«

»Die Aufzüge in Speyer und Ludwigshafen sind ganz gewiss nicht in den Türmen eingebaut«, unterbrach der Theologe. »Wir werden langsam machen, außerdem gibt es mehrere Zwischenpodeste, wo wir Pausen einlegen können.«

»Alla hopp«, sagte ich.

Wir betraten den evangelischen Teil der Kirche durch eine schmale Pforte unterhalb des Südturms. Dieses Mal nahm Landgraf nicht die Treppe im nördlichen Turm, die nur zum ehemaligen Reliquienraum führte, sondern eine nicht besonders alte Beton-Wendeltreppe im Südturm. Bereits nach kurzer Zeit, ich war nicht einmal sonderlich ins Schwitzen gekommen, erreichten wir einen fensterlosen gefliesten Raum mit mehreren Sitzgelegenheiten und Garderobenhaken an den Wänden. Hier sah alles einigermaßen frisch renoviert aus. »Haben wir die Hälfte geschafft?«

Landgraf hatte auf meine Frage nur ein müdes Lächeln übrig. »Die Tür nach Norden führt zur Orgelempore. Hier geht's weiter.« Er zeigte auf die nächste Treppe.

Ich blickte zum nächsten Treppenstück, und das sah ein wenig herausfordernder aus: Dunkles Holz war nun, von den Außenwänden abgesehen, das vorherrschende Baumaterial. Wenige Funzeln leuchteten den Raum nur sehr sparsam aus. Die schmutzigen und ausgetretenen Bodenbretter knarrten bei jedem Schritt, das handgezimmerte Geländer schien mir statisch zumindest an einigen Stellen von fragwürdiger Tragkraft. Ich konzentrierte mich wie ein Bergsteiger auf den letzten Metern zum Gipfel eines Achttausenders: stets die Augen nach vorne gerichtet und eine möglichst gleichmäßige Trittfrequenz einhalten. So erreichten wir das nächste Podest, und ich besaß noch eine befriedigende Konditionsreserve.

Die Plattform glich einem wild zusammengezimmerten Speicher. Da sie viel breiter war als der Grundriss des Turms, mussten wir uns im Dachbereich des Langhauses zwischen den beiden Türmen befinden. Der begehbare Teil der Plattform befand sich mehr oder weniger mitten im Luftraum, war auf starken Holzbalken gelagert und bestand aus waagerecht verlegten Dielenbrettern. Auf beiden Seiten des Stegs ging es mehrere Meter nach unten in nicht nutzbare Bereiche, in denen sich der Staub der Jahrhunderte sammelte.

»Die Geländer sind stabil«, meinte der Theologe und rüttelte zum Beweis daran. »Passen Sie trotzdem bitte auf, dass Sie nicht stolpern. Ich habe keine Ahnung, was sich dort unten in den dunklen Ecken so alles befindet. Das waren früher die Kellerräume der Türmerwohnung, wo die Türmer Brennholz und Kohlen für den Winter lagerten. Ansonsten befand sich hier früher das alte Uhrwerk, wie sich an den Resten noch erahnen lässt.«

Ich wollte gerade die nun schmälere Treppe nach oben gehen, doch Landgraf hielt mich davon ab.

»Lassen Sie uns zunächst die Seite wechseln«, sagte er und lotste mich über den Brettersteg in die nördliche Richtung. Jetzt erst sah ich eine brutal schmale Stiege, die auf der rechten Seite ein paar Stufen nach unten führte und mit einem niedrigen Holzgatter verschlossen war. »Dort geht es zum Dach des Mittelschiffes«, erklärte mein Begleiter. »Das ist aber eher was für Sportliche. Man kommt dort nur in gebückter Haltung voran.«

Die Alternative, die sich uns bot, war nicht viel besser, dafür kürzer. Am Ende des Stegs tat sich ein Miniloch auf, kaum einen guten Meter hoch und höchstens einen halben Meter breit. »Das schaffen Sie bestimmt, oder?«, forderte mich Landgraf auf und verschwand ohne große Anstrengung in dem Durchgang.

Ich gab mir keine Blöße und quetschte mich quer durch den meterlangen Tunnel. Irgendwie blieb ich an einer rauen Mauerecke hängen, sodass mir trotz des Erfolgserlebnisses der linke Ärmel meines Hemds riss und nach unten hing.

Der Theologe unterdrückte eine in meinen Augen nicht adäquate Reaktion. Nach mehrmaligem Luftholen sagte er mit feuchten Augen: »Ich hoffe, Sie sind nicht verletzt.« Dann drehte er sich um, damit ich sein Gesicht nicht mehr sehen konnte.

»Ich habe extra alte Klamotten angezogen«, sagte ich unbeirrt. »Sind wir jetzt im Nordturm?«

Der kurze Tunnel war der einzige Zugang zum Nordturm. Von unserem Standpunkt aus führte nur eine abenteuerliche Treppe nach oben.

»Direkt unter uns wurde Frau Gutermann niedergeschlagen«, fragte ich meinen Begleiter. »Passt das?«

Landgraf nickte. »So in etwa. Und wie Sie sehen, gibt es nirgendwo eine Möglichkeit, um auf dem direkten Weg hinunterzugelangen.«

»Und über das Dach des Mittelschiffs?«

»Das können wir nachher gerne überprüfen, wenn Sie möchten. Ich war schon eine Weile nicht mehr auf dem Dach, kann mich aber an keine Besonderheiten erinnern.«

»Dann kämpfen wir uns erst mal nach oben, damit wir Meisters Rätsel lösen.«

»Äh, Herr Palzki«, stotterte Landgraf, »dazu müssen wir in den anderen Turm. Ich will Ihnen vorher nur schnell den Nordturm zeigen.«

Ich erinnerte mich daran, dass er dies auch so angekündigt hatte. Wäre ich ein wenig hartnäckiger und zielstrebiger gewesen und hätte ich auf die Besichtigung der Glocken verzichtet, wäre nicht nur mein Hemd noch heil, wir hätten zum jetzigen Zeitpunkt bereits den Fall gelöst. Da es nun auf ein paar Minuten mehr oder weniger nicht mehr ankam, folgte ich ihm nach oben. Bereits nach dem ersten Schritt schrillte mein internes Alarmsystem. »Stopp!«, zischte ich Landgraf zu, der auch sofort stehen blieb und mich fragend ansah.

»Ich habe Geräusche gehört, aus dem Durchgang.« Zur Bekräftigung meiner Aussage zeigte ich auf den Tunnel, was natürlich als Beweis für meine Behauptung völlig irrelevant war.

»Ich höre nichts.«

»Jetzt ist es ja auch wieder still. Warten wir mal kurz ab.«

Nach kurzer Zeit konnten wir das leise Quietschen der Dielen hören. Wir waren nicht allein. »Ist hier jemand?«, schrie Landgraf in den Durchgang.

Das Resultat war zu erwarten. So sehr wir auch lauschten, es war nichts mehr zu hören.

»Lassen Sie uns trotzdem kurz hochgehen«, meinte mein Begleiter schließlich. »Der Turm ist offen, einen Verfolger werden wir sofort entdecken, wenn er zu uns durch den tunnelartigen Durchgang in den Nordturm kommt.«

Die Holztreppe verlief an der Innenseite der Außenmauer aus rotem und gelbem Sandstein. Die Abstände der Trittstufen waren hier im Nordturm größer und leider auch unregelmäßig, was die Sache nicht vereinfachte und auf Kosten der Kondition ging. Schließlich erreichten wir den unteren Bereich des Geläuts. Mehrmals mussten wir uns unter waagerecht verlaufenden Balken bücken, die recht knapp über dem Treppenaufgang entlangführten und quer durch das Turminnere gespannt waren. Überhaupt sah das Balken- und Bretterwirrwarr nicht gerade nach dem Werk eines guten Bauplaners aus: Die tragenden Balken und die Befestigungspunkte für die beiden Glocken nebst der Mechanik hatte man, zumindest aus meiner Laiensicht, recht willkürlich in den Turm gezimmert.

»Die große Gussstahlglocke ist die Kaiserglocke«, erklärte Landgraf stolz. »Sie wiegt 14 Tonnen und ist nicht nur die größte läutbare Gussstahlglocke der Welt, sondern auch die zweitgrößte Glocke Deutschlands, gleich nach der bronzenen Petersglocke im Kölner Dom.«

Ich blickte auf eine schmutziggraue Glocke, die zwar recht groß, aber ansonsten auf mich wenig spektakulär wirkte.

»Toll«, bescheinigte ich meinem Begleiter mit gespielter Begeisterung. »Können wir wieder runter? Wenn diese Glocke losschlägt, haben unsere Ohren ein gewaltiges Problem. Meine Frau meint sowieso, ich wäre reif für ein Hörgerät.«

Der Theologe lachte. »Ich höre zu Hause auch nur das, was ich hören will.« Er grinste mir schelmisch zu. »Die Kaiserglocke schlägt aber nur selten. Solang die unten im Verteilerkasten nicht manuell aktiviert wird, kann nichts passieren.«

Ich dachte für einen Moment an den unbekannten Verfolger und hoffte, dass er nicht auf den gleichen Gedanken kam wie ich.

Mein Begleiter zeigte nach oben, wo neben den Glockenbalken mehrere Schwungscheiben und ein ziemliches Chaos an Seilen zu sehen waren. »Wenige Meter über uns befindet sich der achteckige Spitzhelm des Nordturms. Dieser Turm wurde erst 100 Jahre nach dem Südturm gebaut, doch zu diesem Thema kommen wir später, wenn wir drüben in der Türmerwohnung sind.«

Ich betrachtete mir noch für einen Moment das Gesamtensemble des Geläuts, um mir einen prägenden Eindruck abzuspeichern. »Dann mal los zum Reliquienschatz!«, gab ich schließlich den Startschuss. Meine Oberschenkelmuskeln bettelten zwar längst in schmerzhafter Weise nach zusätzlichem Sauerstoff, doch so kurz vor dem Showdown gab ein Reiner Palzki niemals auf.

Vor dem tunnelartigen Durchgang zum Südturm verharrten wir für einen Moment, ohne uns vorher abgesprochen zu haben.

»Nichts zu hören?«, flüsterte ich zu Landgraf, worauf er mir zunickte.

Mit meiner speziellen Körpertechnik konnte ich ohne weitere Schäden an Leib und Bekleidung den Durchgang meistern. An dem Abgang zur Stiege, die zum Dachboden über dem Mittelschiff führte, blieb Landgraf plötzlich stehen.

»Das Gatter ist auf«, meinte er erschrocken. »Vorhin war abgeschlossen, da bin ich mir ziemlich sicher.«

Im gleichen Moment sahen wir für den Bruchteil einer Sekunde einen Lichtblitz aufleuchten. Mit zitternder Stimme flüsterte Landgraf mir zu: »Es ist jemand auf dem Dachboden des Mittelschiffs.«

»Könnten dort die Reliquien liegen?«, kombinierte ich sofort. Warum sollte sich sonst jemand dort aufhalten?

»Das halte ich für unwahrscheinlich«, zerschlug der Theologe sofort meine These. »Das Holz des Dachbodens und das Dach sind nicht mehr im Originalzustand.«

»Wir gehen dem Kerl trotzdem nach«, bestimmte ich.

Während wir die enge Stiege fast geräuschlos hinunterschlichen, aktualisierte ich meine These bezüglich des Fremden: »Irgendwo da vorne gibt es bestimmt eine Falltür nach unten zu dem Reliquienraum«, wisperte ich meinem Begleiter zu. Dieser hob als Antwort kurz die Achseln.

Am Fuß der Stiege, im unteren Bereich des fast stockdunklen Vorbaus des Dachbodens konnte ich den Übergang zum Spitzboden des Mittelschiffs nur erahnen. Noch während der optischen Orientierungsphase flutete wie aus dem Nichts ein Staubnebel die nähere Umgebung und nahm uns den Rest der dürftigen Sicht. Zeitgleich fielen direkt neben uns mehrere Bretter mit polterndem Getöse wie ein Bündel Mikadostäbchen um. Einige davon fielen direkt auf uns. Was passiert war, erkannten wir erst eine Weile später, denn zunächst hatten wir mit Schmerzensschreien und veritablen Hustenanfällen aufgrund der Staubentwicklung mehr als genug zu tun.

Irgendwann schaltete Landgraf die Taschenlampenfunktion seines Smartphones ein. »Mist«, fluchte er nicht ganz theologenkonform. »Haben Sie sich verletzt, Herr Palzki?«, fragte er.

Ich sortierte immer noch meine Knochen. Die Bretter, die auf mich gefallen waren, waren nicht sehr schwer, sodass ich mich mit ein wenig Anstrengung eigenständig befreien konnte. Mein Äußeres sah dennoch desolat aus: Hemd und Hose waren bis zur Unbrauchbarkeit zerstört, von der Stirn tropfte ein Rinnsal Blut auf den Staub des Bodens. Meine Arme und Hände waren so rußig, als wäre ich durch einen noch nie gefegten Kamin geklettert. Ich vermutete, dass mein Gesicht in keinem besseren Zustand war. Mein rechtes Knie schmerzte genauso wie mein Schlüsselbein, da diese Körperteile direkte Kontaktpunkte der fallenden Bretter waren. »Ich lebe«, fasste ich meine Lage verharmlosend zusammen. »Wie geht es Ihnen?«, fragte ich Landgraf hustend zurück.

Das Licht schien auf den Theologen und gab ihm ein gruseliges Aussehen. »Ich stand am Rand und habe so gut wie nichts abbekommen. Bloß den Kopf habe ich mir angerannt, als ich ausgewichen bin. Ausgerechnet an der Stelle, an der ich in der Schatzkammer verletzt wurde. Der ganze Staub, der macht mir wie Ihnen schwer zu schaffen.« Das Licht wechselte erneut zu mir. »Hier, nehmen Sie das Taschentuch, damit können Sie notdürftig Ihre Verletzung reinigen. Es sieht zum Glück nur wie ein kleiner Kratzer aus.« Auch er musste seine Rede mehrmals wegen eines kräftigen Hustenanfalls unterbrechen.

»Was kann passiert sein?«, fragte ich meinen Begleiter, nachdem ich die Wunde abgetupft und sich mein Puls beruhigt hatte. »Wo kommen die vielen Bretter her?«

»Vor einer Weile lagen sie gestapelt in der Ecke. Vermutlich sind sie bei der letzten Instandsetzung übrig geblieben, oder es handelt sich um Reservebretter.«

»Dann hat sie wohl jemand mutwillig aufgestellt und daraus für uns eine Falle gebaut«, mutmaßte ich.

»So würde ich das auch sehen.«

»Der Gauner ist natürlich längst über alle Berge«, sagte ich.

»Türme«, verbesserte Landgraf und zeigte damit, dass er trotz des Ernsts der Lage seinen Humor nicht verloren hatte. »Was machen wir jetzt? Gehen wir weiter zum Dachboden des Mittelschiffs, oder brechen wir ab und informieren Joachim Specht?«

»Weder noch«, bestimmte ich und fühlte mich mal wieder wie Bruce Willis. Mein Adrenalinspiegel hatte mich voll im Griff. »Solang wir nicht wissen, wer das eben war, weihen wir keine anderen Personen ein, erst recht nicht Verdächtige wie diesen Specht.« Ich machte eine kurze Pause, um meinen Plan noch mal zu überdenken. »Irgendjemand ist uns auf den Fersen und damit auch auf der Spur des Kirchenschatzes. Es wäre fahrlässig, jetzt nicht sofort Ihrer Spur nachzugehen, Herr Landgraf. Hoffen wir, dass unser Freund, dem wir das übergroße *Mikado*-Spiel zu verdanken haben, nicht schneller ist als wir.«

»Ich wüsste nicht, wie jemand davon wissen sollte.«

»Frau Löchel kennt zum Beispiel die Lösung«, beharrte ich.

»Das glaube ich nicht«, konterte Landgraf. »Nur wir haben alle Informationen, was es mit der Zahl und den Texten auf dem Tuch sowie den Wörtern von Frau Gutermann auf sich hat. Nur wer richtig kombiniert, kennt die Lösung.«

»Jemand anderes, der ebenfalls im Thema drin ist, könnte die gleichen Rückschlüsse ziehen wie Sie.«

Nach kurzer Denkpause gab er zu: »Ja, das könnte natürlich sein.«

»Dann besteigen wir jetzt den Südturm, Herr Landgraf. Um den Dachboden des Mittelschiffes sowie die von mir vermutete Falltür kümmern wir uns später.«

»Vielleicht wollte der Täter genau das bezwecken?«, schoss der Theologe quer. »Er möchte aus irgendeinem Grund, dass wir nicht den Dachboden untersuchen. Das würde gegen Ihre Vermutung mit den Hinweisen zum Schatz sprechen.«

»Zuerst zur Türmerwohnung«, befahl ich mit autoritärer Stimme.

Landgraf leuchtete den Boden ab, sodass wir problemlos die Stiege nach oben nehmen konnten. Als wir unter einer der funzligen Deckenleuchten standen, begutachteten wir uns genauer. Der Staub hatte sich in jede noch so kleine Ritze gesetzt, zusätzlich verliehen mir die in Fetzen hängende Hose und das nicht besser aussehende Hemd ein martialisches Aussehen. »Sieht übel aus«, meinte Landgraf. »Zum Glück sind wir hier oben allein. Hoffentlich«, ergänzte er und blickte sich mit weit geöffneten Augen um.

Ich hoffte, dass sich seine Bemerkung auf den Unbekannten bezog und nicht auf eine offizielle Turmführung, die uns in die Quere kam.

Die Treppe im Südturm ging weiter steil nach oben. Ich biss die Zähne zusammen, um den Schmerz der Oberschenkel und des Knies zu minimieren. Das Schlüsselbein ärgerte mich dagegen nur dann mit einem heftigen Stechen, wenn ich den Oberkörper leicht bewegte.

Am nächsten Podest öffnete Landgraf eine Abschluss-
tür. Dahinter erwartete mich eine Überraschung. »Eine
Toilette?«, fragte ich erstaunt.

Landgraf, der mit Ausnahme seiner fast verheilten

Kopfwunde körperlich unversehrt war, lachte. »Nein, hier beginnt der Bereich der Türmerwohnung. Stellen Sie sich vor, wie anstrengend früher das Türmerleben gewesen sein muss. Eine komplette Familie wohnte hier, lange Zeit ohne Stromanschluss, und Wasser gab es nur bis ungefähr zur Hälfte der rund 200 Treppenstufen. Das bedeutet, dass man rund 100 Stufen nach unten steigen musste, um auf einer Toilette zu sitzen. Erst in den 60er-Jahren des vergangenen Jahrhunderts hat man auch in der Wohnung ein Klo installiert und später sogar eine Dusche.«

Ich schaute mir alles genau an, in der Hoffnung, durch die Ruhepause auch das nächste Podest erreichen zu können.

»Gleich sind wir oben«, meinte Landgraf.

Von meiner persönlichen Pein des Aufstiegs konnte ich mich durch die Erläuterungen Landgrafs ablenken, während wir zunächst durch den Bereich des Turmuhrwerks und anschließend durch den Glockenbereich stiegen. Mein Begleiter referierte mit viel Detailwissen über das mechanische Uhrwerk und die fünf großen Gussstahlglocken, die auch hier mit vielen kreuz und quer laufenden Balken, Schwungrädern und Seilen im Turm hingen. Die meisten Informationen schafften es nur in mein Kurzzeitgedächtnis. Einzig die Tatsache, dass man nach dem Zweiten Weltkrieg eine trübe Zukunft prophezeite und ausschließlich auf Gussstahlglocken setzte, die sich bei einem weiteren Krieg nicht wirtschaftlich verwerten ließen, fand ich beachtlich.

Landgraf musste mein schmerzverzerrtes Gesicht registriert haben, denn er unterbrach seinen Vortrag: »Ist mit Ihnen alles in Ordnung, Herr Palzki? Wir haben es gleich geschafft, nur noch diese Treppe.«

Ich biss die Zähne fest zusammen, in der Hoffnung, dass der Zahnschmelz nicht absplitterte. »Es geht noch«, stöhnte ich und versuchte mich an einem Grinsen, das wahrscheinlich ziemlich hoffnungslos wirkte.

Die Treppe war glücklicherweise relativ kurz. Oben angekommen, hielt mir Landgraf eine Tür auf. »Willkommen in der Türmerwohnung«, sagte er. »Dieser Teil des Turms wurde vor knapp 300 Jahren im Barockstil umgebaut und ersetzte die ursprüngliche Turmspitze. Rund 200 Jahre lang bis Anfang der 1970er-Jahre lebte die Familie Hayn in dieser Wohnung. Mit Heinrich Hayn verstarb der letzte Türmer in diesen Räumen.«

Wir standen in einem kleinen Flur. Eine Tür, die nur angelehnt war, führte nach draußen. »Seltsam«, meinte Landgraf, »die Tür ins Freie muss eigentlich stets geschlossen sein, damit es nicht zu einem Wasserschaden kommt.«

Im selben Moment hörten wir ein scharrendes Geräusch, das uns sofort verstummen ließ. Wir lauschten und vernahmen in kurzen Abständen undefinierbare Laute, die unzweifelhaft aus der Wohnung kamen. »Das kann nur der Wind sein, der durch die undichten Fenster bläst«, erklärte der Theologe.

Ich war mir der Sache längst nicht so sicher. Da Landgraf von sich aus die Besichtigung der Wohnung vorschlug, war ich sofort damit einverstanden. Zu diesem Zeitpunkt wusste ich allerdings nicht, dass sie dreistöckig war. Durch die im Vergleich zu weiter unten viel niedrigeren Geschosshöhen war dieser Aspekt zwar nicht vernachlässigbar, dafür aber mittels letzter Reserven körperlich verkraftbar.

Im sogenannten Erdgeschoss der Wohnung befand sich ein kleiner Flur mit Wasserhahn und Emaille-Ausgussbecken, ein verblüffend geräumiges Wohnzimmer, ein altmodisch eingerichtetes Esszimmer sowie ein Arbeitszimmer, von dem eine Treppe nach oben führte. Verstecke konnte ich keine ausmachen.

Ich ging voran und schlich vorsichtig die Treppe nach oben. Stellenweise hatte ich den Eindruck, als würde sich das nach wie vor vorhandene Geräusch verstärken. Doch als wir oben ankamen, herrschte von einer Sekunde auf die andere Funkstille.

Wir befanden uns in einem Durchgangsraum, aus dem eine Treppe weiter nach oben führte. Landgraf erklärte mir auch in dieser Etage die Funktion der Räume: »Die Küche könnte genauso gut in einem Museum stehen. Skurril ist, dass die Dusche im Bad erst nach dem Tod des letzten Türmers eingebaut wurde. Fragen Sie mich aber nicht, warum. Vielleicht musste irgendein Vertrag erfüllt werden. Der leere Raum war das Schlafzimmer, in dem mehrere Personen geschlafen haben.« Auch in dieser Etage gab es keinerlei Möglichkeiten, sich zu verstecken. Landgraf zeigte zur Treppe. »Der Dachboden besteht ausschließlich aus einem einzigen Raum mit schrägen Wänden, nur geteilt durch die Balkenkonstruktion des Daches. Dort hängt neuerdings wieder, wie früher, die Sturmglocke.«

Ich ging zur Treppe und rief: »Kommen Sie runter. Wir wissen, dass Sie oben sind.«

Keine Reaktion. Ich verschärfte meine Aufforderung: »Ich bin Polizeibeamter und bewaffnet.« Auch auf diese Halbwahrheit erfolgte keine Reaktion.

»Ich gehe hoch«, sagte ich schließlich und begann mit dem Erklimmen einer weiteren körperlichen Herausforderung. Stefanie würde aufgrund meines heutigen Sportprogramms stolz auf mich sein.

Die Enttäuschung war groß, als ich im leeren Dachboden stand. Sicherheitshalber schaute ich hinter sämtliche Balken, um selbst kleinere Schlupflöcher entdecken zu können. »Fehlanzeige«, meinte ich zu Landgraf.

»Dann war es doch nur der Wind.«

Mein Begleiter nutzte die Gelegenheit und machte auf dem Rückweg mit seinem Smartphone Fotos aller Räume der Wohnung. Hin und wieder löste dabei der Blitz aus.

Seltsamerweise hörten wir nun auf der untersten Etage der Wohnung kein Geräusch mehr. »Wind«, wiederholte Landgraf seine Erklärung einsilbig. »Jetzt wird es spannend.« Er öffnete die Tür zum Balkon.

Es war einfach unbeschreiblich schön. Rund um den Turm verlief ein 50 Zentimeter breiter Steinsteg, auf dem man, geschützt durch ein schmiedeeisernes Geländer, rund um den Turm gehen konnte. Allerdings waren anderen Seiten der Kirche und des Stegs nicht einsehbar. Ob sich vielleicht auf der Rückseite ein Unbekannter versteckte? Wir gingen weiter und blickten von der Ostseite über das Dach der Stiftskirche und erreichten die Nordseite.

»Was für eine geniale Aussicht«, sagte ich und vergaß für einen Moment meinen desolaten Zustand und die diversen pulsierenden Schmerzzentren an meinem Körper. Es war genial, den Marktplatz und vor allem die nähere Umgebung aus der Vogelperspektive zu betrachten. Wie eng und wild doch die einzelnen Gebäude rund um den Platz drapiert waren, die in der Mehrzahl seit Jahrhunderten standen und immer wieder verändert und erweitert wurden. Auch der Weitblick auf den Pfälzerwald und den Odenwald und die trennende Rheinebene war atemberaubend. Ich konnte mich lange nicht sattsehen, Landgraf gönnte mir die Pause.

»Wollen wir nun zum Höhepunkt kommen?«, fragte er dann doch irgendwann.

»Die Reliquien, stimmt, ja. Deswegen sind wir schließlich hier raufgeklettert. Aber sagen Sie mal, Herr Landgraf: Sie haben mir vor ein paar Minuten erklärt, dass es diese Türmerwohnung erst seit etwa 300 Jahren gibt. Wie passt das mit dem Kirchenschatz zusammen?«

Der Theologe lächelte. »Überhaupt nicht. Dies ist nur der Ort, an dem wir ohne größeres technisches Equipment dem Geheimnis auf die Spur kommen werden. Können Sie sich an den ersten Satz auf dem Tuch erinnern?«

Ich musste nicht lange überlegen. *Nur der nach Norden gut Sehende kann den göttlichen Weg erkennen.* Habe ich das richtig zitiert?«

»Absolut«, lobte er mich. Wir gingen zurück zur Nordseite des Balkons, und er hielt unmittelbar neben der Tür, die in die Wohnung führte. »Schauen Sie mal nach Norden, Herr Palzki.«

»Da steht der andere Turm, in dem wir vorhin die Kaiserglocke betrachteten.«

»Gut erkannt«, bestätigte er mit einem schalkhaften Grinsen. »Der Nordturm ist nicht zu übersehen.« Er deutete mit seiner Hand auf eine bestimmte Stelle. »Können Sie an diesem Ort etwas erkennen?«

Ich benötigte einen Moment, um den gleichen Blickwinkel wie er zu fixieren. »Ja, da ist eine Jahreszahl im Sandstein eingraviert. Es ist …« Ich kniff die Augen zusammen, um mir keine Blöße geben zu müssen. »1889«, erkannte ich mit diesem, jedem Optiker bekannten Trick, doch sofort wusste ich, dass mich Landgraf aufs Glatteis

führen wollte. »Ach so, das heißt natürlich 1489, die erste
›8‹ ist unten abgeschnitten, wenn man genau hinschaut.«

Landgraf klatschte zufrieden in die Hände. »Bravo,
Herr Palzki. Sie haben gut aufgepasst. Im Jahr 1489 wurde
der Nordturm gebaut, rund 100 Jahre vor dem Verschwinden der Reliquien.«

»Dann müssen wir wieder rüber?«, fragte ich ängstlich
und motivationslos, denn einen weiteren Aufstieg würde
ich heute mit Sicherheit nicht mehr bewältigen können.

»Keine Angst, Herr Palzki. So gemein bin ich nicht.
Nur der gut Sehende kann die Reliquien finden, wissen
Sie noch?«

»Die Jahreszahl, ich weiß. Wie bringt uns die Zahl jetzt
weiter?«

Landgraf erklärte es mir: »Die Jahreszahl ist natürlich
bekannt, darum geht es nicht. Nachdem ich den Text auf
dem Tuch gelesen hatte, kam mir etwas in den Sinn, das
ich längst vergessen hatte, da ich dem nie eine besondere
Bedeutung beigemessen hatte.« Er zeigte erneut zu der
Jahreszahl. »Schauen Sie mal direkt hinter die Jahreszahl.
Können Sie dort etwas entdecken?«

Ich schaute und schaute. Selbst mit schmalsten Augen-
schlitzen konnte ich nichts erkennen, was an dieser Stelle
anders war als am Rest des Mauerwerks. »Hat es mit dem
Mauerwerk oder den Fugen zu tun?« Ich versuchte, das
Problem einzugrenzen.

»Eher mit dem Mauerwerk«, sagte Landgraf. »Lassen Sie es gut sein, auch ich kann es nur erahnen. Meine
Sehkraft scheint ebenfalls leicht nachgelassen zu haben.«
Nun zog er sein Smartphone aus der Tasche und fotografierte die Jahreszahl auf dem Nordturm. »Das Ding hat
zwar nur ein digitales Zoom, fürs Erste wird es hoffent-

lich reichen.« Er öffnete die Aufnahme auf dem Display und vergrößerte sie mit einer Zweifingergeste. »Volltreffer«, jubelte er unerwartet laut. »Das ist deutlicher, als ich gehofft habe. Hier, schauen Sie! Wir haben es geschafft.«

Ich blickte auf das Display und erkannte hinter der Jahreszahl winzige gemeißelte Zeichen in dem Sandstein. »Was hat das zu bedeuten?« Es handelte sich um keine in der Gegenwart gebräuchlichen Ziffern oder Buchstaben.

Der Theologe überlegte reiflich. »Ich sehe diese Zeichen im Sandstein zum ersten Mal als Ganzes in dieser Größe vor mir. Ich werde aber das Gefühl nicht los, diese Symbole schon irgendwo anders gesehen zu haben. Wenn ich nur wüsste, wo.« Er grübelte, dann sah er mich an. »Jedenfalls kannte auch Frau Gutermann diese Stelle auf der Mauer. Ihre geflüsterten Worte sind dafür ein klares Indiz.«

Ich wollte ihm gerade erklären, dass inzwischen durchaus weitere Personen von unserem Fund erfahren haben konnten, da knallte hinter uns eine Tür zu. »Was war das?«, rief ich erschrocken.

Mit zwei, drei Sätzen waren wir vom Balkon zurück in der Türmerwohnung. Landgraf bemerkte sofort die geschlossene Tür, die nach unten führte. Erfolglos rüttelte er daran. »Eingesperrt«, meinte er bestürzt.

Ich versuchte, mit Körpereinsatz die Tür zu öffnen, scheiterte aber bereits beim ersten, sehr schmerzhaften Kontakt meiner Schulter mit dem Türblatt. Landgraf versuchte ebenfalls sein Glück, doch auch er konnte der massiven Tür nichts entgegensetzen.

EINGESPERRT!

Schnell wurde uns klar, dass die Tür nicht von alleine zugefallen war, sondern von jemandem verrammelt worden war. »Die Türklinke lässt sich drücken«, sagte Landgraf. »Das Schloss ist so alt, das wäre sofort auseinandergefallen, als ich mich dagegen geworfen habe. Jemand muss die Tür verbarrikadiert haben.«

Dieser Meinung war ich auch. Der Abstand zwischen der Eingangstür und dem Zugang zum Balkon betrug höchstens einen Meter. Wenn uns der Unbekannte belauscht hatte, besaß er annähernd den gleichen Wissensstand wie wir. Mithilfe eines starken Fernrohrs konnte er vom Marktplatz oder einem der umliegenden Gebäude wie das benachbarte hohe Rathaus bequem die rätselhaften Zeichen neben der Jahreszahl auf dem Nordturm herausfinden. Ich hatte das Gefühl, dass das Kopf-an-Kopf-Rennen dieses Mal nicht zu unseren Gunsten ausging, wenn wir nicht schnellstmöglich von diesem Turm herunterkämen und sich Landgraf an die eben gefundenen Symbole erinnern würde.

»Ich rufe Joachim an«, sagte Landgraf. »Auch wenn Sie ihn für verdächtig halten, wir müssen in dieser Notsituation die Polizei informieren. Die zuständige Polizei, meine ich«, ergänzte er.

Seufzend stimmte ich zu.

»Was ist das?«, fluchte der Theologe. »Mein Smartphone spinnt. Nein, jetzt geht es wieder.« Er wischte auf dem Display herum. »Mist!«, schrie er energisch. »Jetzt hat es sich komplett abgeschaltet, der blöde Akku ist leer.«

Damit hatte ich zwar nicht gerechnet, logisch war es dennoch. Landgraf hatte viel fotografiert, teilweise mit Blitz, und bei unserer kleinen Misere auf dem Dachboden des Langhauses längere Zeit die Taschenlampenfunktion genutzt. Da auch mein eigenes Mobiltelefon nicht geladen war, konnten wir in unserer momentanen Notlage nicht auf die Segnungen der modernen Funktechnologie zurückgreifen.

»Wir rufen um Hilfe«, beschloss ich und ging auf den Balkon.

»Das hat keinen Sinn«, entgegnete Landgraf. »Bei Wind hört uns auf dem Marktplatz niemand.«

Ich wollte diese Möglichkeit nicht von vornherein ausschließen. Gemeinsam schrien wir, was unsere Kehlen hergaben, und gestikulierten wild in Richtung der Passanten auf dem Marktplatz.

»Das ist zwecklos«, beschloss ich nach ein paar anstrengenden Minuten mit kratziger Stimme. »Wissen Sie, wann die nächste offizielle Turmführung stattfindet?«

»Ja«, meinte Landgraf lapidar, »am Samstag gegen Mittag.«

»Solang will ich nicht warten. Ich habe eine Idee. Haben Sie etwas zu schreiben dabei?«

Mein Begleiter zog einen Kugelschreiber aus seiner Jackentasche. »Meine Mappe habe ich im Auto liegen lassen.«

Mir ging es genauso. Für einen kurzen Moment kam mir KPDs Urkunde in den Sinn, die in meinem Dienstwagen lag. Hätte ich sie mitgenommen, würden wir wenigstens Papier zur Verfügung haben.

Landgraf ahnte, was ich vorhatte. »Vielleicht können wir ein Stück der Tapeten ablösen?«

Ich fühlte mich wie in einem Computer-Adventure-Spiel, in dem man die absurdesten Handlungen durchführen und scheinbar unwichtige Dinge miteinander kombinieren musste, um weiterzukommen.

Nach einer Weile fanden wir in der Küche eine geeignete Stelle, an der sich an mehreren Ecken die uralte und hart gewordene Raufasertapete gelöst hatte. Wir benötigten viel Gefluche und mehrere Versuche, um im Ergebnis zwei einigermaßen große Stücke zu generieren, auf die wir die Hilferufe schrieben.

Landgraf schaute skeptisch, als ich die beiden Tapetenfetzen vom Turm warf. »Ich glaube nicht, dass sich irgendein Passant danach bückt, wenn sie überhaupt unten ankommen und nicht vom Wind was-weiß-ich-wohin verweht werden.«

Innerlich musste ich ihm recht geben. Doch schon hatte ich eine weitere Idee. Ich drückte auf einen Lichtschalter. Tatsächlich funktionierte die Beleuchtung.

Landgraf nickte zufrieden. »Das könnte unsere Rettung sein, allerdings erst, wenn es draußen dunkel ist und es jemandem auffällt, dass in der Türmerwohnung Licht brennt. Dann könnten wir es zusätzlich mit SOS-Lichtmorsezeichen probieren.« Er schaute auf die Uhr. »Es ist leider erst kurz nach Mittag.«

Die nächsten beiden Stunden zogen sich wie Kaugummi. Hin und wieder versuchte einer von uns, die verbarrikadierte Tür zu öffnen oder vom Balkon zu schreien, doch sämtliche Versuche schlugen fehl.

Für Aufregung sorgte der Augenblick, als Landgraf von der Südseite des Balkons seine Frau in Begleitung eines von unserem Standpunkt aus nicht zu erkennenden Mannes über den Marktplatz laufen sah.

Landgraf hatte sich in der Küche auf eine Eckbank gesetzt und grübelte darüber nach, wo er die neu entdeckten Zeichen schon einmal gesehen hatte.

Ich war erschöpft und setzte mich neben ihn. Es dauerte nicht lange, bis ich einschlief.

Ich erschrak, als jemand lautstark an der Eingangstür hämmerte. Landgraf ging es ebenso, auch er war irgendwann eingeschlafen. Mit stark erhöhtem Pulsschlag und zunächst räumlicher Orientierungslosigkeit standen wir Sekunden später an der Tür. »Wer ist da?«, rief ich. Einen Gegner vermutete ich nicht.

»Dietmar Becker«, kam es dumpf von der anderen Seite. »Geht es Ihnen gut, Herr Palzki?«

Becker, wo kam jetzt ausgerechnet der krimischreibende Student her? Die Gründe konnte ich auch nachher noch eruieren. »Machen Sie die Tür auf!«, schrie ich.

»Gehen Sie mal aus dem Weg«, kam es retour. »Auf unserer Seite sind mehrere Bretter zwischen Tür und Aufgang eingeklemmt. Ohne Werkzeug hilft da nur rohe Gewalt. Ich werde die Tür eintreten müssen, und zwar in Ihre Richtung.«

Da ich nicht sicher war, ob Landgraf alles verstanden hatte, schob ich ihn zur Seite und ging gemeinsam mit ihm in Deckung. Ein flüchtiger Blick auf die Uhr zeigte mir, dass wir uns seit über vier Stunden in der Türmerwohnung befanden. Während das Holz krachte, rief ich mir in Erinnerung, dass Becker im Plural gesprochen hatte.

Dann sah ich schon den Oberkörper des Archäologie-
studenten, der Reste des Türblatts zur Seite schob.

»Herr Palzki, wie sehen Sie denn aus? Sind Sie schwer
verletzt?« Dann nahm er den Theologen wahr. »Herr
Landgraf, Sie sind ja auch total verschmutzt. Sagen Sie
schon, was ist passiert?«

Bevor ich auf seine Frage antwortete, wollte ich wissen,
wer sich außer ihm auf der Treppe befand. Die Geräusche waren eindeutig. Ich trat einen Schritt vor, sodass
ich den Treppenabgang im Visier hatte.

Auf der einen Seite war ich über das Auftauchen von
Steffen Boiselle erleichtert, auf der anderen Seite ernüchtert, da ich es nun mit einem weiteren Hobbydetektiv zu
tun hatte. Boiselle war ein enger Freund Beckers, gemeinsam hatten sie mich in der Vergangenheit mehrfach bei
meinen Ermittlungen gestört. Steffen Boiselle war Inhaber des Neustadter *Agiro*-Verlags, dessen Firmensitz nur
rund 200 Meter vom Marktplatz entfernt lag. Boiselle
verkaufte hauptsächlich Pfälzer Literatur und Produkte,
war aber schwerpunktmäßig als Cartoonist mit seinem
100% PÄLZER! über die Region hinaus bekannt.

»Hallo, Herr Boiselle«, rief ich dem hochgewachsenen
und rappeldürren Verlagsmenschen zu.

»Herr Palzki, wie sehen Sie denn aus? Haben Sie
gekämpft?«

»Alles in Ordnung«, beruhigte ich ihn und seinen
Begleiter. »Wir hatten einen kleinen Unfall, ansonsten
geht es uns relativ gut.«

»Steffen?« Landgraf drängte sich an mir vorbei. »Was
machst du hier?«

Im ersten Moment war ich hochgradig verwirrt, doch
dann fiel mir ein, dass der Theologe mehrere seiner

Bücher und Broschüren in Boiselles Verlag veröffentlicht hatte.

»Hallo, Michael«, erwiderte der Cartoonist. »Dietmar hat mir gesagt, dass wir außer Herrn Palzki auch dich in der Kirche finden werden.«

So langsam wurde es interessant. Woher wusste der Hobbydetektiv Becker, wo wir waren? Ich erhoffte mir von der Beantwortung der Frage einen neuen Wissensschub.

Ich beschloss, die Befragung in geordneten Bahnen ablaufen zu lassen. »Gehen wir in die Küche, dort können wir uns setzen.«

»Sollten Sie nicht besser so schnell wie möglich einen Arzt aufsuchen?«, meinte Boiselle in meine Richtung.

»Das sieht schlimmer aus, als es ist«, klärte ich ihn auf. Tatsächlich hatte ich als einzige sofort sichtbare Verletzung nur einen kleinen Kratzer am Kopf davongetragen. Als Gesamtbild mit dem angetrockneten Blut, das mir dabei über die staubige Wange und den Hals gelaufen war, sah ich aus, als käme ich direkt aus der Maske einer Horrorproduktion. »Verraten Sie mir lieber, was Sie im Turm der Stiftskirche suchen. Wie sind Sie überhaupt hereingekommen?«

Boiselle lehnte sich zurück, während Becker hilflos herumstotterte. »Wir haben Sie gesucht, die Kirche war nicht abgeschlossen«, war das zusammengefasste Ergebnis seiner gestammelten Satzbrocken.

Der Student war hartnäckig, doch ich knackte ihn. »Ich will jetzt sofort wissen, wieso Sie uns hier oben gesucht haben.«

Zunächst versuchte er es mit einem Ablenkungsmanöver: »Ich habe bei Herrn Landgraf zu Hause angerufen. Seine Frau hat mir gesagt, dass er mit Ihnen, Herr Palzki, unterwegs ist.«

»Quatsch«, unterbrach ich ihn sofort. »Sie waren noch nie ein guter Lügner. Frau Landgraf war gar nicht zu Hause. Außerdem war Ihnen vorher klar, dass wir beide in Neustadt unterwegs sind. Weiß Ihr Freund eigentlich, um was es geht?«

»Reliquien?«, sagte Boiselle sofort. »Sonst weiß ich aber nicht viel davon. In Michaels Stiftskirchenführer, der ja in meinem Verlag erschienen ist, steht ein wenig über das Thema. Aus Dietmars Erklärungen bin ich selbst nicht so ganz schlau geworden.«

»Warum sind Sie dann überhaupt hier?«

»Ich habe Dietmar vorhin zufällig auf dem Marktplatz getroffen. Er war in Eile und erzählte mir, dass er sofort zur Türmerwohnung müsste, weil …«

»Und weiter?«

Becker gab sich geschlagen und übernahm die Aufklärung. »Ich habe es von Inge Löchel erfahren. Ich war in ihrer Weinstube und habe nach Ihnen gesucht. Da ich Frau Löchel nachweisen konnte, dass ich Ihnen, Herr Palzki, als Detektiv zuarbeite, hat sie mir verraten, dass Sie im Keller der Weinstube einen Hinweis gefunden haben, der irgendetwas mit dem Südturm zu tun haben muss.«

»Das hat Ihnen Inge Löchel verraten?«, hakte Landgraf skeptisch nach.

Dietmar Becker nickte. »Ich hatte Glück gehabt, dass ich sie sprechen konnte. Sie ist nämlich erst wenige Minuten vorher von einem Termin in Bad Dürkheim zurückgekommen, sagte sie. Außerdem war sie zunächst skeptisch, ob ich tatsächlich zu Ihnen gehöre, Herr Palzki.

Kurz nachdem Sie und Herr Landgraf heute früh die Weinstube verlassen haben, ist Oberbürgermeister Marc Weigel bei ihr gewesen und hat versucht, sie auszufragen.«

»Hat sie ihm etwas über unseren Fund erzählt?« Tief im Inneren war ich auf Becker zornig, weil er gegenüber Unbeteiligten erzählte, dass er zu mir gehöre und auf meiner Seite als Detektiv zuarbeite.

»Nein, selbstverständlich hat sie nichts gesagt. Behauptete sie zumindest«, ergänzte er zweifelnd.

Ich war mir ebenfalls nicht sicher über den Wahrheitsgehalt dieser Aussage. Warum musste dieser Fall so verzwickt sein? Der Unbekannte, der Landgraf und mich im Turm ausgetrickst und eingesperrt hatte, war garantiert längst verschwunden. Wenn es dumm lief, hatte dieser das Geheimnis der Symbole auf dem Nordturm längst entschlüsselt und den Kirchenschatz in seinen Besitz gebracht.

Nun stellte Becker eine Frage: »Warum waren Sie überhaupt hier oben? Frau Löchel sagte mir, dass es um einen geheimnisvollen Code gehe, der auf dem gefundenen Tuch gestanden hatte.«

Ich ging auf seine Frage nicht ein. Wahrscheinlich dürfte es aber sowieso nicht allzu lange dauern, bis er es wusste. »Lassen Sie uns hinuntergehen.«

Der Student murrte, verhielt sich aber friedlich.

»Darf ich Ihnen helfen?«, fragte Boiselle, der beobachtete, wie ich recht unbeholfen die Treppenstufen nach unten nahm. Meine Oberschenkelmuskeln hatten sich längst wieder erholt. Nun waren es die Waden, die beim Abwärtsgehen für einen lästigen Dauerschmerz sorgten.

»Es geht schon«, bedankte ich mich. »Gehen Sie ruhig vor, wenn ich Ihnen zu langsam bin.«

Ohne sich abzusprechen, passten sich alle meinem Tempo an. Als wir im ersten Obergeschoss ankamen, dort, wo eine Tür zur Orgelempore führte, machten wir eine kleine Pause.

»Ich habe eine Idee«, sagte Boiselle mit Blick auf mich und Landgraf. »Es sind nur ein paar Meter bis zu meinem Verlag. Dort können Sie sich waschen, und ein paar Ersatzklamotten werden sich auch finden lassen.«

»Danke, Steffen«, sagte Michael. »Dann müssen wir nicht, so schmuddelig wie wir sind, in mein Auto einsteigen.«

Am Fußpunkt der Treppe, ich war körperlich längst wieder dem Ende nahe, erwartete uns die nächste Überraschung.

»Das ist ungeheuerlich«, polterte uns Joachim Specht entgegen. »Wenigstens bleibt mir der Aufstieg auf den Turm erspart.« In seinem Gefolge befanden sich mehrere uniformierte Beamte. Er schickte sie zur Beweissicherung nach oben.

»Wie seht ihr denn aus?«, fragte er uns beide, sah dabei aber ausschließlich Landgraf an. Man merkte überdeutlich, dass er mit seiner Beherrschung an seine persönlichen Grenzen gelangt war. »Habe ich nicht mehr als deutlich gesagt, dass du dich aus den Ermittlungen heraushalten sollst, Michael?« Schlagartig wechselte er den Ansprechpartner. »Und das Gleiche gilt für Sie, Herr Palzki. Mit Ihrem Chef werde ich ebenfalls noch ein Hühnchen rupfen. Diesbezüglich habe ich grünes Licht vom Polizeipräsidenten persönlich bekommen.«

Er benötigte mehr als fünf Minuten, bis er sich einigermaßen beruhigt hatte. Alles, was er in dieser Zeit sagte, schaffte es nicht einmal in mein Kurzzeitgedächtnis. Erst als mich wegen einer unglücklichen Bewegung ein stechender Schmerz im Rippenbereich auf meine Blessuren aufmerksam machte, hielt Specht inne. »Brauchen Sie einen Arzt?«

»Geht schon«, erwiderte ich. »Sieht schlimmer aus, als es ist. Ich bin nur etwas müde.«

»Was ist eigentlich da oben passiert?«, fragte er nun mit normaler Stimmlage. »Ein Passant hat einen Tapetenschnipsel mit der Hilfenachricht gefunden und die Polizei informiert.«

»Wir wurden in der Türmerwohnung eingesperrt«, erklärte Landgraf. »Vor über vier Stunden.« Weitere Details verschwieg er.

»Und von wem?«

Wir zuckten synchron mit unseren Achseln. »Wir haben niemanden gesehen, Joachim.«

»Warum seid ihr überhaupt auf den Turm hoch?«

Während der Theologe nach einer Antwort suchte, war ich dieses Mal schneller. »Das haben wir Ihnen und Herrn Fratelli doch bei unserem letzten Treffen angekündigt. Zeitlich hatte es gestern leider nicht mehr geklappt, daher sind Herr Landgraf und ich erst heute auf den Turm gestiegen. Übrigens: Eine spektakuläre Aussicht, das Treppensteigen hat sich auf jeden Fall gelohnt, auch wenn ich einen Aufzug vermisst habe. Waren Sie auch schon oben?«, fragte ich scheinheilig.

»Natürlich war ich schon in der Türmerwohnung«, antwortete Specht verärgert. »Warum werde ich das Gefühl nicht los, die Sache hat etwas mit der verschwundenen Bibel und den geheimen Zeichen zu tun?«

Landgraf reagierte in unserem Interesse und fragte

scheinheilig: »Apropos, was machen deine Ermittlungen zu dem Einbruch im Museum? Kannst du mir erste Zwischenergebnisse nennen?«

Damit stocherte er in einem wunden Punkt des Polizeioberkommissars. »Wir sind dran«, antwortete er unbestimmt. »In den nächsten Tagen werde ich dich informieren.« Er überlegte eine Weile, bevor er weitersprach. »Dann geht ihr beide jetzt am besten auf dem kürzesten Weg nach Hause. So, wie ihr ausseht, könnt ihr nicht in der Öffentlichkeit herumlaufen. Ich hoffe, dass ich weder Sie, Herr Palzki, noch dich, Michael, in den nächsten Tagen in oder in der Umgebung der Stiftskirche sehe, haben wir uns verstanden? Die Ermittlungen führt einzig und allein die Neustadter Polizei mit mir als leitendem Beamter.«

»Alles klar, Joachim.« Landgraf drehte sich abrupt zur Seite, dabei fiel sein Smartphone aus der Tasche.

»Was ist das?« Joachim Specht reagierte sofort und bückte sich nach dem Handy.

»Der Akku ist leer«, erklärte Landgraf und streckte seine Hand aus. »Ich muss es zu Hause wieder laden.«

Specht schaute Landgraf lange in die Augen. »Ein Smartphone mit leerem Akku ist absolut untypisch für dich, Michael. Ich denke, ich werde das Gerät vorläufig konfiszieren.« Er steckte das Smartphone ein und erntete einen bösen Blick des Museumsleiters.

Als Nächstes mussten sich Becker und Boiselle gegenüber dem Polizeibeamten erklären. Da sie die ganze Zeit zugehört hatten, behaupteten sie, ebenfalls einen Zettel mit einem Hilferuf auf dem Marktplatz gefunden zu haben. Statt die Polizei zu informieren, hatten sie selbst nachgeschaut, weil sie an einen Scherz glaubten. Die Kirche sei offen gewesen, und sie seien unterwegs niemandem begegnet. Selbstverständlich bestätigten Landgraf und ich gegenüber Specht wahrheitsgemäß, dass wir mehrere Tapetenzettel vom Turm geworfen hatten.

Spechts Gesichtsausdruck verriet nichts darüber, ob er die Geschichte der beiden glaubte. Nach einer letzten eindringlichen Ermahnung Spechts blieb uns nichts anderes übrig, als uns zu verabschieden und die Kirche zu verlassen.

»Mist!«, fluchte Landgraf und ballte seine Fäuste, als wir auf dem Marktplatz standen. »Jetzt besitzt Joachim die Aufnahmen von den Zeichen.«

Diese im Zorn ausgesprochene Bemerkung hatte fatale Auswirkungen. »Welche Zeichen?«, fragte der überaus neugierige Dietmar Becker sofort. Damit war klar, dass wir unsere Retter einweihen mussten. Ich hoffte, dass uns die blöde Geschichte mit dem Smartphone zeitlich nicht zu sehr zurückwarf.

»Das besprechen wir in Ruhe bei Steffen Boiselle zu Hause«, sagte Landgraf hastig. »Lasst uns, so schnell es geht, von hier verschwinden.«

Das Verlagsgebäude und Wohnhaus von Steffen Boiselle in der Sauterstraße hatten wir in wenigen Minuten erreicht. Rechts neben dem Gebäude befand sich ein kleiner Vorhof, der gewöhnlich als Parkplatz genutzt wurde. Ich kannte Boiselle eigentlich als ordentlichen Menschen, daher war ich über die Menge an Gerümpel, die auf dem Platz lag, sehr erstaunt.

»Bitte einfach alles ignorieren«, erklärte der Karikaturist. »Heute Abend muss der Sperrmüll, der sich bei uns in den vergangenen Jahren angesammelt hat, auf die Straße gestellt werden. Wir haben für morgen das städtische Entsorgungsunternehmen bestellt. Dietmar will mir nachher helfen.«

Auch im Eingangsflur und im Treppenhaus standen Kartons und Kisten herum, aus denen Bücher und andere Papiere herauslugten. Jeder hatte im Leben sein Päckchen zu tragen: Boiselle und Becker den Sperrmüll, ich hatte dafür das steile, drei Stockwerke hohe Treppenhaus zu bezwingen. Nicht zum ersten Mal verfluchte ich, dass sich Boiselles Verlag im Dachgeschoss befand. Tapfer kämpfte ich mich Stufe für Stufe empor und betrachtete zur Ablenkung mit entsprechenden Pausen die zahlreichen Cartoons an den Wänden.

Mit einer kaum erwähnenswerten Verzögerung erreichte ich den Verlag, dessen Büro das komplette Dachgeschoss vereinnahmte. Landgraf und Becker saßen an einem langen Tisch, während Boiselle mir ein Handtuch und einen Waschlappen reichte und den Weg ins Bad zeigte. »Ich suche für Sie und Michael ein paar Ersatzklamotten«, sagte er und verschwand.

Die Waschaktion war bildlich vergleichbar mit einer Schafschur, so hart hatte sich der jahrzehntealte Dreck in die Haut gefressen. Meine unbrauchbar gewordenen Kleider stopfte ich in einen Müllsack, den mir der Verlagsinhaber mit einem Stapel Kleider ins Bad gebracht hatte. Die Jogginghose war die eine oder andere Nummer zu lang, dafür drückte sie spürbar an der Taille. Das schwarze Sweatshirt passte dagegen gut, nur der Aufdruck »100% PÄLZER!« war nicht so mein Ding, auch wenn er inhaltlich gesehen korrekt war.

Nach mir ging Michael Landgraf ins Bad und unterzog sich einer ähnlichen Prozedur. Seine Kleidung war zwar nicht zerstört, aber trotzdem ein Fall für die Kochwäsche. »Meines ist blau«, sagte er stolz, als er mit einem blauen Sweatshirt aus dem Bad kam, das die gleiche Aufschrift wie meines hatte.

»Übrigens, Herr Palzki«, meinte Landgraf, »während Sie im Bad waren, habe ich mit Steffens Telefon Oberbürgermeister Marc Weigel angerufen und unseren Termin auf morgen Vormittag verlegt. Ich hoffe, das war in Ihrem Interesse.«

Nachdem wir reichlich gekühlte Apfelsaftschorle getrunken hatten, mussten Landgraf und ich notgedrungen Informationen preisgeben, die wir lieber für uns behalten hätten. Die Augen Boiselles und Beckers wurden immer größer, je weiter wir mit unserer Erzählung fortfuhren.

»Dann besitzt jetzt dieser Polizeibeamte das Rätsel, das zum Reliquienschatz führt, und weiß es nicht einmal«, resümierte Becker, als wir fertig waren.

»*Hoffentlich* weiß er es nicht«, wiederholte ich, doch sofort kam Widerspruch von Landgraf. »Joachim Specht ist intelligent und kann eins und eins zusammenzählen. Auf den Aufnahmen ist neben den Symbolen die Jahreszahl des Turmbaus zu sehen. Er wird sofort erahnen, um was es geht. Tragisch ist außerdem, dass ich seit dem Schlag auf den Kopf nur mit Mühe die Teile des Rätsels auswendig rekapitulieren kann. Herr Palzki, können Sie kurz helfen, die Zeichen oder wenigstens einen Teil davon nachzuvollziehen?«

Als Kriminalbeamter verfügte ich sicherlich über ein im Vergleich zu meiner Alterskohorte weit überdurchschnittliches Gedächtnis. Doch auch mein schlechter Gesundheitszustand während der Turmbegehung hatte bedauerlicherweise zu temporären Defiziten in der

Gedächtnisleistung geführt. »Leider nein«, antwortete ich unbestimmt und ergänzte: »Der Unbekannte kann uns belauscht haben, sodass auch er unter Umständen den Ort der Symbole kennt.«

Becker kannte eine weitere Person: »Für mich ist Inge Löchel nicht aus dem Kreis der Verdächtigen auszuschließen. Sie könnte inzwischen die komplette Inschrift auf dem Tuch entziffert haben. Dass Sie beide zur Türmerwohnung hinaufgestiegen sind, wusste sie. Den Rest könnte sie sich zusammengereimt haben, oder es stand auf dem Tuch. Das liegt übrigens immer noch bei ihr in der Weinstube, sagte sie zu mir.«

»Das Tuch lasse ich morgen abholen«, erklärte ich. »Es handelt sich nur um eine Wegbeschreibung zu den Symbolen im Nordturm, diese haben wir ja inzwischen gefunden.«

»Und wieder verloren«, sagte Landgraf und seufzte.

Steffen Boiselle, der kurz verschwunden war, kam zurück und stellte eine Digitalkamera auf den Tisch. »Die gehört einer Agentur, mit der ich zusammenarbeite. Zurzeit produzieren wir damit wöchentlich einen Video-Podcast. Es ist eigentlich ein Fotoapparat mit Videofunktion der gehobenen Preisklasse. Die Auflösung ist erstaunlich gut, und das Gerät besitzt einen großen analogen Zoombereich.« Zur Bestätigung drückte er auf eine Taste, worauf ein Objektiv wie ein Fernrohr aus der Kamera wuchs.

»Wir können heute leider nicht mehr zur Türmerwohnung«, sagte ich und meinte damit nicht alleine meine körperlichen Einschränkungen. »Die Polizei ist oben und wird bestimmt erst mal alles untersuchen.«

Der Verlagsinhaber grinste. »Das habe ich auch nicht gemeint, Herr Palzki.« Mit einer kleinen Pause machte er uns neugierig. »Geben Sie Dietmar und mir eine halbe Stunde, mehr brauchen wir nicht.«

Becker schaute überrascht zu seinem Freund, anscheinend war er nicht eingeweiht.

Als Polizist musste ich etwas klarstellen. »Ist das, was Sie beabsichtigen, legal?«

»Vollkommen«, bestätigte Boiselle. »Ich wüsste nicht, dass das Fotografieren von Kirchtürmen verboten ist.«

Ich hatte ein ungutes Gefühl in der Magengegend, als Boiselle und Becker aufbrachen. Zuvor stellte der Cartoonist Landgraf und mir eine Schüssel Snacks und weitere Flaschen mit Apfelsaftschorle auf den Tisch. »Wir beeilen uns«, sagte er zum Abschied.

»Das war das Beste, was uns passieren konnte«, meinte Landgraf zu mir, als wir alleine waren. »Steffen weiß immer, was er tut. Wir stehen kurz davor, den Kirchenschatz zu finden, Herr Palzki. Ist das nicht aufregend? Ich hoffe aber auch, dass dann meine Bibel wieder auftaucht.«

Ich gab keine Antwort, da ich alles andere als euphorisch war. Stattdessen bewegte mich gedanklich eine andere Sache. »Wir müssen uns morgen den Dachboden des Mittelschiffs anschauen. Ich bin fest überzeugt, dass es dort einen Zugang zum Reliquienraum gibt.«

»Das hat doch jetzt keine Eile mehr«, winkte der Theologe ab. »Diesen Nebenkriegsschauplatz können wir in ein paar Tagen immer noch auflösen.«

»Und wenn dort die Reliquien liegen?«

»Glaube ich nicht«, sagte Landgraf. »Dort ist alles nicht mehr im Originalzustand, und ein Verschlag wäre bei den vielen Renovierungen aufgefallen.«

Nach einer Weile kamen Boiselle und Becker zurück.

»Es hat geklappt!«, rief uns der Verlagschef vom Eingang aus zu und schwenkte dabei die Kamera.

»Ich war das erste Mal auf dem Dachboden des Rathauses«, prahlte Dietmar Becker.

Dafür erhielt er einen bösen Blick seines Freundes. »Wir waren uns doch einig, nichts über die Herkunft der Bilder zu verraten! Wenn das jemand erfährt, ist der Teufel los.«

»Von uns erfährt niemand etwas«, beruhigte ihn Landgraf. »Nicht einmal der Oberbürgermeister. Wie bist du um diese Uhrzeit ins Rathaus reingekommen, Steffen?«

»Ich kenne da jemanden«, antwortete dieser kleinlaut, ohne nähere Angaben zu machen. »Ich lade die Aufnahmen auf den Computer, das dauert nur einen Moment.«

»Ohne Stativ war das nicht ganz einfach«, erklärte Boiselle die erste stark verwackelte Aufnahme, auf der so gut wie nichts zu erkennen war.

»Nachdem wir die Kamera auf die Fensterbank gelegt hatten, ging es besser«, schob Becker nach. »Nur das Fokussieren und die Wahl des Bildausschnitts waren dann etwas schwieriger.«

Auf dem nächsten Bild war der Nordturm in Großaufnahme zu sehen. Die Folgeaufnahmen zentrierten sich immer weiter in Richtung des Ortes der eingemeißelten Jahreszahl. Gebannt starrten wir mucksmäuschenstill auf den Bildschirm.

»Ich habe den Zoomfaktor bewusst in kleinen Stufen erhöht«, erklärte Boiselle. Auf dem nächsten Foto konnten wir die Jahreszahl des Turmbaus ablesen.

»1889«, las Becker vom Monitor ab.

»1489.« Sofort wurde er von Landgraf und mir verbessert.

Nach einem kurzen irritierten Blick in die Runde fuhr Boiselle fort: »Leider wussten wir nicht, wo die zu fotografierenden Symbole zu finden sind, oben, unten, links oder rechts der Jahreszahl. Daher haben wir mittels try and error die Speicherkarte vollgeballert. Ich hoffe, dass ein passender Ausschnitt dabei ist. Ins Rathaus kommen wir heute leider nicht mehr rein, falls unsere Taktik nicht geklappt hat.«

Bereits die dritte Aufnahme war ein Volltreffer. Durch die leicht seitlich-schräge Aufnahme gab es zwar einen Schlagschatten, die Zeichen waren aber in aller Deutlichkeit zu erkennen.

»Kannst du bitte das Foto ausdrucken, Steffen?«, fragte Landgraf aufgeregt. »Am besten für jeden von uns ein Exemplar.« Der Farblaserdrucker brummte, und kurz darauf hielt jeder von uns eine Kopie in der zitternden Hand.

Das Telefon klingelte im ungünstigsten Augenblick. Vertieft in das Foto, zuckten wir alle heftig zusammen. Wir schauten zu Steffen, der fragend die Achseln hob und das Gespräch annahm. Dann ging er in einen Nebenraum.

»Jemand aus dem Rathaus?«, fragte ich Boiselle, als er zurückkam. »Ist Ihnen jemand auf die Schliche gekommen? War Ihre Aktion doch nicht so legal?«

»Wieso?«, fragte der Verlagsinhaber. »Werden Sie doch nicht paranoid, Herr Palzki. Niemand außer meiner Bekannten hat uns im Rathaus gesehen. Das Telefonat hat mit unserer Aktion nicht das Geringste zu tun. Es handelte sich nur um die Buchung eines Paares, das demnächst heiraten will. Für solche Feierlichkeiten kann man mich als Hochzeitszeichner buchen. Ich zeichne nicht nur das Brautpaar, sondern erstelle auch Karikaturen der Gäste.«

Landgraf und Becker gaben sich mit der Erklärung zufrieden. »Hat jemand schon eine Idee? Ein Schnellschuss vielleicht?«, fragte der Theologe.

»Vielleicht das gleiche System wie auf dem Tuch, das wir in der *Herberge* gefunden haben?« Meine Frage war nicht wirklich ernst gemeint, da an keiner Stelle römische Ziffern oder äquivalente Zeichen zu sehen waren.

»Dass es sich weder um Buchstaben noch um Ziffern handelt, setze ich mal als gegeben voraus«, bestimmte Becker.

Landgraf schüttelte den Kopf. »Die Schrift hat sich in den vergangenen 500 Jahren enorm verändert. Auf Anhieb kann ich zwar keinen gemeinsamen Nenner finden, ausschließen kann und will ich das aber nicht. Ein Schriftexperte könnte uns eventuell weiterhelfen, falls die Zeichen aus einem anderen Kulturraum stammen, wovon ich aber aus einem bestimmten Grund nicht ausgehe.«

»Dürfen wir den Grund erfahren?«

»Bernhard Meister ist der Grund«, erklärte Landgraf. »Alle Rätsel, die wir bisher lösen konnten, waren in der Schrift seiner Zeit verschlüsselt. Warum sollte es hier anders sein?«

Ich hatte eine Eingebung. »Die Zeichen in der Bibel, das Stoffstück im Priesterloch, die Rückwand des Schranks und das Tuch aus der Weinstube – das mag alles von Meister stammen. Die Einritzungen in der Mauer des Nordturms könnten einen anderen Ursprung haben.«

»Daran habe ich auch schon gedacht«, bekannte Landgraf. »Dennoch glaube ich, dass sie zumindest in Meisters Auftrag angefertigt wurden. Vielleicht hing zu der

Zeit ein Gerüst am Turm? Oder man hat an den Schall-
brettern gearbeitet, die sich damals ganz in der Nähe der
Symbole befunden haben.« Landgraf sah, dass niemand
etwas mit dem Begriff Schallbretter anzufangen wusste.
»Im Bereich der Glocken haben Kirchentürme Öffnungen, damit der Schall hinausgetragen werden kann. Die
Schallbretter in den Öffnungen sorgen dafür, dass es in
der direkten Umgebung der Kirche nicht zu laut wird.
Dagegen helfen sie, den Schall besser in größere Entfer-
nungen zu tragen.«

Landgrafs Argument konnte plausibel sein. Die Rich-
tigkeit war sowieso nicht überprüfbar. »Selbst wenn wir
davon ausgehen, dass die Symbole aus der Zeit Meisters
stammen, hilft uns das erst mal nicht weiter.«

»Da muss ich leider zustimmen«, gab der Museumsleiter zu. »Trotzdem sagen mir die Symbole etwas, ich
komme nur nicht drauf. Falls es euch nicht anders geht,
sollten wir das Treffen auf morgen verschieben.«

»Und wenn andere schneller sind?«

»Das Risiko besteht, ohne Zweifel«, bestätigte Landgraf. »Wir könnten die Stiftskirche bewachen, die ganze
Nacht. Ob das aber weiterhilft?«

»Das übernimmt dieser Specht für uns«, sagte ich mit
einem fiesen Grinsen. »Der hat bestimmt längst seine
Beamten postiert. Wenn er allerdings unser Unbekannter ist, sieht es schlecht aus für uns.«

»Das Herumgestochere bringt uns heute auch nicht
mehr weiter. Wie wäre es morgen um 11 Uhr bei mir im
Bibelmuseum? Hast du Zeit und Lust, Steffen? Die Einladung gilt selbstverständlich auch für Sie, Herr Becker.«

Es wäre ein Wunder gewesen, wenn die beiden die
Einladung ausgeschlagen hätten. Ich faltete die Kopie

des Fotos und steckte sie ein, um sie morgen früh meinem Kollegen Jürgen zu geben. Hoffentlich konnte er damit etwas anfangen.

»Um 11 Uhr bei Ihnen, alles klar«, bestätigte ich Landgrafs Terminwunsch.

»Nein, das gilt nicht für uns beide«, stellte dieser richtig. »Wir haben um 9.30 Uhr einen Termin beim Oberbürgermeister. Daher treffen wir uns bereits um 9 Uhr bei mir, so wie heute.«

WER IST DER ERSTE?

In Anbetracht der fortgeschrittenen Tageszeit und dem heute Geleisteten fuhr ich auf direktem Weg nach Hause. Ich hatte ausgiebig Boiselles Snacks dezimiert, was sich mit der Apfelsaftschorle zu einem explosiven Gemisch in meinem Magen-Darm-Trakt vereint hatte. Mein Kohlenstoffdioxidausstoß war beidseitig gigantisch laut und olfaktorisch unerträglich wie in einem Patientenmehrbettzimmer in der Gastroenterologie. Hunger hatte ich keinen mehr, mir war einfach nur schlecht wie die Hölle.

Falls mir in meinem Zustand meine Nachbarin über den Weg gelaufen wäre, hätte für sie akute Lebensgefahr bestanden. Als ich zu Hause ausstieg, bemerkte ich KPDs Ledermappe auf dem Rücksitz, sodass mir trotz der körperlichen Umstände ein kleines, hochgemeines Lächeln über die Lippen zog.

»Papa, ich bin in den Nachrichten«, begrüßte mich Paul freudig, während er durchs Wohnzimmer hüpfte.

Willkommen zu Hause, dachte ich und spielte mit dem Gedanken, eine Runde russisches Roulette mit voller Trommel zu spielen. Dennoch hoffte ich, dass Paul mit Nachrichten nicht die *Tagesschau* meinte.

Stefanie kam aus der Küche. »Reiner, wie siehst du schon wieder aus? Die Fasnachtssaison ist längst vorbei! Hoffentlich hat dich niemand in dem Aufzug gesehen. Warst du so auf der Dienststelle?« Meine Frau klang erschüttert.

»Was willst du?« Ich versuchte, sie zu beruhigen. »Ich bin ein *Pälzer Bu*, der Aufdruck auf dem Sweatshirt entspricht den Tatsachen.«

Stefanie schnappte nach Luft. »Schau dich mal im Spiegel an, dann weißt du, was ich meine.« Sofort ergänzte sie: »Natürlich weißt du nicht, was ich meine. Du merkst das nicht einmal, du blinder Hahn.«

Ich wurde etwas ungeduldig. »Entschuldige mal, liebste Ehefrau. Ich hatte heute einen kleinen Unfall, danke der Nachfrage, wie es mir geht. Mir geht es gut, es war nicht gefährlich, sondern nur eine Verkettung unglücklicher Umstände. Steffen Boiselle war so nett, mir den Jogginganzug zu leihen. Meine Kleidung ist leider hinüber.«

»Hinüber? Schon wieder?« Stefanie schnappte nach Luft, und ich ahnte bereits die prasselnden Vorwürfe. »Was denkst du, wie viele passende Hemden und Hosen du noch in deinem Schrank hast? Du hättest besser bei den Schmuddelkindern anheuern sollen statt bei der Polizei. Und überhaupt – du weißt selbst, was ein Polizeibeamter verdient. Wie soll man sich da alle paar Tage neue Klamotten leisten. Wenn du Pech hast, musst du morgen in diesem, äh, diesem Dingsda arbeiten gehen.«

Ich wusste, dass meine Frau übertrieb und sich leicht in Rage reden konnte. Ich musste innerlich schmunzeln. Wenn ich es wirklich getan hätte, wäre die Standpauke zu einem Epos ausgeartet, das denen von Homer Konkurrenz gemacht hätte.

Sicherlich würde sich in meinem Kleiderschrank noch das eine oder andere Teil finden, das ich schon eine Weile nicht mehr getragen hatte und noch passte. Da meine Frau keine Anstalten machte, nach meinem Arbeitstag zu fragen, versuchte ich, mehr über unseren Katastrophensohn zu erfahren.

»Paul ist in den Nachrichten?«, begann ich vorsichtig.

»Ach das«, antwortete sie, bereits eine Stufe milder. »Es geht nur um einen Vorab-Onlinebericht in der Rheinpfalz, den ich vorhin entdeckt habe. Paul wird namentlich aber nicht genannt. Es ist sowieso bloß eine Zeitungsente, auch wenn es im Internet steht.«

»Du glaubst nicht, dass Paul es getan hat?«

»Natürlich war er es, du warst doch selbst dabei.«

Mein Stirnrunzeln veranlasste sie zu einer Erklärung. »Die Journalistin, die gestern im Kulturklub war und einen Artikel über die Veranstaltung verfasste, schrieb, dass Jugendliche randaliert und Alkohol getrunken hätten.«

»Jugendliche? Mehrzahl?«, fragte ich erstaunt. »Es war doch nur Paul da. Und von jugendlich kann bei ihm wirklich noch keine Rede sein.«

»Exakt, die Journalistin hat maßlos übertrieben oder war auf eine Sensationsmeldung aus.«

»Vielleicht stand sie unter Drogen«, ergänzte ich.

»Oder das«, bestätigte Stefanie. »Ich versuche, den Artikel zu verdrängen. Mit Paul habe ich übrigens über sein gestriges Verhalten gesprochen. Er war sich keiner Schuld bewusst. Vielleicht sollte ich doch mal einen Mutterschaftstest machen.«

Die Aussage meiner Frau bezüglich Pauls Schuld ließ ich unkommentiert, um das Thema nicht weiter vertiefen zu müssen. »Ich werde heute früh schlafen gehen.« Eine Millisekunden lange Panikattacke wegen einer unbestimmten Ahnung überkam mich. »Oder haben wir heute Abend etwas vor?«

Stefanie hob drohend die Augenbrauen, blieb aber stumm.

»Ich gehe davon aus, dass ich morgen zum letzten Mal nach Neustadt muss. Michael Landgraf hat einen Termin für uns beim Neustadter Oberbürgermeister vereinbart. Also was ganz Offizielles, ohne jegliches Gefahrenpotenzial.«

Stefanie hielt ihren Kopf schräg und zog zweifelnd die Augenbrauen hoch. Ich spürte genau, dass sie mir nicht glaubte und mich vor ihrem geistigen Auge auch morgen wieder in zerschlissenen Klamotten vor sich stehen sah. Als sie merkte, dass ihr Blick bei mir seine Wirkung nicht verfehlte und ich rot anlief, entspannte sie die Lage. »Magst du was essen?« Die Frage, was ich außer diesem Termin in Neustadt zu tun gedachte, verkniff sie sich wohlweislich.

»Ich habe Magenschmerzen«, sagte ich, da es die Wahrheit war. »Könntest du mir bitte einen Tee machen? Pfefferminz, Kamille oder irgend so ein Zeug?« Ich meinte es ehrlich.

»Willst du mich veralbern? Du und Tee?« Sie wurde unsicher, als sie in mein ernstes Gesicht schaute.

Eine gewaltige Eruption aus Richtung des Sitzpolsters belehrte sie eines Besseren. »Wie hast du das fertiggebracht? Dein Magen ist doch normalerweise unverwüstlich.«

»Apfelsaftschorle«, stöhnte ich gekünstelt. »Wahrscheinlich zu viel und zu kalt.« Meine Frau gab sich mit dieser Vermutung zufrieden. Immerhin handelte es sich um die Hälfte der Wahrheit.

Der Tee schmeckte widerlich, aber er half.

∗

»Morgen, Reiner!« Die Begrüßung im Büro war überaus freundlich. »Kommst du zukünftig regelmäßig pünktlich zum Dienst?«, fragte Jutta, während sich Gerhard an der Besprechungsecke vor Lachen am Kaffee verschluckte.

Ich wollte gerade den Kollegen die Erlebnisse des vergangenen Tages schildern, da polterte KPD zur Tür herein. »Da sind Sie ja endlich, Palzki. Ich suche Sie schon über eine Stunde. Wann lernen Sie endlich, morgens pünktlich zu sein? Der frühe Wurm fängt den Verbrecher.«

Er baute sich mitten in Juttas Büro auf. »Und, Herr Palzki? Ich hoffe, Sie hatten Erfolg? Geben Sie mir die schriftliche Expertise von Herrn Landgraf. Dann werde ich unverzüglich die zuständigen Behörden informieren und meine Titelansprüche offiziell anmelden.«

Er machte eine kurze Pause. »Warum habe ich eigentlich von Ihnen gestern nichts bezüglich der Reliquien gehört? Stattdessen hat mich dieser komische Beamte angerufen, Sie wissen schon, der, der sich mir gegenüber völlig unangemessen verhalten hat. Er meinte, dass Sie sich über seine Anordnungen hinweggesetzt hätten, Palzki.« Er sah mich drohend an, dann grinste er plötzlich. »Natürlich habe ich meine Untergebenen in Schutz genommen. Was für die anderen an meiner Dienststelle gilt, gilt in eingeschränktem Maß auch für Sie. Ich habe diesem Specht klipp und klar gesagt, dass mein Untergebener Palzki ausschließlich auf meine Anordnungen hört und er den Auftrag hat, die Reliquien zu finden. Das muss ihm wohl nicht gepasst haben, denn er hat aufgelegt.«

Großer Mist, dachte ich. Bestimmt konnte ich heute in Neustadt keinen Schritt tun, ohne Beamte in Zivil und Uniform an meinen Fersen hängen zu haben.

KPD hielt mir seine offene Hand entgegen. Im Reflex schüttelte ich sie.

»Was soll der Quatsch, Palzki? Geben Sie mir jetzt meine Urkunde und die Bescheinigung von Landgraf.«

»Die ist noch nicht ganz fertig«, gestand ich in meiner Not. »Herr Landgraf hat es zeitlich nicht geschafft, er musste noch ein paar andere dringende Dinge klären.«

»Wichtigere Dinge als mein Testat?« KPD hob die Stimme. »Das ist absurd und äußerst unwahrscheinlich.« Er schnaufte mehrmals hart durch, dabei sah ich seine Nasenhaare vibrieren. »Ich werde heute Nachmittag höchstpersönlich nach Neustadt zu Herrn Landgraf fahren und meine Expertise abholen. Das können Sie ihm ruhig sagen. Immerhin habe ich ihm für mehrere Tage meinen fähigsten, äh, Sie zur freien Verfügung gestellt.« Er wollte sich bereits Richtung Tür drehen, da fiel ihm noch etwas ein. »Und die Reliquien, die werde ich heute Mittag ebenfalls mit nach Schifferstadt nehmen. Nicht vorstellbar, wenn der Kirchenschatz der Wittelsbacher, also meiner Familie, so kurz vor der Präsentation gestohlen wird. Kann ich mich darauf verlassen, dass Sie alles in meinem Sinne vorbereiten, Palzki?« Er schaute auf die Uhr. »15 Uhr im *Bibelmuseum*, ist das klar? Urkunde und Reliquien, stimmen Sie sich mit Herrn Landgraf ab.«

KPD wartete keine Antwort ab und verließ Juttas Büro.

»Dein Chef macht dir ziemlichen Druck«, meinte Jutta mitfühlend. »Können wir dich unterstützen?«

»Alles halb so wild«, entgegnete ich locker. »Die Welt geht erst morgen unter. Mit dieser Weisheit lebt es sich richtig gut.«

»Seit wann bist du unter die Philosophen gegangen?«, fragte Gerhard neugierig.

»Wieso Philosoph? Ich möchte nur meine Nerven schonen, man wird schließlich nicht jünger. Außerdem kann mich KPD kreuzweise.«

Während ich es mir am Besprechungstisch in der Nähe der Keksdose bequem machte, kam Jungkollege Jürgen hinzu und setzte sich gegenüber. Er wirkte auf mich ungewöhnlich zurückhaltend und eingeschüchtert.

»Stress mit der Mama?«, fragte ich ihn, um die Stimmung aufzulockern.

»Auch«, gab er zu. »Sie will jetzt statt einmal gleich zweimal in der Woche zum *Bingo*-Abend in die *Altenstube* und möchte, dass ich sie begleite.« Er gab sich einen Ruck. »Aber darum geht es nicht, Reiner. Es geht um die Recherchen, die ich in deinem Auftrag durchgeführt habe.«

Ich blickte mich suchend im Büro um. »Sag bloß, das Druckerpapier ist nicht geliefert worden.«

Jutta und Gerhard lachten um die Wette. »Oh doch«, bestätigte Jutta mit Tränen in den Augen. »Dein Büro im Keller hat als Lager gerade so ausgereicht. Wir haben jetzt ähnlich viel Druckerpapier wie Klopapier. Papiermäßig haben wir bis zum Ende des Jahrhunderts vorgesorgt.«

»Und wo liegt das Problem?« Ich sah Jürgen an, der noch weiter in sich zusammensank. »Wo liegen deine drei oder vier Kubikmeter Ausdrucke, ich kann sie nirgendwo sehen?«

»Es gibt keine Ausdrucke«, gestand Jürgen.

Ich verstand immer noch nicht. »Kein Toner, keine Tinte?«

»Ich habe nichts gefunden«, nuschelte Jürgen.

»Nichts gefunden, du?« Das war die erstaunlichste Feststellung seit Langem und außerordentlich zweifelhaft. »Bist du krank?«

»Quatsch«, verteidigte sich Jürgen. »Es ist wegen der Einschränkungen, die du mir gemacht hast: Ich soll alles offiziell Auffindbare ignorieren und mich auf Vorstrafen, Ungereimtheiten und solche Dinge konzentrieren.«

»Ja«, bestätigte ich, »jeder Mensch hat seine Leichen im Keller, wie wir alle wissen. Gerhard, zum Beispiel, hat ...«

»Es reicht«, unterbrach Gerhard barsch, »Jürgen weiß, was du meinst.«

Unser Jungkollege nickte. »Dieser Michael Landgraf hat eine völlig weiße Weste. Lediglich 1995 hat er mal zehn Mark für Parken im eingeschränkten Parkverbot gezahlt und 2006 war er acht Kilometer auf der Landstraße zu schnell.«

»Bist du sicher, dass er keine Beamten geschmiert oder sonst wie getrickst hat?« Ein Theologe, der nichts auf dem Kerbholz hat, kam mir nicht geheuer vor. Selbst ich als Polizeibeamter hatte in meiner Karriere schon mehrere Knöllchen wegen kleinerer Vergehen berappen müssen.

»Das wäre bei meiner Recherche aufgeflogen, Reiner. Du weißt, dass ich gründlicher als gründlich arbeite und alles hinterfrage.«

»Ich weiß«, lobte ich unseren Jungkollegen seufzend. Wenn Landgraf zur katholischen Fraktion gehören würde, könnte man ihn wahrscheinlich am Heiligenschein erkennen. »Landgraf ist also sauber. Was ist mit seiner Frau Barbara? Mit der scheint etwas im Argen zu sein, Genaues weiß ich aber nicht.«

»Nichts«, sagte Jürgen. »Nur ein paar Knöllchen wegen einer abgelaufenen Parkuhr, was in Neustadt keine Seltenheit ist, weil das Ordnungsamt dauernd unterwegs ist.« Ich nickte, denn auch ich hatte schon dreimal in Neustadt einen Zettel an der Windschutzscheibe hängen, kaum dass die Parkzeit abgelaufen war. »Ihren Lebenslauf kann ich dir gerne nachreichen, aber du wolltest ja keine normalen Informationen.«

Ich hielt den Daumen hoch und zwinkerte ihm anerkennend zu. »Lass mal gut sein. Was ist mit den anderen, dem Beamten aus Grünstadt zum Beispiel, diesem Joachim Specht?«

»Auch in diesem Fall muss ich dich enttäuschen. Der Polizeioberkommissar hat zwar einen äußerst interessanten Lebenslauf, aber nichts daran ist verwerflich oder gar illegal.« Jürgen zog einen Notizzettel aus der Tasche. »Martin Denzinger, der Inhaber des Antiquitätengeschäfts, hat sich ebenfalls bisher nichts zu Schulden kommen lassen, er besitzt einen hervorragenden Ruf in der Branche – international sogar. Gleiches gilt für Inge Löchel, der Inhaberin der Weinstube *Herberge*. Als Zufallsfund habe ich übrigens herausgefunden, dass sie eine direkte Nachfahrin von Bernhard Meister ist. Das ist doch der, von dem die handschriftlichen Zeichen in der Bibel stammen sollen?«

»Und das ist gesichert? Frau Löchel vermutet zwar die Abstammung von Meister, ihr Stammbaum hat aber noch kleinere Lücken.«

»Lückenlos«, bestätigte Jürgen. »Was für KPDs Ahnentafel allerdings nicht gilt.« Er brachte ein kurzes, zaghaftes, fast bösartiges Grinsen zutage. »KPD ist nach meiner Recherche kein Abkömmling der Wittelsbacher, alles reines Wunschdenken. Seinen Stammbaum hat er im gleichen Stil gestrickt, wie er die Aufklärungsstatistiken unserer Dienststelle erstellt, also völlig verworren und abseits sämtlicher Fakten.«

»Mit regelmäßigen Aufklärungsquoten von über 100 Prozent«, warf Jutta belustigt ein.

»Das braucht unser Chef vorläufig nicht zu erfahren«, sagte ich mit erhobenem Zeigefinger. »Wir lassen ihn noch etwas zappeln, das hat er verdient. Ich hoffe, in der Zwischenzeit die Ermittlungen in Neustadt abschließen zu können. Danach kann unser Chef von mir aus seine Depressionen ausleben.«

Ich lehnte mich zurück, um die ungewohnten Informationen von Jürgen sacken zu lassen, doch unser Jungkollege hatte noch etwas nachzulegen. Er reichte mir einen Brief, der in einer Klarsichtfolie steckte. »Reiner, das ist meine Kündigung. Gibst du sie bitte an KPD weiter?«

»Kündigung?«, fragte ich überrascht. »Du bist Beamter, Jürgen! Ein Beamter kündigt niemals von sich aus. So etwas tut man nicht.«

»Ich kann nicht mehr.« Jürgen bekam feuchte Augen. »Hier gewinne ich immer mehr den Eindruck, ein Versager zu sein.«

Prinzipiell konnte ich ihn gut verstehen. Solch eine Situation hatten wir noch nie. Auch für mich war es unvorstellbar, dass es Menschen gab, die keine Leichen im Keller hatten. War Neustadt ein großer Hort der Friedfertigkeit? Oder waren deren Einwohner nur schlauer und geschickter als anderswo?

»Ach, Jürgen«, begann ich mit meinem psychologischen Gespür für die Probleme meiner Mitmenschen, »lass dich doch nicht von solch kleinen Misserfolgen irritieren. Vielleicht sind wirklich alle unserer Verdächtigen harmlos.«

»Niemals«, meinte Jürgen.

Gerhard versuchte, unseren Jungkollegen mit einem Trick zu überzeugen: »Willst du in Zukunft den ganzen Tag mit deiner Mama verbringen? Morgens Sitztanz in einem überheizten Miniraum, mittags Kaffeeklatsch mit täglich identischen Nachkriegshorrorgeschichten und anschließend zur Gesangsstunde der Volksliedergruppe?«

Jürgen sah kurz Gerhard an und schüttelte den Kopf. »Nur das nicht, bitte, nur das nicht.«

Jutta setzte sich neben ihn und legte ihren Arm auf seine Schultern. »Du bleibst bei uns. Was sollen wir ohne dich machen? Es wird wieder neue Herausforderungen geben, und dann kannst du zeigen, was du draufhast.«

Ich dankte Jutta gedanklich für die Steilvorlage. »Die nächste Herausforderung ist näher, als du denkst, lieber Jürgen.« Mit einem geheimnisvollen Lächeln zog ich den Farbausdruck der Außenansicht des Nordturms aus meiner Tasche. »Löse das Rätsel.«

Jürgen reagierte wie erwartet. Er zog das Papier zu sich. »Was ist das?«, fragte er vorsichtig, aber interessiert.

Ich erklärte ihm die Herkunft des aktuellen Rätsels. »Wir haben nicht viel Zeit, auch andere können inzwischen von diesem Rätsel Wind bekommen haben.«

Wir ließen Jürgen für einen Moment ungestört nachdenken. »Verdammt schwierig«, meinte er schließlich,

»so ganz ohne jeden Ansatzpunkt.« Er schaute mich an. »Können diese Symbole in Kombination mit dem bisher noch ungelösten Rätselteil aus der Bibel stehen?«

Ich starrte ihn mit offenem Mund an. »Super Idee, Jürgen! Ich glaube, du hast den gordischen Knoten gelöst. Mach weiter so, du bist unser bester Mann!« Ich gab ihm die Kündigung zurück, die er sofort unauffällig unter einem Fachmagazin verschwinden ließ.

»Wie lange habe ich Zeit?«, zappelte er aufgeregt.

»Nicht sehr lange«, antwortete ich motivierend. »Ich muss jetzt nach Neustadt fahren. Ruf mich sofort an, sobald du die Lösung hast.«

»Klar«, sagte ein glücklich aussehender Jürgen. »Unter welcher Nummer erreiche ich dich?«

Jutta stand auf und ging zu ihrem Schreibtisch. »Sei froh, dass ich für dich mitdenke.« Sie gab mir ein Mobiltelefon. »Das ist ein Ersatzgerät, frisch geladen, und sämtliche Updates sind aufgespielt. Pass gut darauf auf, damit es dir niemand wegnimmt.«

An der Bürotür drehte ich mich noch mal kurz um. Als ich die Drei sah, wie sie sich konzentriert über den Ausdruck beugten, verkniff ich mir einen witzigen Kommentar.

*

In der Hoffnung, wegen der aktuellen Ermittlungen das letzte Mal nach Neustadt fahren zu müssen, parkte ich eine halbe Stunde später vor dem *Bibelmuseum*.

»Guten Morgen!« Der gut gelaunte Michael Landgraf begrüßte mich am Eingang mit der obligatorischen Kaffeetasse. »Haben Sie sich gut erholt, Herr Palzki?«

»Ein paar blaue Flecken«, gestand ich ehrlich, »und einen leichten Muskelkater.« Dass der Muskelkater alles andere als leicht war, verschwieg ich. »Und bei Ihnen?«

»Ich bin heute früh schon eine Stunde nach Sonnenaufgang mit dem Fahrrad unterwegs gewesen«, erklärte er. »Das macht den Kopf frei und hält fit.« Er hielt mir die Tür auf. »Leider konnte ich das Rätsel bisher nicht lösen. Ich weiß aber, dass wir ganz nahe dran sind.«

»Das wird schon noch«, beruhigte ich ihn. »Ist eigentlich Ihre Frau da?«

Der Museumsleiter sah mich verwundert an. »Ja, wieso? Ist was mit Barbara?«

»Nein, nein, ich dachte nur wegen gestern, weil sie es so eilig hatte.«

»Ach das!« Landgraf winkte ab. »Barbara hat es öfter mal eilig. Das liegt in ihrem Naturell. Sie ist in ihrer Schule sehr aktiv und muss dort vieles gleichzeitig managen.« Das klang für mich irgendwie gekünstelt, doch ich beschloss, mich damit vorerst zufriedenzugeben. »Können wir los, Herr Palzki? Ich stelle nur noch schnell meine Kaffeetasse ab.«

Zwei Minuten später saßen wir in Landgrafs Wagen und fuhren Richtung Ortskern. »Mist, jetzt habe ich schon wieder KPDs Urkunde in meinem Dienstwagen vergessen.«

»Wer ist KPD?«, fragte Landgraf nicht unbegründet.

Da ich längst Vertrauen zu dem Theologen gefasst hatte, klärte ich ihn über den Spitznamen unseres Chefs auf. Er musste schmunzeln. Kurz darauf parkte er wie die Tage zuvor am *Casimirianum*. Landgraf nahm den altbekannten Weg zum Marktplatz. Er zeigte auf das Dachgeschoss des Rathauses. »Von da oben haben Steffen und

Herr Becker die Aufnahmen des Nordturms gemacht.«
Er ließ den Eingang zum Rathaus links liegen. Gegenüber einer Einfahrt in den Rathausinnenhof deutete er
auf ein Tor, das sehr alt sein musste.

»Das ist unser berühmter Steinhäuser Hof. Der Torbogen stammt aus der Zeit der Renaissance, also aus der Zeit,

in der Bernhard Meister gelebt hatte.« Wir betraten den beeindruckenden Innenhof. »Hier kann ich bei meinen Stadtführungen demonstrieren, wie vor rund 450 Jahren reiche Leute gelebt haben – Händler oder Handwerker. Es gibt eine Remise, die als Pferdestall, Lagerraum oder Werkstatt genutzt werden konnte. Heute sind dort das Sternerestaurant *Urgestein* und ein kleines Hotel untergebracht. Wichtig ist das hohe Haus, in dem man etwas lagern kann, ein eigener Brunnen, aber auch der Wendelstein.« Ich schaute den Museumsleiter fragend an. »Das ist ein angebautes Treppenhaus mit einer Stein-Wendeltreppe. Diese Erfindung aus der Renaissancezeit im 16. Jahrhundert sehen Sie auch am *Casimirianum* und sollte den Sturz von einer engen Stiege verhindern, eine der häufigsten Unfallursachen der damaligen Zeit. Das Ensemble besteht übrigens aus sieben ineinander verschachtelten Fachwerkhäusern. Der älteste Teil aus dem Jahr 1276 ist ein gotisches Giebelhaus und gehört in der Pfalz zu den äußerst seltenen Steinhäusern aus dem 13. Jahrhundert.«

Wie schon in der Mittelgasse bei der Weinstube *Herberge* hatte ich den Eindruck, plötzlich in einer anderen Epoche gelandet zu sein. Landgrafs Begeisterung für diese Details schwappte auf mich über, und er gab mir ein wenig Zeit, damit ich mir die pittoresken Details der einzelnen Gebäude näher anschauen konnte. Dennoch wurde ich auch etwas ungeduldig. »Und warum sind wir hier?«

»OB Weigel wartet da hinten auf uns. Der Steinhäuser Hof gehört der Stadt Neustadt, und er war sowieso gerade bei Hanno Rink, dem Besitzer des Restaurants. Daher hat er uns direkt hierher gebeten. Wenn Sie gleich das Restaurant betreten, achten Sie auf die herrliche

Kreuzgewölbedecke. Ich bin gerne hier wegen des einmaligen Ambientes.«

Ich folgte Landgraf, als ich hinter mir ein Geräusch hörte. Aus den Augenwinkeln heraus sah ich zwei Personen, die aus der Tür des Treppenhauses kamen, Richtung Tor gingen und dabei wild gestikulierten. Da sie im Gespräch ihr Profil zeigten, erkannte ich in der einen Person Martin Denzinger, den Inhaber des Antiquitätengeschäftes. Auch er bemerkte mich und schaute schnell wieder nach vorne. Sekunden später waren er und der Fremde verschwunden.

»Wo bleiben Sie denn, Herr Palzki?« Landgraf stand an der Eingangstür.

»Komme schon«, entschuldigte ich mich.

An einem Vierertisch sitzend, winkte uns der Oberbürgermeister zu. Er schob ein paar Papiere zusammen, die er gerade durchgesehen hatte, und steckte sie in eine Aktentasche. Dann stand er auf und begrüßte uns. »Schön, dass es heute geklappt hat, Herr Palzki. Hallo, Michael.« Mit der Hand deutete er auf die freien Stühle.

»Das Restaurant öffnet zwar erst heute Abend, aber einen Kaffee können wir vielleicht bekommen?«, fragte der OB den Restaurantbesitzer. Dieser nickte.

»Gute Idee«, sagte ich. »Für eine Rieslingschorle ist es ja zu früh«, kommentierte ich scherzhaft, doch der OB blickte mich mahnend an.

»Außerdem sind Sie im Dienst«, sprach er mit der harten Stimme eines Verwaltungschefs, die mich zusammenzucken ließ. Ich bekam einen roten Kopf und war unsicher, was ich entgegnen sollte. Als der OB die Wirkung seiner Worte erkannte, lächelte er zufrieden und fragte freundlich: »Gefällt es Ihnen hier?«

»Absolut«, entgegnete ich, was den OB sichtlich freute.

»Wie weit sind Sie mit Ihren Ermittlungen?« Marc Weigel kam zur Sache. »Haben Sie den Einbruch im *Bibelmuseum* und den Anschlag auf Frau Gutermann aufgeklärt?«

»Wir sind nah dran«, antwortete Landgraf für mich. »Eigentlich ist das aber Sache der hiesigen Polizei, insbesondere von Joachim Specht.«

Der OB nickte. »Herr Specht mauert mir gegenüber. Gestern früh habe ich mit ihm telefoniert. Er behauptet, mir aus Datenschutzgründen keine Zwischenergebnisse nennen zu dürfen. Ausgerechnet mir, dem Oberbürgermeister!«

»Wahrscheinlich weiß er nichts«, wiegelte ich ab. Nach wie vor gehörte Specht zum harten Kern meiner Verdächtigen.

»Was habt ihr denn bis jetzt herausgefunden?«, fragte der OB in Richtung des Museumsleiters.

Am liebsten hätte ich mich eingemischt und gesagt, dass wir aus Datenschutzgründen nichts sagen dürfen, doch das wäre ziemlich unangebracht gewesen.

»Wir«, begann Landgraf, »also Herr Palzki und ich, sind uns inzwischen sehr sicher, auf der Spur der Reliquien zu sein.«

»Ach ja?«, unterbrach der leicht erblasste OB. »Hat das mit dem vermuteten Durchgang zu tun? Sie, Herr Palzki, haben mir gegenüber gemutmaßt, dass es eine Verbindung zum Dachboden des Langhauses oder zum Turm geben könnte.«

Ich schwieg, sodass der OB weitersprach. »Wenn es dort einen versteckten Gang oder eine Tür gäbe, hätte ich das während meiner Zivildienstzeit herausgefunden. Zur Sicherheit habe ich mir nach unserem Gespräch die Pläne der letzten Dachsanierung bringen lassen.« Er schaute mich direkt an. »Es gibt dort oben keine Verbindung, tut mir leid.« Dann wandte er sich an Landgraf: »Außerdem kann ich ausschließen, dass sich irgendwo im Dachgeschoss die Reliquien befinden. Die hätte ich sicher in meiner Zivi-Zeit gefunden, so oft, wie ich damals dort oben war.«

Ich nutzte die falsche Vermutung, auf die sich der OB bezog, rigoros aus. Bevor der Theologe von unseren Ermittlungen bei Denzinger, in der Weinstube *Herberge* oder auf den Türmen berichten konnte, sagte ich schnell: »Dann sind wir wohl die ganze Zeit einem Phantom hinterhergejagt. Na ja, man muss auch mal einen Fehler eingestehen können.«

Während mich Landgraf mit Stirnfalten fragend ansah, fragte ich mich, warum der OB unbedingt wollte, dass wir uns nicht weiter mit dem Dachgeschoss der Stiftskirche beschäftigten.

»Dann können Sie froh sein, dass ich Ihnen zumindest für die Zukunft Arbeit erspare«, sagte der OB und wirkte dabei erleichtert. »Übrigens, Martin Denzinger hat mich erneut angesprochen. Dieses Mal ging es ihm nicht um eine Handschrift von Bernhard Meister, sondern um einen nicht näher genannten Gegenstand mit seltsamen Symbolen, den er zufällig gefunden hat. Wissen Sie davon etwas?«

Die verräterische Mimik Landgrafs zwang mich, die Sache nicht einfach zu übergehen. »Herr Denzinger hat das uns gegenüber angedeutet. Wir glauben aber nicht, dass es mit den Reliquien zu tun hat.« Ich redete mir ein, dass auch gegenüber einem Oberbürgermeister eine Notlüge opportun war.

»Wir werden uns aber darum kümmern, da wir im Moment sowieso keine neue Spur haben.« Mit strengem Blick schaute ich kurz zu dem Theologen, der sofort verstand.

»Vielen Dank, Herr Palzki.« Sein nächster Satz galt meinem Begleiter. »Michael, weißt du, was sich gestern in der Stiftskirche abgespielt hat? Auch bei mir im Rathaus sind seltsame Dinge passiert, wobei ich nicht weiß, ob es einen Zusammenhang gibt.«

»Drüben in der Kirche?«, fragte ich neugierig. »Was ist passiert?« Ich ließ Landgraf keine Chance, selbst etwas zu sagen.

»Na ja«, begann der OB. »Mitarbeiter von mir haben um die Mittagszeit winkende Personen auf dem Balkon der Türmerwohnung gesehen. Gegen Abend habe ich aus meinem Büro beobachtet, wie mehrere Polizeiwagen vorgefahren sind und die Kirche regelrecht gestürmt haben. Selbst in der Türmerwohnung waren die Beamten. Da ich eine wichtige Sitzung vorbereiten musste, konnte ich leider nicht selbst nachsehen, und Herr Specht hüllt sich aus den genannten Gründen in Schweigen.« Er wartete ein paar Sekunden ab, ohne von uns eine Antwort zu erhalten. »Nach der Sitzung habe ich von unserem Hausmeister erfahren, dass sich zwei Personen in den oberen Etagen des Rathauses herumgetrieben hätten. Eine Suchaktion verlief allerdings erfolglos.«

»Im Rathaus?«, fragte ich. »Weiß man, um wen es sich handelt?« So ganz legal schien die Aktion von Boiselle und Becker also doch nicht gewesen zu sein.

Weigel schüttelte den Kopf. »Ich habe heute überall im Rathaus nachfragen lassen. Niemand wusste etwas. Und das ist noch nicht alles.«

»Wurde etwas gestohlen?«, fragte ich, obwohl ich die Antwort bereits kannte.

»Nicht, dass ich wüsste. Als ich nach der Sitzung, es war ziemlich spät geworden, noch mal in mein Büro ging, sah ich das Leuchten einer Taschenlampe in der Türmerwohnung. Dann musste ich leider telefonieren und habe es ehrlicherweise verdrängt. Daher weiß Herr Specht noch nichts davon.«

Diese Erkenntnis war für uns neu. Wer war der Unbekannte, der nach der Polizeiaktion zu nächtlicher Stunde heimlich auf den Turm gestiegen war?

»Das ist äußerst interessant«, sagte ich ehrlich. »Leider hilft uns das im Moment nicht weiter. Ihre Informationen sind sehr vage, und Herr Specht wird uns genauso wenig helfen wie Ihnen.«

Der OB seufzte. »Das ist im Moment ziemlich unbefriedigend, denn ich selbst hoffe, dass die Reliquien existieren und nicht irgendwelchen Gaunern in die Hände fallen.«

»Was würden Sie mit dem Kirchenschatz tun?« Ich versuchte, den Oberbürgermeister mit dieser Frage auf die Probe zu stellen.

»Die Stadtkasse damit füllen, was sonst«, sagte er mit ernster Miene. Als er meinen verwirrten Blick bemerkte, lächelte er. »War ein Scherz. Der Schatz soll natürlich der Öffentlichkeit präsentiert werden. Michael war dabei, als ich vor Kurzem im Kulturausschuss die Idee präsentiert habe, im Steinhäuser Hof ein kleines Museum für die Zeit des Mittelalters bis zur Renaissance zu installieren. In diesem Rahmen könnte man hervorragend die Reliquien präsentieren. Reproduktionen könnte man dann in der Stiftskirche zeigen und hierzu eine Ausstellung gestalten, was sicher viele Touristen anlockt. Michael hat da ja Erfahrung. Als städtischer Reformationsbotschafter hat er mehrfach Ausstellungen für die Stiftskirche und für unser Stadtmuseum begleitet.« Der Museumsleiter nickte.

»Ein hehres Ziel«, bestätigte ich. »Doch zunächst …«

Wir wurden durch das Läuten des Smartphones des OB unterbrochen. Marc Weigel nahm das Gespräch an.

Bereits nach zwei oder drei kurzen Sätzen legte er auf. »Helga Gutermann ist bei Bewusstsein.« Seine Augen glänzten. »Vielleicht erfahren wir jetzt, wer der Täter ist.«

Ich stand auf. »Wir müssen sofort hinfahren. Vielleicht haben wir eine Chance, Herrn Specht zuvorzukommen.«

»Sie haben recht.« Landgraf stand ebenfalls auf.

Marc Weigel war mit unserem Plan einverstanden. »Ich kann leider nicht mit, haltet mich bitte auf dem Laufenden. Michael, du kannst mich jederzeit erreichen. Ich gebe meiner Sekretärin Bescheid, damit sie mich aus den Besprechungen holt, sobald du dich meldest. Ich drücke euch beiden fest die Daumen.«

Der Theologe legte zu Fuß ein beträchtliches Tempo vor, dem ich mit meinem Muskelkater nur mühsam folgen konnte.

»Wenn wir nur wüssten, wer heute Nacht auf dem Turm war«, meinte Landgraf während der kurzen Fahrt ins Krankenhaus.

»Wenn wir nur wüssten, wer uns in der Türmerwohnung eingesperrt hat«, ergänzte ich.

*

Der Theologe parkte direkt neben dem Eingang der Klinik im Parkverbot. Mit ein wenig Pech würde er heute das dritte Verwarnungsgeld seines Lebens kassieren.

Auf der Intensivstation traten wir dermaßen autoritär auf, dass die Schwester nicht einmal zu kontrollieren wagte, ob wir zu dem befugten Personenkreis gehörten.

Helga Gutermann lag, mit zahlreichen Kabeln und Schläuchen versorgt, im Bett und lächelte uns an. »Hallo, Herr Landgraf«, flüsterte sie. »Danke, dass Sie mich besuchen.« Sie schaute in meine Richtung und nickte. Ob sie mich erkannte, wusste ich nicht.

»Frau Gutermann, wie geht es Ihnen?« Der Theologe lächelte ihr herzlich zu und drückte ihre Hand. »Wir waren sehr besorgt um Sie.«

»Ach was«, antwortete sie. »Ich bin hart im Nehmen. Man hat mir gesagt, dass ich niedergeschlagen wurde.«

Landgraf nickte eifrig. »Haben Sie den Täter gesehen?«

»Ich habe nicht einmal bemerkt, dass jemand in dem Raum war«, erzählte sie. »Ich habe von unten Geräusche gehört und die Besuchergruppe gebeten, einen Moment zu warten. Dann bin ich die Treppe hoch und habe den Raum betreten. Von dem Augenblick an weiß ich nichts mehr. Ich habe nicht die leiseste Ahnung, wer das war.«

»Schade, aber nicht zu ändern«, meinte Landgraf. »Vielen Dank für den Hinweis, den Sie Herrn Palzki gegeben haben.«

»Hinweis?« Helga Gutermann schaute blinzelnd zu mir. »Wegen des Fotos?«

»Ja, genau«, bestätigte ich ihr. »Kurz bevor Sie bewusstlos wurden.«

»Das weiß ich nicht mehr«, gab sie zu. Dann sah sie zu Landgraf. »Die Spur führt zu der kleinen Inschrift im Nordturm, direkt neben der Jahreszahl. Vor ein paar Jahren haben wir mal darüber gesprochen.«

»Wir haben das Rätsel inzwischen gelöst, Frau Gutermann. Die Hinweise, die Sie Herrn Palzki gegeben haben, waren für uns sehr hilfreich.«

»Das freut mich«, antwortete die Kirchenführerin. »Ich bin aber noch sehr müde, entschuldigen Sie bitte.« Sie drehte sich zur Seite und schlummerte ein.

Wir warteten ein paar Minuten, bis wir das gleichmäßige Atmen Helga Gutermanns vernahmen, das auf einen tiefen Schlaf hindeutete. Landgraf sah mich an. »Das hat uns leider nicht viel weitergeholfen.«

»Das wussten wir aber vor unserem Besuch nicht. Lassen Sie uns gehen.«

Ich hatte es aus einem ganz bestimmten Grund eilig, doch es war zu spät. Am Ausgang der Intensivstation kam uns Joachim Specht entgegen.

»Ihr schon wieder!«, erhob er unbeherrscht seine Bassstimme. Sofort kamen zwei Schwestern auf uns zu und baten energisch um Ruhe. Als wir im Flur vor der Intensivstation angekommen waren, hatte sich der Polizeioberkommissar immer noch nicht beruhigt. »Das ist ja die Höhe! Michael, was soll das?« Und in meine Richtung: »Ich habe gestern bei Ihrem Chef angerufen und ihm die Leviten gelesen.«

KPD hatte zwar etwas anderes erzählt, aber das stand im Moment nicht zur Debatte.

Landgraf hielt den ausgestreckten Zeigefinger vor den Mund und flüsterte Sprecht zu: »Sie schläft.«

Irritiert hielt er inne. »Wer schläft?«

»Frau Gutermann«, antwortete ich. »Herr Landgraf war in großer Sorge um sie und wollte nach ihr schauen. Sie müssen leider später noch mal wiederkommen.«

Ich hoffte, dass er aus meinem Kommentar die falschen Schlüsse zog und dachte, dass auch wir nicht mit der Kirchenführerin sprechen konnten.

»Na gut«, ruderte er flüsternd zurück. »Ich werde einen Beamten abstellen, der dafür sorgt, dass außer mir niemand zu Frau Gutermann kann.« Er sah Michael Landgraf für einen Moment streng an. Ohne ein weiteres Wort verließ er uns.

»Mist«, sagte der Theologe, »ich hätte ihn noch fragen können, wann ich mein Smartphone zurückbekomme. Jetzt ist er leider weg.«

»Das ist nicht mehr wichtig. Unsere beiden Rathauseinbrecher haben das Rätsel doch fotografiert.«

»Es geht mir nicht nur darum«, sagte Landgraf. »Ich habe auch Fotos von der Türmerwohnung geschossen. Außerdem sind auf dem Smartphone meine ganzen Kontakte und Termine gespeichert.« Er schaute auf die Uhr. »Wir müssen sowieso zurück. Unsere Rathauseinbrecher, wie Sie sie nennen, warten bestimmt schon.«

DES RÄTSELS LÖSUNG

Da Landgrafs Haus nur einen Katzensprung von der Klinik entfernt lag, parkten wir zwei Minuten später vor Landgrafs Garage.

»Hallo!« Becker und Boiselle standen vor dem Eingang und winkten uns zu. »Wir sind gerade eben erst angekommen«, sagte der Cartoonist.

Nach einer allgemeinen Begrüßung führte uns der Theologe nach unten ins *Bibelmuseum*. »Wasser oder Kaffee?«, fragte er in die Runde.

Nachdem er die Getränkewünsche erfüllt hatte, wurde es spannend.

»Ich rechne damit, dass sich die Reliquien im Dachstuhl der Stiftskirche befinden«, warf ich als ersten Diskussionsvorschlag in die Runde.

»Wie kommen Sie denn auf diese Idee?«, fragte Krimiautor Becker skeptisch.

»Intuition«, erklärte ich. »Einer der Verdächtigen möchte partout nicht, dass wir an diesem Ort Nachforschungen anstellen.« Ich nannte bewusst nicht den Namen des Verdächtigen.

»OB Marc Weigel?«, schoss Landgraf quer. »Warum sollte er verdächtig sein? Er hat uns doch vorhin erklärt, dass er die Reliquien in einem Museum ausstellen möchte.

Warum sollte er verhindern wollen, dass wir den Kirchenschatz finden?«

»Mangelnde Ehrlichkeit?«, spekulierte ich. Natürlich war mir klar, dass der Oberbürgermeister nichts mit den Anschlägen auf Landgraf und Gutermann zu tun hatte. Trotzdem umgab ihn ein Geheimnis, da war ich mir sicher.

Der Museumsleiter winkte ab. »Politiker haben sicher alle ihre Geheimnisse, doch kriminelle Machenschaften traue ich dem OB nicht zu. Vielleicht haben wir seine Aussage nur missverstanden.« Er schüttelte den Kopf. »Herr Palzki, die Reliquien werden wir im Dachboden keinesfalls finden.«

»Und warum nicht?«, hakte Becker nach.

»Weil dort oben nichts mehr so ist wie vor 400 Jahren. Selbst viele Balken sind nicht mehr im Original.«

»Das Argument ist plausibel«, mischte sich Boiselle ein. »Hat jemand etwas mit den seltsamen Zeichen anfangen können?« Er legte eine vergrößerte Kopie des von ihm und Becker gemachten Fotos auf den Tisch. »Wenn man genau hinschaut, könnte es sich um einen lückenhaften Plan handeln. Ich habe gegrübelt und gegrübelt, bin aber nicht auf die Lösung gekommen.«

Landgraf nickte zustimmend. »Teile davon habe ich schon irgendwo mal gesehen. Ich bin den gesamten Gebäudeplan der Stiftskirche durchgegangen, habe aber nicht die geringste Ähnlichkeit mit diesen Zeichen oder einem Teil davon gefunden. Wir sind ganz nah dran, das spüre ich.«

Becker schaute bereits die ganze Zeit zu Boiselle. »Steffen, ich glaube, du hast recht: Uns fehlen zusätzliche Informationen. Der Plan ist unvollständig. Ich finde das auch irgendwie logisch: Diese geheimnisvollen Zeichen auf dem Foto sind für jeden mehr oder weniger frei zugänglich am Nordturm zu finden. Früher vielleicht nicht so, weil es keine Ferngläser gab. Warum hätte Bernhard Meister die ganzen Rätsel entwickeln sollen, wenn die komplette Lösung sichtbar am Kirchturm zu finden ist?«

Ich hatte begriffen. Nicht Boiselle oder Becker hatten den Weg zur Lösung als Erste erkannt, nein, es war Jürgen. Ich zog mein Handy aus der Tasche und wollte gerade wählen, als es klingelte. Vor Schreck ließ ich das Gerät auf den Tisch fallen.

Trotz dieses kleinen Missgeschicks nahm ich das Gespräch an. Während die anderen mich verblüfft anstarrten, führte ich ein kurzes, aber aufschlussreiches Telefonat. Außer »ja«, »okay« und »vielen Dank« brauchte ich nichts zu sagen.

»Wer war das?«, fragten drei erregte Stimmen gleichzeitig, nachdem ich das Gespräch beendet hatte.

»Jemand, der das Rätsel geknackt hat«, sagte ich geheimnisvoll und legte ein paar spannungsfördernde Sekunden Pause ein. »Es war mein Kollege Jürgen, unser Dechiffrierspezialist.«

»Er weiß es?«, rief Becker und zappelte aufgeregt herum.

Ich sah zu Landgraf hinüber. »Haben Sie eine Kopie der Handschrift aus der Bibel zur Hand?«

»Natürlich«, sagte er, stand auf und ging zu einem Schreibtisch neben der Druckerpresse. »Die meisten der Symbole in der Bibel haben wir auch noch nicht …« Er hielt mitten im Satz inne. »Das darf doch nicht wahr sein!« Ich sah ihm an, dass er begriffen hatte. »Meine Güte!«, rief er.

Landgraf legte die Kopie neben das Foto. Becker und Boiselle sahen uns zweifelnd an. »Und jetzt?«, fragte Boiselle.

Ich hätte ihm gerne eine Antwort gegeben, doch ich wusste selbst nicht weiter. Jürgen hatte mir genauestens den Lösungsweg beschrieben, aber irgendetwas stimmte nicht.

Auch der Theologe schüttelte den Kopf. »Das ergibt keinen Sinn«, meinte er nach reiflicher Überlegung. Er drehte die beiden Blätter in verschiedene Richtungen. »Der Maßstab!«, rief er plötzlich. »Natürlich, wir müssen den Maßstab beachten. Das Foto ist viel zu groß im Vergleich zu den winzigen handschriftlichen Eintragungen in der Bibel.«

»Und die Ausrichtung«, ergänzte ich. Je nachdem, in welche Richtung der Theologe die Kopien verschoben hatte, ergaben sich andere Muster.

Endlich verstand auch Dietmar Becker. »Wir müssen die beiden Kopien deckungsgleich übereinander bringen.« Mit zitternden Händen legte er die beiden Blätter übereinander, doch auch er musste sich schnell eingestehen, dass wir so das Geheimnis nicht lösen würden.

Landgraf stand auf. »Ich hole meine Frau.«

»Wieso denn das?«, fragte ich verwirrt.

»Sie ist Informatikerin und kann uns mit Sicherheit helfen.«

Kaum eine Minute später stellte er seine Frau Barbara vor.

»Kannst du uns bitte dieses Blatt einscannen und auf eine Folie drucken? Aber ohne den Bibeltext, nur die handschriftlichen Zeichen.«

Barbara Landgraf sah in die Runde. »So etwas können

heutzutage Fünftklässler.« Wir blieben alle vier stumm, da die IT-Kenntnisse von Landgraf, Becker und Boiselle anscheinend unterhalb des Niveaus eines Fünftklässlers lagen. Von mir ganz zu schweigen. Ich war froh, dass ich wusste, dass IT eine moderne Abkürzung für das früher genutzte EDV war.

»Also gut«, sagte sie und lächelte uns an. »Gebt mir fünf Minuten.«

»Kannst du das auch in verschiedenen Größen ausdrucken?«, legte der Museumsleiter nach. »Das Resultat soll in etwa so groß sein wie die Zeichen auf diesem Foto.«

»Hat das was mit dem Überfall und dem Diebstahl der Bibel zu tun? Sagt bloß, ihr habt wirklich einen Hinweis auf die Reliquien gefunden?«

Da Barbara Landgraf schon längst auf meiner potenziellen Verdächtigenliste stand, ließ ich die Frage unkommentiert.

Ihr Mann nickte zustimmend. »Kriegst du das hin?«

Sie hob kurz eine Augenbraue und öffnete ein Notebook, das sie mitgebracht hatte. Für einen kurzen Moment verschwand sie mit der Kopie. »Der Scanner steht oben im Büro«, sagte sie nach ihrer Rückkehr. Neugierig standen wir hinter ihr, während sie die eingescannte Seite mit einem Programm bearbeitete. »Ist das so in Ordnung, Michael?«

»Perfekt«, antwortete ihr Mann und strahlte.

»Ich drucke es in drei verschiedenen Größen aus«, meinte sie. »Folien habe ich vorhin bereits in den Drucker gelegt.« Wieder verschwand sie für eine Minute. Dann legte sie uns das Ergebnis kommentarlos auf den Tisch.

Da acht Hände gleichzeitig zu den Folien griffen, musste ich mit einer gewissen Autorität eingreifen.

»Langsam, die Herren, so wird das nichts. Am besten, wir lassen Herrn Landgraf machen, er kennt sich mit dem Gebäudeplan der Stiftskirche am besten aus.

Der Theologe nickte mir dankend zu und machte sich an die Arbeit. Die mittlere Größe des Folienausdrucks schien am besten zu passen. Landgraf drehte ihn um eine Vierteldrehung nach links und legte ihn auf das Foto. Wie von Zauberhand lag plötzlich ein stimmig erscheinender Raumplan in aller Deutlichkeit vor uns.

»Das ist niemals die Kirche«, erkannte Landgraf enttäuscht, während er auf den Plan starrte. »Ich habe keine Ahnung, was ... nein, das darf doch nicht wahr sein!« Er verstummte, zog Folie und Foto näher zu sich, hob beides leicht an, um alles näher betrachten zu können, dann legte er den Plan zurück auf den Tisch, lehnte sich zurück und lächelte äußerst zufrieden.

»Das ist einfach unglaublich!« Der Theologe schaute vielsagend in die Runde. »Niemals wäre ich auf den Gedanken gekommen, dass ...« Er brach ab, um mit einem neuen Satz fortzufahren. »Dabei ist alles so logisch, so einfach. Bernhard Meister hat alles richtig gemacht.«

»Sie wissen, wo die Reliquien sind?«, fragten drei Stimmen gleichzeitig. Auch seine Frau beobachtete mit höchstem Interesse die Lage.

»Ja, natürlich«, meinte Landgraf nach einer endlos erscheinenden Pause. »Dieser Gebäudeplan ist eindeutig.«

»Nicht in der Stiftskirche?«, hakte ich zur Sicherheit nach.

»Nicht in der Stiftskirche«, bestätigte Landgraf.

»Ist der Ort öffentlich zugänglich?«

»So ist es«, bestätigte er auch diese Frage. Er schaute auf die Uhr. »Im Moment finden dort kleinere Reparaturarbeiten statt. Wenn wir gleich losfahren, sind die Handwerker noch in der Mittagspause.« Landgraf zog erneut den Plan zu sich. »Wahnsinn, diese kurze Strichlinie, das kann eigentlich nur eines bedeuten …« Er brach ab.

»Jetzt reden Sie doch schon«, forderte ihn Becker auf.

»Es ist besser, wenn ich Ihnen alles direkt vor Ort zeige. Wir fahren sofort los.« Mit einem Blick zu seiner Frau verkündete er strahlend: »Wir sind bald wieder zurück. Dann können wir die Schatzkammer des Museums erweitern.«

Ich versuchte, Näheres über den Ort zu erfahren, doch Landgraf blockte ab. »In fünf Minuten kläre ich Sie auf, Herr Palzki. Wir fahren alle vier mit meinem Wagen.«

Ich war sehr verwundert, dass Landgraf die mir bereits zur Genüge bekannte Route nahm und auf dem Parkplatz vor dem *Casimirianum* hielt.

»Doch die Stiftskirche?«, riet ich und ergänzte sofort: »Oder das Rathaus?«

»Aber Herr Palzki«, tadelte mich der Theologe, »das Rathaus wurde erst viel später gebaut. Außerdem sind wir bereits am Ziel.«

Ich schaute mich um. Auf der einen Seite befand sich die Durchgangsstraße, auf der anderen der Speyerbach. Hinter dem *Casimirianum* befand sich an einem kleinen Platz eine weitere Kirche. Ich zeigte auf den Sakralbau. »Dort drin?«

»In der Sankt Marienkirche?«, fragte Landgraf und grinste. »Nein, ganz bestimmt nicht. Die stammt aus dem 19. Jahrhundert. Sie müssen sich jetzt all das mit den Augen vor rund 450 Jahren vorstellen. Das *Casimirianum* war zuvor ein Klostergebäude vor der Stadtmauer, das erst zu Bernhard Meisters Zeiten unter Pfalzgraf Johann Casimir zu einer Universität ausgebaut wurde. Daher auch der Name *Casimirianum*. In dieser Zeit wurde auch die Stadtmauer erweitert, um das Gebäude zu schützen. Direkt hinter dem *Casimirianum* floss der Speyerbach und teilte sich als Floßbach um die Stadt und als Stadtbach in die Stadt. Hier befand sich ein kleiner Festungsturm, *Marientraut* genannt. Der sollte den Durchfluss des Speyerbachs überwachen, falls jemand auf diesem Weg in die Stadt einzudringen versuchte. Der Turm wurde Ende des 19. Jahrhunderts eingerissen. Es gibt aber eine Legende.«

Landgraf hielt kurz inne und genoss es sichtlich, dass meine Augen vor Neugierde immer größer wurden. Bevor ich vor Spannung platzte und etwas sagen konnte, berichtete er weiter.

»Die Legende besagt, dass es einen Fluchtstollen gab, der von der Stadt unter der Stadtmauer hindurchführte. Irgendwie soll er mit der *Marientraut* oder dem *Casimirianum* in Verbindung gestanden haben. Da jedoch nie etwas gefunden wurde, habe ich das als Märchen abgetan.«

»Kein Wunder, bei dem hohen Grundwasser«, sagte ich.

Landgraf verbesserte mich. »Wir sind hier bereits ein paar Meter höher als im Stadtkern. Ein unterirdischer Fluchtstollen wäre also zumindest in der Theorie denkbar, auch wenn man wegen des Bachs tief graben musste. Bis vor ein paar Minuten habe ich allerdings nie daran geglaubt. Doch jetzt wird mir alles klar«, strahlte er.

Mir wurde die Brisanz des letzten Satzes sofort bewusst. »Es gibt einen Stollen?«

»Wer weiß«, antwortete er salomonisch. »Kommen Sie mit.«

Landgraf ging auf den stattlichen Rundturm zu, der direkt an das *Casimirianum* angebaut war. Jetzt erst bemerkte ich, dass sich im unteren Teil des Turms der Eingang befand. Als wir vor dem prächtigen Sandsteineingang standen, deutete Landgraf nach oben und ging durch die Tür. Ich bemerkte eine Inschrift sowie die Zahl 1579. Nach einem kleinen Flur standen wir in einem großen Saal, der fast das komplette Erdgeschoss einnahm. Auf dem Boden lagen Stromkabel und anderes Material, das bei Elektroinstallationsarbeiten benutzt wurde.

»Hier?«, fragte ich, nachdem wir uns kurz umgeschaut haben.

Landgraf nickte. »Dieser Raum wurde im Jahr 1578 im Stil der Renaissance umgebaut. Das Treppenhaus im Turm wurde ein Jahr später eingeweiht. Die lateinische Inschrift ›Deo et Musis sacrum‹ bedeutet ›Gott und den Künsten geweiht‹, womit die Wissenschaften gemeint waren.«

»Das ist genau die Zeit, in der die Reliquien verschwunden sind«, mischte sich Becker ein.

»Wie wird das Gebäude heutzutage verwendet?«, fragte ich Landgraf, um mir ein aktuelles Bild zu machen.

Der Theologe kannte die Geschichte des Gebäudes genau. »Vor dem Umbau im 16. Jahrhundert war das Gebäude ein Kloster. Ab 1578 war es für wenige Jahre reformierte Universität, bis es über Jahrhunderte als Lateinschule genutzt wurde. Das heutige Kurfürst-Ruprecht-Gymnasium, das älteste Gymnasium der Stadt, sieht sich als deren Nachfolger. Heute gehört das *Casimirianum* der protestantischen Kirchengemeinde, die es für Veranstaltungen nutzt, aber auch für Kulturevents zur Verfügung stellt. Hier halte auch ich öfter mal Vorträge.«

»Dann ergibt die weitere Suche keinen Sinn«, sagte ich. »Wenn in diesen Räumlichkeiten viele Jahre eine Schule war, dann kann hier unmöglich ein Kirchenschatz versteckt sein. Den hätte mit Sicherheit inzwischen jemand gefunden.«

Der Theologe war anderer Ansicht. »Auf den ersten Blick mögen Sie recht haben, Herr Palzki. Mit dem zweiten Blick sollten Sie sich mal den Gebäudeplan näher anschauen.« Er zog den Plan aus der Tasche und legte ihn auf eine Werkbank. Jetzt, wo ich wusste, wo wir waren, konnte ich mich auf dem Plan schnell orientieren. »Das ist die Halle«, freute ich mich, »und das daneben ist der Speyerbach.«

Steffen Boiselle zeigte auf einen schmalen Strich. »Dort hinten scheint es einen kleineren Raum zu geben, in dem diese seltsame Linie beginnt.« Er beugte sich näher über den Plan.

»Die Linie beginnt direkt in einem kleinen Seitenteil des *Casimirianums*. Den schauen wir uns jetzt an.« Land-

graf schritt durch den Raum und ging auf eine alte freiste-
hende Sandsteinsäule zu, die einst das Gebäude gestützt
hatte. Dann öffnete er neben der Fensterfront auf der
linken Seite eine große Tür. Dahinter offenbarte sich ein
etwas kleinerer Raum, der offensichtlich als Rumpelkammer der Gemeinde genutzt wurde. Der Theologe
deutete auf die Fenster.

»Den Unterschied zu den umgebauten Lehrräumen
der Universität und Schule im Hauptraum sehen Sie
sofort. Hier sind die Fenster gotisch, also aus der Zeit
des Spätmittelalters, während die anderen quadratisch
sind, wie es Stil der Renaissance war. Hier wurde also
wenig umgebaut – und genau hier unter diesem Boden
liegt das Geheimnis.«

»Die Linie führt in diesen Raum?«, fragte Becker
erstaunt.

Inzwischen waren die Handwerker wieder aus der
Pause zurück. Landgraf schaute kurz in den Hauptraum
und winkte ihnen zu. »Ab jetzt leise sprechen«, flüsterte
er. »Wir wollen die Handwerker nicht beunruhigen.«

Landgraf grinste immer noch über beide Ohren. »Mit
diesem Plan wissen wir nun, dass der Fluchtstollen zwischen dem *Casimirianum* und der Stadt keine Legende,
sondern Realität ist. In diesem Boden liegt unter den
Platten ein Brunnenstollen. Es war früher nicht ungewöhnlich, dass oberhalb der Wasserfläche eines Brun-
nens Stollen gegraben wurden. Der Endpunkt des Stollens kann eine andere Brunnenanlage sein. Da die Linie
auf dem Plan am Rand endet, kann ich nur mutmaßen,
wo sich diese befinden könnte.«

»Und dort liegen die Reliquien?« Der Cartoonist sah
zu Landgraf.

Dieser schüttelte den Kopf. »Das glaube ich nicht, sonst wäre der Endpunkt auf dem Plan eingezeichnet. Schau dir doch mal die Linie genauer an.«

»Da ist mittendrin ein kleines Quadrat eingezeichnet«, erkannte Boiselle nach kurzem Suchen.

Landgraf bestätigte die Entdeckung. »Genau an dieser Stelle verlief früher die Stadtmauer. Ich schätze, dass sich dort eine Kammer befindet.«

Alles, was uns der Museumsleiter bisher berichtet hatte, klang für mich plausibel. Eine andere Bedeutung konnte das Quadrat nicht haben. Ich bückte mich, um den Boden zu untersuchen. »Schwere Steinplatten«, stellte ich fest. »Ohne Maschineneinsatz werden wir den Brunnenschacht nicht freilegen können, falls er damals nicht verfüllt wurde.«

Boiselle und Becker nickten zustimmend, während Landgraf die Rumpelkammer verließ. Als er zurückkam, hatte er einen Mann im Schlepptau.

»Das ist Ralf Gossler, der Hausmeister der evangelischen Stiftskirchengemeinde. Er wohnt in der Dachgeschosswohnung des *Casimirianums*.« Der große stämmige Mann grüßte alle freundlich und erkannte den Cartoonisten. »Oh, wie schää, dich mol widder zu sehe!«

»Ralf, das ist Kriminalhauptkommissar Reiner Palzki. Wir brauchen deine Hilfe für polizeiliche Ermittlungen. In diesem Seitenraum des *Casimirianums* vermuten wir einen alten Schacht. Weißt du, ob es hier lose Bodenplatten gibt?«

Der groß gewachsene Hausmeister nickte. »Beim Schrubbe fallt mer immer uff, dass do hinne in de Eck Wasser durch Ritze irchendwo nunnerlaaft.«

Landgraf strahlte. »Kannst du uns helfen, diese Steinplatten zu entfernen? Vier Stück sollten genügen, und
zwar genau die, zwischen deren Ritzen das Wasser
abläuft.«

»Krieg ich do Ärcher, wann ich des mach?«, fragte
der Hausmeister mit zweifelndem Blick.

»Hast du schon ein einziges Mal wegen mir Ärger
bekommen? Ich nehme natürlich alles auf meine
Kappe.«

Kurz darauf wurden wir Zeuge eines effizienten
Handwerkereinsatzes. Der Hausmeister rief zwei der
Handwerker zu Hilfe und hebelte mit deren Unterstüt-
zung und mit entsprechendem Werkzeug mehrere der
Bodenplatten zur Seite.

»De Unnergrund sieht komisch aus«, stellte der Hausmeister fest. Wir blickten auf eine Holzkonstruktion, die
offenbarte, dass sich darunter ein Hohlraum verbarg.

»Das Holz ist stabil und trocken geblieben«, meinte
Landgraf. »Sonst wären die Bodenplatten sicher einmal
eingesunken, und man hätte den Brunnenschacht früher entdeckt.«

»War des mool än Brunne?«, fragte der Hausmeister.

»Das wirst du gleich sehen. Könnt ihr bitte auch den
Holzunterbau entfernen?«

Um die Holzkonstruktion zu entfernen, mussten weitere Bodenplatten entfernt werden. Schließlich bestaun-
ten wir das riesige Loch.

»Wahnsinn«, sagte ich. Auch die anderen äußerten sich
ähnlich.

»Ich gehe da runter«, beschloss ich sofort.

»Ich gebe Rückendeckung und komme mit«, fügte
Landgraf entschlossen an.

»Wir auch«, sagten grinsend Becker und Boiselle. »Ich bin der Jüngste und Sportlichste«, ergänzte Becker. »Ich gehe als Erstes.«

Diesem Argument wollten sich weder der Theologe noch ich verschließen. »Es wird aber keinen Alleingang geben!«, forderte ich. »Wir bleiben zusammen.«

Landgraf hatte schon wieder eine zündende Idee. »Ralf, die Handwerker haben doch im Saal jede Menge Verlängerungskabel liegen und bestimmt einen Baustellenscheinwerfer? Meinst du, man könnte damit eine provisorische Beleuchtung für die Stollenbegehung installieren?«

»Was fer än Stolle?« Der Hausmeister wirkte verwirrt. »Des is doch blooß än Schacht.«

Landgraf erzählte ihm und seinen Kollegen von unserer Vermutung, ohne jedoch die Reliquien zu erwähnen. »Das müsst ihr streng geheim halten. Zunächst müssen wir schauen, was uns da unten erwartet.«

Gossler verstand. »Uff die Schnelle geht do nix«, sagte er. »Awwer mit ä paar Kabeltrommle kennen die Baustellenstrahler iwwer 200 oder 300 Meter funktioniere, ohne dass es zu äm relevante Spannungsabfall kummt. Wann awwer im Schacht Wasser steht, werds lewensgfährlich.«

»Das sollte reichen«, meinte Landgraf. »Ich schätze die Entfernung auf höchstens 50 bis 100 Meter.«

»Dann basst des, un mir kennen mit mehrere Strahler schaffe«, schlug der Hausmeister vor. »Mit drei Kawel geht des, um de gröschde Dääl vum Stolle auszuleuchte, wann der gerad verlaaft. Wann mer kää Verdeilersteckdose brauche, isses sicherer.«

Während Gossler und die Handwerker das technische Equipment besorgten und sortierten, untersuchten

Becker und Boiselle den Brunnenschacht. »Da sind tatsächlich rostige Metallkrampen an der Seite befestigt«, stellte Boiselle fest. »Soll ich mal versuchsweise ein paar Stufen nach unten klettern?«

»Nein!«, befahl ich. »Nicht ohne Beleuchtung.«

»Ganz recht«, erklärte Becker seinem Freund. »Weißt du noch, was Indiana Jones in seinen Abenteuern alles erlebt hat? Die gefährlichsten Fallen könnten dich im Schacht sofort …«

»Herr Becker«, unterbrach ich den Hobbyautor. »Wir leben in der Realität und nicht in irgendwelchen Science-Fiction-Abenteuerfilmen. Dort unten wird uns nichts außer Schlamm, Dreck, schlechter Luft und Millionen von Spinnen erwarten.«

Meine Hoffnung, dass einer der Anwesenden an einer Spinnenphobie oder Klaustrophobie litt und wir nicht als Großgruppe nach unten steigen mussten, wurde enttäuscht.

Dank der Handwerker hatte unser Vorhaben schon fast eine gewisse Professionalität erreicht. Der Student Dietmar Becker, bewaffnet mit Lederhandschuhen und geliehenen Sicherheitsschuhen mit Stahlkappen sowie einer Taschenlampe, begann mit dem Abstieg.

»Ich bin schon unten«, rief er uns aus etwa sechs Metern Tiefe zu. »Ich stehe auf Geröll, und vor mir mündet tatsächlich waagerecht ein Stollen.« Für ein paar Sekunden war nichts von ihm zu hören. »Ich habe den vorderen Bereich abgeleuchtet«, rief er zu uns hoch. »Der Stollen ist gemauert und etwa so hoch, wie ich groß bin. Steffen wird sich bücken müssen. Der Boden ist einigermaßen trocken, und die von Herrn Palzki angekündigten Spinnen sind in reichlicher Anzahl vorhanden.«

Ich spürte die Aufregung beim Museumsleiter, der vor Neugierde fast in den Schacht fiel. »Sie erlauben doch, Herr Palzki, dass ich als Zweiter runtergehe?«, brach es aus ihm heraus.

Ich ließ den Theologen gewähren. Große Gefahr konnte ich bei unserem Vorhaben nicht erkennen. Warum sollte der Stollen ausgerechnet jetzt einstürzen?

Da der Brunnenschacht in seiner Ausdehnung begrenzt war, mussten die anderen in den Stollen treten, als Boiselle und ich nach unten stiegen. Ralf Gossler und seine Kollegen sagten uns zu, die Stromversorgung während unserer Untersuchung aufrechtzuerhalten.

Von der Großzügigkeit des gemauerten Stollens war ich angenehm überrascht. Die Luft war dagegen stickig und unangenehm. Der Sauerstoffgehalt schien, zumindest in Schachtnähe, auszureichen. Ich war froh darüber, dass der selbst ernannte Sportler Becker für uns die Spinnennetze unter lautem Fluchen und Gemeckere unfreiwillig entfernen musste. Steffen Boiselle, der mir stumm folgte, tat mir dagegen leid. Mit der aufgezwungenen Körperhaltung würde er nach der Tour reif für den Physiotherapeuten sein.

Becker hatte den ersten Scheinwerfer am Beginn des Stollens aufgestellt. Der Stollen verlief mit einem kaum spürbaren Gefälle in gerader Richtung. »Das ist faszinierend«, hörte ich Landgraf vor mir keuchen. »Wie die Römer haben die Erbauer die Decke als Rundbogen angelegt, um ihm Stabilität zu geben. Über uns fließt hier nämlich der Speyerbach.« Inzwischen waren wir gut 50 Meter vorgedrungen, und das Licht erhellte den Gang immer noch einigermaßen.

»Ich werde nun den zweiten Strahler auf den Boden

stellen«, rief der Student. »Passt bitte auf, damit niemand darüber stolpert.«

»Es kann sowieso nicht mehr weit sein«, sagte Landgraf. »Über uns muss sich jetzt der Verlauf der alten Stadtmauer befinden. Das geht einfacher, als ich gedacht habe.«

Keine zehn Meter weiter erreichten wir eine offene Kammer, die eine Seitenlänge von mehr als fünf Metern besaß. Bevor wir uns orientieren konnten, erschraken wir über eine diffuse Lichtquelle, die aus Richtung des noch nicht von uns erforschten Stollens kam.

VIELE BESUCHER UND WENIG PLATZ

»Wer ist da?«, rief Landgraf, erhielt aber keine Antwort.

Bestimmt schlug nicht nur mein Herz am Anschlag, während wir wie zur Salzsäule erstarrt auf den näherkommenden Lichtschein stierten.

»Hallo, Michael«, ertönte plötzlich die Stimme des Oberbürgermeisters Marc Weigel. »Ich habe dich an der Stimme erkannt, sonst wäre ich sofort geflüchtet.« Er ließ die Taschenlampe kurz über sein Gesicht wandern, sodass wir ihn sehen konnten.

»Hallo, Herr Palzki«, sagte er in meine Richtung. »Ah, Steffen Boiselle ist auch mit von der Partie. Ich glaube, ich muss mit Ihnen noch ein Hühnchen rupfen. Ist das der andere, mit dem Sie gestern im Rathaus herumgeschlichen sind? Ihre Bekannte hat mir vorhin alles gebeichtet.«

Der Theologe fand die Sprache wieder. »Marc, wo kommst du her? Wieso kennst du diesen Gang?«

»Das Gleiche könnte ich euch fragen«, entgegnete der OB locker. »Ich hätte nicht gedacht, dass ihr das Rätsel so schnell lösen könnt, obwohl ich wusste, dass ihr nahe dran seid. Ich habe die Fotos von Inge Löchel erhalten und den Nordturm, so wie ihr, vom Rathaus aus fotografiert. Es war wirklich nicht ganz einfach, das Rätsel zu knacken, aber irgendwann hat es klick gemacht.«

»Wo mündet der Stollen?« Landgrafs Wissbegier war noch nicht befriedigt.

Marc Weigel lachte. »Das hast du noch nicht herausgefunden? Ich komme direkt vom Brunnenschacht im Steinhäuser Hof. Nachdem ich den Plan vor mir liegen hatte, habe ich die Stollenlinie auf eine Flurkarte übertragen. Der Rest war simpel.«

»Bist du ganz allein …«

Landgraf unterbrach sich selbst. Nun näherte sich aus dem Stollen hinter uns eine Lichtquelle. »Ralf, bist du das?«, rief er.

Mit offenen Mündern starrten wir auf Inge Löchel, die in einem Blaumann und mit Helm auf uns zukam. »Hallo«, sagte sie etwas schüchtern. »Ich konnte alle Hinweise auf dem Tuch entziffern und hatte es dadurch etwas einfacher als Sie alle. Ein Bekannter hat für mich den Nordturm fotografiert. Die Lösung war für mich sofort klar, da ich mich intensiv mit der Zeit von Bernhard Meister beschäftigt habe und die Legende des Stollens kannte.«

Inzwischen standen wir zu sechst in der großzügigen Kammer. Was für ein Zufall, dass mehrere Parteien, die aus unterschiedlichen Gründen nach den Reliquien suchten, zeitgleich am Ziel angelangt waren.

Inge Löchel räusperte sich. »Ich habe noch jemanden mitgebracht, unfreiwillig«, ergänzte sie.

Jetzt erst bemerkten wir, dass sich eine weitere Person in dem Stollen befand.

»Habe ich es mir doch gedacht«, sagte dieser mit lauter Stimme und leuchtete mit seiner Magnum-Stabtaschenlampe unsere Gesichter ab. »Sie hier, Herr Weigel?«, fragte er den OB überrascht.

Um die Situation zu retten, mischte ich mich mit einer dreisten Frage ein: »Herr Specht, suchen Sie hier unten Herrn Landgrafs Bibel oder den Attentäter von Frau Gutermann?«

Der Polizeioberkommissar wirkte betroffen, hatte sich aber schnell wieder im Griff. »Ich ermittle grundsätzlich in alle Richtungen«, erklärte er. »Findet hier ein konspiratives Treffen statt?«

Ich ließ nicht locker. »Geht es Ihnen nicht viel mehr um die Reliquien, Herr Specht? Kann es sein, dass Sie zurzeit Job und Ehrenamt etwas vermischen?«

»Und wenn schon«, erwiderte er. »Meine Ermittlungen führe ich so, wie ich es für richtig halte. Was ist das überhaupt für ein Raum?« Er leuchtete mit seiner Lampe in alle Ecken und entdeckte eine verstaubte und mit Spinnweben überzogene Kiste an der hinteren Wand. Zufrieden grinste er. »Dann wollen wir mal schauen, was sich da drin befindet.«

»Sicherlich nicht die Bibel«, sagte ich barsch. »Wie haben Sie überhaupt den Weg gefunden? Haben Sie uns nachspioniert?«

Joachim Specht winkte lässig ab. »Das war gar nicht nötig.« Er drehte sich zu Landgraf. »Die Fotos auf deinem Smartphone waren eindeutig. Eine bessere Spur hättest du nicht legen können.«

»Bleiben Sie lieber von der Truhe weg!«, ermahnte ich Dietmar Becker, der sich neugierig am Verschluss zu schaffen machte. »Einer von uns könnte der Täter sein, der zwei Menschen schwer verletzt hat und vielleicht auch vor einem Mord nicht zurückschreckt.«

Betroffen schauten sich alle gegenseitig an. Meine Behauptung war nicht von der Hand zu weisen. Allerdings hatte auch ich keinerlei Anhaltspunkte, wer von dem halben Dutzend Personen, die sich außer mir in der Kammer befanden, für die Tat infrage kam. Landgraf schied als Betroffener aus, obwohl, könnte er sich die Verletzung selbst zugefügt haben? Hatte er versehentlich fester zugeschlagen als beabsichtigt, oder war seine Frau eingeweiht? Während ich überlegte, wurden die anderen unruhig.

Es passierte etwas völlig Unerwartetes. Aus dem Stollen, der vom Steinhäuser Hof herführte, kam uns ein weiterer Lichtstrahl entgegen. Wir waren alle überrascht, als der Antiquitätenhändler Martin Denzinger mit erhobenen Händen zu uns in die Kammer trat. Er wurde von hinten angeleuchtet.

»Ich kann nichts dafür«, flehte er. »Ich bin unschuldig. Mario hat mich benutzt.«

»Halt die Klappe!«, rief es aus dem Stollen. »Stell dich rüber zu den anderen.«

Denzinger gehorchte und stellte sich zwischen Boiselle und mich. Der von Denzinger genannte Mario wurde nun durch den Baustellenstrahler angeleuchtet, er hielt eine Pistole in der Hand. Es handelte sich um den Begleiter des Antiquitätenhändlers, den ich in den vergangenen Tagen mehrfach in der Ortsmitte gesehen hatte. Sein klischeehaftes italienisches Aussehen samt seiner Kleidung waren extrem ausgeprägt und erinnerten mich an die Filmreihe um den *Paten* aus den 1970er-Jahren.

»Endlich bin ich am Ziel«, knurrte er aggressiv, als er die Truhe entdeckte. »Niemand rührt sich. Ihr wisst alle, zu was ich fähig bin. Zwei Personen habe ich schon niedergeschlagen, und vor ein paar Morden schrecke ich auch nicht zurück. Der Boss wird stolz auf seinen Schwiegersohn sein und mich fürstlich belohnen.« Er schaute mit verächtlichem Blick zu Denzinger. »Es war einfach, dich zu überzeugen, dass ich ein Berufskollege aus Italien bin. Meine gefälschten Papiere sind besser als die Originale. Die *Camorra* aus Neapel sind ohne Ausnahme Profis.« Er lachte mit sarkastischem Unterton.

»Er hat mir gesagt, dass er die Reliquien für ein Museum sucht«, wisperte Denzinger ängstlich. »Dass er dich, Michael, und die Kirchenführerin niedergeschlagen hat, wusste ich bis vor ein paar Minuten nicht.«

»Sei ruhig«, befahl der Mafioso, »du hast mich mit allen Informationen gefüttert, die ich brauchte. Leider vermutete ich wegen eines Irrtums den Schatz zunächst im Nordturm, deshalb musste ich die Frau überwältigen.«

»Sie geben zu, dass Sie Frau Gutermann und Herrn Landgraf niedergeschlagen und die Bibel gestohlen haben?«, fragte Joachim Specht förmlich.

»Was willst du, Bulle?«, bekam er zur Antwort. »Sei froh, dass du noch lebst. Ich habe einen äußerst nervösen Zeigefinger.« Mit der waffenfreien Hand deutete er auf Landgraf und mich. »Ihr beide habt euch in den Türmen dilettantisch verhalten. Hat euch meine kleine Falle Freude bereitet? Danach habe ich euch in der Türmerwohnung belauscht und das Geheimnis der Inschrift auf der Mauer erfahren. Bis ihr euch befreien konntet, hatte ich den Turm längst fotografiert und war bei Martin.«

Denzinger blickte betreten zum Boden. »Er hat mich gezwungen, den Plan zu übersetzen und das Rätsel zu lösen. Ich kannte ja aus meinen früheren Recherchen die Lage des Stollens.« Er schaute zu Landgraf. »Entschuldige bitte, dass ich dir davon nichts erzählt habe.«

Dem Theologen war etwas anderes wichtig. »Wo ist die Bibel?«

Der Mafioso brüllte vor Lachen. »Die Bibel? Die habe ich an einem sicheren Platz deponiert. Der Boss wird mir dafür einen dicken Extrabonus zuschießen. Er fürchtet um sein Seelenheil, deswegen will er um jeden Preis die Reliquien für seine private Kapelle haben. Mit der Bibel zusammen ergibt das ein hübsches Paket. Bestimmt werde ich bald sein Lieblingsschwiegersohn sein.«

Landgraf musste unfreiwillig lachen, was aufgrund der Lage nicht ganz ungefährlich war. »Sind Sie sicher, dass Ihr Boss diese Neustadter Bibel haben will? Sie stammt doch von uns ketzerischen Protestanten und wurde damals nach ihrem Erscheinen als mit ›des Teufels Kot beschmeißte Biblia‹ bezeichnet. Wollen Sie wirklich ein solches Teufelswerk Ihrem Boss andrehen?«

Oh, oh, dachte ich und machte mich bereit, mich im Notfall auf den Italiener zu stürzen.

»Lügner«, schrie der Mafioso. »Es gibt nur eine Bibel. Das Buch der Bücher, wie der Boss jeden Sonntag beim Gottesdienst der Familie sagt.« Er ging einen Schritt auf den Theologen zu und richtete die Waffe direkt auf seine Herzgegend. »Der einzige Ketzer bist du!«

Landgraf befand sich eindeutig in höchster Lebensgefahr, reagierte aber dennoch äußerst kaltschnäuzig: »Schauen Sie halt kurz bei *Google* nach. Sie haben bestimmt ein Smartphone dabei.«

Der verwirrte Gauner machte einen simplen Anfängerfehler, indem er auf die vermeintliche Finte Landgrafs einging. Er zog mit der waffenfreien Hand ein Handy aus seiner Hosentasche. Bei diesem Vorgang schienen sich linke und rechte Gehirnhälfte nicht abzusprechen, sodass er die Pistole für einen winzigen Moment absenkte.

Jetzt oder nie, dachte ich. Er würde sofort bemerken, dass es im Stollen keinen Handyempfang gab. Ich sprang mit einem Hechtsprung nach vorne und versuchte, mit beiden Händen die Pistole zu fassen und nach unten zu drücken. Mein Plan ging schief, da ich nicht der Einzige war, der die Situation erkannte und ausnutzte. Joachim Specht brachte von der anderen Seite den Italiener mit einer vollen Körperbreitseite aus dem Gleichgewicht. Zeitgleich trat der Oberbürgermeister dem Gauner mit einem beherzten und sicherlich schmerzhaften Tritt die Pistole aus der Hand. Becker und Boiselle folgten eine Sekunde später. Als sie bemerkten, wie der Mafioso durch den Multiangriff ins Wanken kam, bückten sie sich, ohne sich abzusprechen und zogen ihm rigoros die Beine weg, sodass sich alle Beteiligten in einem Menschenknäuel miteinander verkeilten.

»Alles unter Kontrolle«, schrie der Polizeioberkommissar. »Ich habe dem Gauner Handschellen angelegt.«

Erleichtert standen alle außer mir unter Stöhnen wieder auf und sondierten die Lage. Die anderen hatten lediglich kleinere Flecken auf ihrer Kleidung zu beklagen. Ich selbst hatte das Pech, durch den Hechtsprung die unterste Person in dem Menschenknäuel gewesen zu sein, daher benötigte ich etwas länger, um mich wieder zurechtzufinden. Da der Boden alles andere als sauber und unglücklicherweise sehr uneben und hart war, hatte ich mir die eine oder andere Schramme zugezogen. Hemd und Hose waren durch zahlreiche Risse unrettbar verloren. Während ich mich aufrappelte, entdeckte ich einen kleinen Schlüssel, der allem Anschein nach dem Mafioso aus der Tasche gerutscht sein musste, als er nach seinem Smartphone gegriffen hatte. Unbemerkt von den anderen steckte ich den Schlüssel ein.

Keiner der Anwesenden machte über mich und mein Aussehen einen Witz, da alle auf den Mafioso blickten, den Specht fest im Griff hatte.

»Ich sage kein Wort mehr«, sagte der Italiener verächtlich und spuckte auf den Boden. »Der Boss wird mich rausholen.«

»Niemand verlangt von Ihnen, dass Sie reden«, antwortete der Polizeioberkommissar. »Die Beweise für Ihre Schuld sind auch so erdrückend.«

»Die Lage ist doch jetzt unter Kontrolle?«, fragte der Oberbürgermeister mit Blickrichtung zu Joachim Specht.

»Der Knabe wird nicht aufmucken«, bestätigte Specht.

»Dann können wir einen Blick in die Truhe wagen«, meinte der OB. »Wo wir sowieso schon hier unten sind.«

Dietmar Becker stand der Truhe am nächsten. Ohne sich um den Dreck zu kümmern, öffnete er den Verschluss. »Kein Schloss, gar nichts«, sagte er überrascht und öffnete den Truhendeckel. Boiselle hob den Baustellenstrahler vom Boden hoch und leuchtete in das Innere der Truhe. »Leer«, stellte er enttäuscht fest. »Nur ein gerolltes Stück vergilbtes Papier.«

Marc Weigel drängte sich nach vorne und nahm das Papier aus der Truhe. »Eine Handschrift«, stellte er mit einem Blick fest. »Schlecht zu lesen, scheint lateinisch zu sein.«

»Latein?«, mischten sich Landgraf und Specht gleichzeitig ein. Der OB reichte das einzelne Blatt an die beiden weiter. »Könnt ihr das übersetzen?«

Aufgrund der schwierigen Lichtverhältnisse und des schlechten Zustands des Papiers dauerte es eine gefühlte Ewigkeit, bis Landgraf und Specht eine einigermaßen plausible Übersetzung bieten konnten.

»Melchior Klemm, ist das nicht der, nach dem der Klemmhof benannt wurde?«, fragte der Polizeioberkommissar mit Blick zu Landgraf.

Der Theologe nickte. »Eine der Möglichkeiten, den Namen des Gebäudekomplexes bei uns in Neustadt herzuleiten, ist, dass er im Besitz der Familie Klemm war. Jener Melchior war um das Jahr 1578 herum Stadtrat in Neustadt. Das ist echt der helle Wahnsinn, was in dieser Handschrift steht.«

Ich bemerkte, wie sich Becker und Boiselle im Hintergrund fragend anschauten.

»Jetzt sagen Sie doch endlich«, forderte der Oberbürgermeister. »Spannen Sie uns nicht länger auf die Folter. Werden in dem Papier die Reliquien erwähnt?«

»Und ob«, bestätigte der Theologe. »Wenn diese Handschrift echt ist und von Melchior Klemm stammt, wovon wir beide ausgehen, hat dieser noch zu Meisters Lebzeiten bei Arbeiten im *Casimirianum* den Schatz gefunden und die Reliquien entnommen.«

»Dann war alles umsonst«, stöhnte der OB.

»Das sehe ich genauso«, meinte der Antiquitätenhändler Denzinger. »Von Melchior Klemm gibt es keinerlei schriftliche Zeugnisse. Diese Handschrift dürfte das einzige sein.«

»Dann werden wir niemals herausfinden, was aus den Reliquien geworden ist«, sagte Joachim Specht mit einem lauten Seufzer. »Auf den Schreck muss ich erst mal eine Zigarre rauchen.« Er drehte sich zu dem Mafioso, der wegen unseres Misserfolgs schäbig grinste. »Wir gehen nach oben, Bürschchen, damit du so schnell wie möglich in die Zelle wanderst.«

»Lasst uns alle den Weg zum *Casimirianum* nehmen«, empfahl Landgraf. »Er ist gut ausgeleuchtet und relativ kurz.«

Zehn Minuten später standen wir im großen Saal des *Casimirianums*. Inge Löchel und Martin Denzinger verabschiedeten sich schnell, auch der OB musste zu einer dringenden Sitzung ins Rathaus.

»Das war's dann wohl«, sagte Specht zu uns. »Das Abenteuer ist zu Ende. Zwar mit einem anderen Ausgang als gedacht, aber es ist definitiv zu Ende.«

»Nein«, widersprach der Museumsleiter. »Die Bibel! Ich will die Neustadter Bibel zurück.«

»Die finden wir bestimmt in seinem Hotelzimmer«, sagte Specht.

Der Italiener hatte unseren Dialog verfolgt. »Die liegt an einem sicheren Ort«, reagierte er spöttisch. »Im Hotel werdet ihr die nicht finden, ich bin ja nicht blöd. Der Boss weiß, wo sie ist.« Er gab ein höhnisches Lachen von sich.

Nachdem sich auch Specht mit seinem Gefangenen verabschiedet hatte, stand ich unschlüssig mit Landgraf, dem Hausmeister, Becker und Boiselle im Saal des *Casimirianums*. »Was machen wir jetzt?«, fragte ich in die Runde. Ich wollte gerade mein Geheimnis mit dem Schlüssel preisgeben, aber Boiselle hatte etwas Eiliges zu berichten.

»Dietmar und ich haben Informationen zu der Neustadter Familie von Melchior Klemm«, sagte er aufgeregt.

»Sie?«, hakte ich nach. »Wie kommt das?«

»Das letzte Familienmitglied ist vor drei Jahren verstorben«, sagte der Cartoonist.

Ich winkte ab. »Das ist sowieso unwahrscheinlich, dass sich die Reliquien über die Jahrhunderte im Familienbesitz gehalten haben.«

»Da wäre ich mir nicht so sicher«, konterte Boiselle. »Das letzte Wohnhaus der Klemms wurde inzwischen verkauft und nach einer Entkernung frisch saniert.«

»Und?«, fragte ich, weil ich nicht verstand.

Nun übernahm Becker. »Die direkten Nachfahren von Melchior Klemm haben im Nachbarhaus von Steffens Verlag gewohnt. Steffen half vor drei Jahren mit, die Wohnung leer zu räumen, und hat damals viel Gerümpel in seiner eigenen Garage zwischengelagert.«

Jetzt verstand ich. »Sperrmüll?«, fragte ich nachdrücklich.

»Sperrmüll«, bestätigte Boiselle. »In dem Gerümpel aus der Wohnung war viel undefinierbares Zeug dabei, da könnten durchaus Reliquien darunter sein.«

Landgraf bekam große Augen. »Hast du gestern nicht gesagt, dass heute der Sperrmüll abgeholt wird?«

Steffen nickte. »Wir sollten uns beeilen, falls es nicht schon zu spät ist.«

Landgraf sah kurz zu dem Hausmeister. »Ralf, wir müssen ganz schnell zu Steffens Haus in der Sauterstraße. Ich melde mich später noch mal bei dir. Pass bitte auf, dass niemand in den Brunnenschacht stürzt.«

»Eijo, dess mach ich«, antwortete der Hausmeister. »Jetzert beeilen ner eich ämol. Alla hopp!«

»Sollen wir zu mir nach Hause rennen?«, fragte Boiselle, als wir vor dem *Casimirianum* angekommen waren. »Es sind nur ein paar Meter.«

»Nein!«, widersprach ich, da ich die nicht unerhebliche Steigung der Lindenstraße kannte, die am Endpunkt direkt auf das Verlagsgebäude in der Sauterstraße stieß.

Ich zeigte auf Landgrafs Wagen. »Wir nehmen das Auto, das geht schneller.«

Niemand widersprach. Boiselle und Becker quetschten sich in den Fond. Der Theologe zeigte uns, dass der Rückwärtsgang über einen passablen Beschleunigungswert verfügte. »Haltet euch fest«, sagte er und legte den ersten Gang ein. Die Strecke war kurz, höchstens 200 Meter. 200 Meter, die mich entfernt an meine erste Achterbahnfahrt mit der *GeForce* im *Holidaypark* erinnerten. Unser Fahrer driftete gekonnt in die Lindenstraße, dann sahen wir schon unser Problem vor uns. Der Sperrmüllwagen der Stadtverwaltung Neustadt rangierte gerade neben dem *Agiro*-Verlagsgebäude.

»Wir schaffen das!«, rief Landgraf erregt. Nach einem überaus harten Bremsmanöver blockierte er nicht nur den Sperrmüllwagen, sondern gleichzeitig auch den kompletten Verkehr an der Einmündung der Lindenstraße in die Sauterstraße.

Mit einer sagenhaften Geschwindigkeit hatten sich Boiselle und Becker aus dem Fond herausgeschält und sprangen schreiend den Müllmännern entgegen. »Alles liegen lassen, das ist ein Irrtum.«

Zwei in orangefarbene Overalls gekleidete Arbeiter schauten ihn verblüfft an. Einer der beiden reagierte: »Was issn do los?«, fragte er. »Mir hän do de Ufftrag, des Zeich abzuhole.« Er schaute auf seine Uhr. »Mir sinn sowieso schun zu spät dra. Normalerweise wären wir schun längscht widder wuannerscht.«

»Zum Glück«, sagte Steffen Boiselle und schnappte nach Luft. »Mir gehören die Sachen, die hier liegen. Leider habe ich versehentlich wertvolle Dinge dazugestellt. Dürfen wir Sie um ein wenig Geduld bitten?«

Die Arbeiter hatten ihre Prinzipien. »Des geht awwer net, weil mir heit sowieso schunn zu spät sinn. Mehr als ä Iwwerstunn am Dach dirfen mir net mache, sunscht kriege mir Stress mit unsrem Chef, unn der versteht kän Spaß.«

»Es dauert bestimmt nur ein paar Minuten«, bettelte Boiselle.

»Nix do, entwedder mir lade des Zeich jetzert sofort uff, oder mir fahren weiter. Dann kannscht gucke, wie dei Gerimbel loskriegscht.«

Der Cartoonist schaute sich hilflos nach uns um.

»Lass sie wegfahren«, beruhigte ihn Landgraf. »Ich helfe dir, den Sperrmüll zur Deponie zu bringen, sobald wir mit der Suche fertig sind.«

»Also gut«, sagte Boiselle. »Sie können zum nächsten Kunden fahren.«

»Dess is jo mol ä gudi Sach«, antwortete der Arbeiter sichtlich erfreut. »Do können mir widder ä bissel Zeit uffhole.«

»Das war Rettung in letzter Minute«, sagte ich und ließ meinen Blick über die schätzungsweise fünf bis sechs Kubikmeter Sperrmüll wandern. »Wo hatten Sie das Zeug überall deponiert?«, fragte ich den Verleger.

Boiselle zeigte auf zwei Garagen. »Da drin, außerdem habe ich in der Lindenstraße ein Palettenlager für meine Verlagsprodukte angemietet. Und bei mir im Haus hatte sich auch so einiges angesammelt.«

»Fangen wir an«, beschloss Landgraf.

»Wie erkennen wir die Reliquien?«, fragte ich.

Landgraf hob die Achseln. »Instinkt, Herr Palzki, Instinkt.«

Ich verließ mich nicht auf meinen Instinkt, sondern auf

meine Logik, indem ich zunächst unverdächtige Gegenstände wie Möbel sowie alle eindeutig neuzeitlichen Dinge ausschloss und auf einen gesonderten Haufen legte.

»Gute Taktik«, lobte mich der Museumsleiter. »Zuerst weg mit dem Grobzeug und dann das ganze Papier aus Steffens Verlag.«

Nur zweimal mussten wir Fremde verscheuchen, die auf der Suche nach Brauchbarem ebenfalls im Sperrmüll herumstochern wollten.

»Was ist mit den alten Blechdosen?«, fragte Becker seinen Kumpel. »Sind die von deiner Oma?«

Boiselle kam näher und betrachtete die Dosen. »Die sind von der Wohnungsauflösung, die gehören nicht mir.« Er nahm eine der Dosen in die Hand. »Die sind ziemlich schwer.«

»Schwer?« Landgraf wurde hellhörig. »Blechdosen sind leicht.«

»Wir wissen ja nicht, was drin ist«, entgegnete Becker.

Landgraf kam näher und nahm Boiselle die Dose ab. »Blech?«, fragte er skeptisch. »Mannomann, das ist pures Gold, seht ihr das nicht?« Er betrachtete die Dose von allen Seiten. »Das sind keine billigen Blechdosen, sondern mit Edelsteinen besetzte verdreckte Schatullen. Das muss nur richtig gereinigt werden.« Mit zitternden Händen öffnete er die Schatulle, was nicht ganz einfach war. »Boah«, rief er und zog seine Nase weg. »Das stinkt ja wie die Hölle. Das muss von organischen Bestandteilen wie zum Beispiel Knochen stammen.« Aus sicherer Entfernung wagte er einen Blick in die Schatulle. »Bingo«, sagte er zufrieden. »Wenn das mal keine Reliquien sind.«

»Du hast sie gefunden?«, rief Boiselle erregt. »Bist du dir sicher?«

»Was sollte sonst in diesen kostbaren Gefäßen sein?«
Landgraf hatte glänzende Augen bekommen. »Als Protestant bin ich zwar grundsätzlich für Reliquien nicht empfänglich, doch auch ich kann mich im Moment dieser Magie nicht entziehen.«

»Was liegt denn in dieser Dose, äh, Schatulle?«, fragte ich nicht nur aus ermittlungstechnischem Interesse.

»Keine Ahnung«, antwortete Landgraf. »Die Reliquien sind nicht gerade in bestem Zustand. Im Prinzip kann es alles sein. Das muss erst wissenschaftlich untersucht werden.« Er gab die Schatulle an Boiselle zurück. »Leg sie bitte dort drüben in den defekten Wäschekorb. Wir untersuchen zunächst die anderen Schatullen, vielleicht finden wir auch noch andere Gefäße.«

Nach einer Viertelstunde hatten wir den kompletten Sperrmüll umsortiert und drei Schatullen mit unbekanntem, aber zweifelsohne sehr altem Inhalt identifiziert.

Während wir mit Ehrfurcht stumm vor dem Wäschekorb standen, bremste neben uns ein Wagen.

»Da sind Sie ja, Palzki!«

Ich glaubte, nicht recht zu sehen. KPD stieg aus seinem Dienstwagen und stapfte in seiner maßgeschneiderten Uniform auf uns zu.

»Spielen Sie mit mir Schnitzeljagd, Palzki? Frau Landgraf im *Bibelmuseum* sagte mir, dass Sie sich in diesem Casimidingsbums herumtreiben. Der Hausmeister dort, den ich kaum verstanden habe, schickte mich hierher. Und was sehe ich: einen riesigen Berg Schutt und Sie mitten drin, Palzki! Und wie Sie wieder aussehen in den zerrissenen Kleidern und total verschmutzt. Sie sind eine Schande für jede anständig geführte Polizeidienststelle.

Ich hoffe, dass Sie sich in Ihrem Zustand nicht als Polizeibeamter ausgeben.«

Er kam näher und schaute in den Wäschekorb. »Was ist das für ein Plunder?«, fragte er verächtlich.

»Das sind die Reliquien, Herr Diefenbach.«

»Die Reli... äh ... Reliquien?« KPD war für einen Moment sprachlos. »Das sind die Reliquien?«, fragte er ungläubig.

»So, wie Sie sie haben wollten«, bestätigte ich, weil ich nun genau wusste, wer für den Fund die Lorbeeren kassieren würde.

»Soso«, stammelte KPD, bis er sich wieder im Griff hatte. »Wenigstens ein erster Teilerfolg. Palzki, laden Sie den Korb in meinen Kofferraum. Ich werde, so schnell es geht, die Öffentlichkeit informieren.«

Nun mischte sich der Theologe ein. »Das geht so schnell nicht, Herr Diefenbach«, wehrte er sich. »Der Kirchenschatz muss zunächst gesichtet und gereinigt werden. In dem Zustand, in dem sich die Reliquien nach so langer Zeit befinden, kann man sie unmöglich der Öffentlichkeit zeigen.«

KPD war hin- und hergerissen. »Nein, das geht nicht. Äh, wie lange wird das dauern? Ich kann die Presse nicht zu lange warten lassen, das geziemt sich eines Dienststellenleiters in meiner herausragenden Position nicht.«

»Ich gebe wie immer mein Bestes«, beruhigte ihn Landgraf. »Wir bringen die Reliquien ins *Bibelmuseum*, dort habe ich entsprechendes Werkzeug.«

Mein Chef nickte zustimmend und wechselte zu einem weiteren, für ihn noch wichtigeren Thema: »Was macht eigentlich mein Testat der Urkunde?«

Ich erschrak noch heftiger als der Theologe. Eine Notlüge fiel mir zum Glück sofort ein. »Im *Bibelmuseum* können wir nachher alles klären und besprechen.« Mir war klar, dass ich mehr Zeit gewinnen musste. »Herr Diefenbach, Sie sehen ja, wie ich aussehe. Herr Boiselle hat für mich bestimmt ein paar Ersatzkleider. Ich mache mich etwas frisch, dann kommen wir, sagen wir mal, in einer Stunde ins *Bibelmuseum* und bringen die Reliquien mit.«

»Eine Stunde?«, meckerte KPD. »Soll ich in der Zwischenzeit untätig irgendwo herumstehen?«

»Nein, ganz und gar nicht.« Ich schob ihm den zweiten Teil meines spontan ausgedachten Plans unter. »Wenn Sie den Reliquienfund der Öffentlichkeit präsentieren möchten, sollten Sie sich vorher einen Überblick der Örtlichkeiten verschaffen. Schauen Sie sich die Stiftskirche, das *Casimirianum* und den Steinhäuser Hof in Ruhe an. Wir erklären Ihnen nachher, in welcher Beziehung die einzelnen Gebäude zueinander stehen.«

»Von mir aus«, grummelte KPD. »Kann ich dort mit meinem Wagen vorfahren?«

»Bestimmt«, antwortete ich. Mein Chef hatte sich noch nie dafür interessiert, ob er mit seinem Wagen irgendwo fahren oder parken durfte, er tat es einfach.

»In einer Stunde«, bestätigte KPD, während er in seinen Wagen stieg. »Keine Minute später.«

Landgraf sah mich an, als würde er mir am liebsten schonungslos seine persönliche Meinung über meinen Chef sagen. Doch das entsprach nicht seinen Charakterzügen.

»Dann wollen wir mal sehen, was ich Ihnen zum Anziehen geben kann«, sagte Boiselle mit einem fiesen Lächeln.

»Den Wäschekorb stellen wir am besten gleich in meinen Wagen«, meinte Landgraf. »Es weiß ja außer uns niemand, dass der Inhalt so wertvoll ist.«

Oben im Verlag angekommen, wiederholte sich mein Reinigungsritual vom Vortag. Ich beeilte mich, sodass ich bereits nach fünf Minuten in einem grasgrünen Jogginganzug mit dem bekannten Aufdruck das Bad verlassen konnte.

»Schon fertig?«, fragte Becker verblüfft und lachte über meine Kleidung. »Steffen hat für uns alle Pizzen bestellt.«

»Nicht für Herrn Landgraf und mich«, sagte ich, während mir die Magensäure hochpoppte. Ich musste mich selbst mit hypothetischen Peitschenhieben motivieren, um die angekündigte Pizza abzulehnen. »Wir beide haben einen unaufschiebbaren Termin.«

Der Theologe sah mich fragend an, doch ich gab keinen weiteren Hinweis. »Herr Boiselle und Herr Becker, wenn Sie möchten, kommen Sie gerne in einer guten halben Stunde zum *Bibelmuseum*.«

Nur ein Weltuntergang würde die beiden davon abzuhalten, nicht zu erscheinen.

»Was haben Sie vor?«, fragte Landgraf neugierig, während wir das Treppenhaus hinunterstiegen.

»Wir müssen zum Bahnhof«, erklärte ich wortkarg.

Landgraf missverstand meinen Wunsch. »Aber Herr Palzki, die Geschichte mit Ihrem Chef bekommen wir auch so geregelt. Sie müssen deswegen keine Fahnenflucht begehen. Wir können stolz auf das sein, was wir in den letzten Tagen gemeinsam erlebt haben.«

»Ich will nicht mit dem Zug wegfahren«, antwortete ich. »Und mich auch nicht vor einen Zug werfen.«

Da auch der Bahnhof eigentlich in fußläufiger Entfernung lag, hatte Landgraf keine Zeit, um weitere Fragen zu stellen. Er stellte seinen Wagen auf einem Kurzzeitparkplatz ab.

»Passt schon«, sagte ich. »Wir brauchen nicht lange.«

Ich folgte der Beschilderung zu meinem Ziel und zog den Schlüssel, den der Mafioso verloren hatte, aus meiner Tasche.

»Ein Schließfachschlüssel?«, fragte der Museumsleiter überrascht.

Ich nickte, dann las ich die Schlüsselnummer ab. »Sieben«, sagte ich. Zufällig standen wir direkt vor dem passenden Schließfach.

»Jetzt bin ich aber mal gespannt«, meinte Landgraf abwartend.

Mir ging es ebenso. Hoffentlich lag der richtige Gegenstand im Fach und keine harten Drogen.

»Alte Zeitungen?«, sagte der Theologe, als er in das offene Schließfach blickte.

Ich atmete zufrieden auf. »Das ist nur die Verpackung. Entfernen Sie die Zeitung vorsichtig.«

»Die Neustadter Bibel!«, rief Landgraf aufgeregt, nachdem er die erste Ecke der Verpackung wie bei einem heiß erwarteten Weihnachtsgeschenk abgerissen hatte. »Herr Palzki, woher wussten Sie das? Wie sind Sie zu diesem Schlüssel gekommen?«

Ich befriedigte sein Informationsbedürfnis.

»Sie sind der gerissenste Polizeibeamte, den ich kenne«, lobte er mich. »Ich bin Ihnen für immer zu großem Dank verpflichtet. Wenn Sie mal wieder Hilfe brauchen, zum Beispiel bei historischen Fragen über die Region oder wenn es Sie wieder nach Neustadt verschlägt, geben Sie sofort Bescheid. Egal, um was es geht«, sagte er und strahlte dabei seine historische Bibel an.

Ich hatte bereits eine Idee. »Urkunde?« Ich sah Landgraf flehend an.

»Das geht natürlich in Ordnung, kein Problem«, beruhigte mich der Theologe. »Aber was unternehmen wir wegen der Bibel? Joachim Specht weiß ja nichts von dem Schlüssel.«

»Das regle ich«, antwortete ich mit einem Schmunzeln. »Ich behaupte, dass ich noch mal im Stollen war, weil ich etwas verloren hatte. Dabei fand ich den Schlüssel und suchte anschließend das Schließfach auf. Darin habe ich die Bibel gefunden und Ihnen ins Museum gebracht. Das ist nur haarscharf an der Wahrheit vorbei.«

Landgraf war beruhigt. »Das übernehme ich für Sie. Ich rufe später Joachim an und erzähle ihm exakt diese Geschichte. Hauptsache, ich habe die Bibel zurück.« Er drückte das Paket fest an sich. »Fahren wir zu mir?«

Ich nickte ihm zu. Der Gang nach Canossa von Heinrich IV. war eine Lappalie gegen das, was mich erwartete, wenn KPD mit dem Ergebnis seiner Urkunde nicht zufrieden war.

Als wir vor dem Bibelhaus parkten, entdeckten wir KPDs Luxuskarosse auf der Straße gegenüber, direkt hinter meinem Wagen.

»Meine Frau hat ihn bestimmt reingelassen«, sagte Landgraf und schnappte sich den Wäschekorb mit den Reliquien, in den er auch die Bibel gelegt hatte. »Diese Kombination hätte damals das Ende der Welt bedeutet«, meinte er zu der Bibel und den Schatullen, die wie unschuldig nebeneinander im Wäschekorb lagen.

»Ich hole die Urkunde aus meinem Wagen«, ergänzte ich.

»Prima«, bestätigte der Museumsleiter. »Wir nehmen das Gartentor rechts vom Haus nach unten in den *Bibelgarten*. Dort kann ich mir die Urkunde in Ruhe ansehen. Ihr Chef wird davon nichts mitbekommen.«

Kurz darauf saßen wir hinter dem Haus auf einer Sitzgruppe. Der große Garten bestand aus einem Rasen sowie einer Vielzahl diverser Pflanzen, die ich nicht einmal im Ansatz benennen konnte. Es waren wohl vor allem Küchenkräuter, die in einem Beet angelegt waren.

Ich zeigte auf die breite Fensterfront hinter uns. »Befinden wir uns auf der Ebene der Bibelausstellung?«

Landgraf zeigte bestätigend auf die Terrassentür. »Die zerbrochene Glasscheibe wurde inzwischen ersetzt. Von dem Einbruch ist nichts mehr zu erkennen. Ich kann Ihnen im Moment leider nichts zu trinken anbieten, ohne dass es Ihr Chef mitbekommen würde.«

»Das ist schon okay.« Ich reichte ihm KPDs Mappe. »Übrigens, einer meiner Kollegen aus Schifferstadt hat inzwischen herausgefunden, dass mein Chef nicht von den Diefenbachs in dieser Urkunde abstammt. Das ist inzwischen gesichert. Ob diese Urkunde echt ist, wissen wir leider noch nicht.«

»Aha«, meinte Landgraf. »Ihrem Chef ist dies aber noch nicht bekannt, oder?«

»Um Himmels willen«, bestätigte ich seine Vermutung.

»Das mit dem Diefenbach habe ich auch schon herausgefunden«, sagte mein Gegenüber. »Ich habe heute früh mal kurz in meinem privaten Archiv nachgeschaut. Wenn es wirklich eine Verbindung der Wittelsbacher zu einem Diefenbach gibt, dann nur mit einem Doppel-F und der Endung ›er‹. Ich kenne tatsächlich einen gewissen Dieffenbacher, vielleicht ist das der richtige Kandidat.«

»Mir egal«, sagte ich, »welcher Diefenbach oder Diefenbacher der Erbe der Wittelsbacher ist. Ich muss das Problem mit meinem Chef und dieser Urkunde lösen.«

Der Theologe entnahm der Mappe die Urkunde und begann, den Text zu lesen. Bereits nach wenigen Sekunden brach er ab und schüttelte den Kopf. »Da stimmt doch etwas nicht«, meinte er und hielt die Urkunde gegen das Sonnenlicht. Dann begann er lauthals zu lachen.

»Nicht so laut«, schimpfte ich. »Wenn KPD das hört.«

Landgraf winkte belustigt ab. »Das kann er ruhig, Herr Palzki. Ich habe genug gesehen. Gehen wir rein?«

Mit einem unguten Gefühl folgte ich Landgraf, auch wenn ich ihm blind vertraute. Wir nahmen den Weg um das Haus zur Straße und wollten gerade den Eingang nehmen, als Becker und Boiselle zu uns traten.

»Ich hoffe, wir kommen nicht zu spät«, meinte Becker mit einem Grinsen. »Haben Sie Ihr Geheimtreffen beendet?«

Landgraf hob die Bibel hoch. »Wir haben die Neustadter Bibel zurück, ist das nicht wunderbar?«

Natürlich bedrängten uns die beiden, alles über den Fund der Bibel zu erzählen, doch Landgraf vertröstete sie auf später. »Zuerst müssen wir Herrn Diefenbach eine schlimme Nachricht überbringen.« Er klang nicht so, als würde ihm das etwas ausmachen.

Mitten im Büro stand KPD breitbeinig auf den Fersen wippend und starrte provokativ auf seine Armbanduhr. »Zwei Minuten zu spät«, bellte er uns entgegen.

Ich nahm all meinen Mut zusammen. »Höchstens 100 Sekunden.«

KPD ignorierte mich wie so häufig. »Lieber Herr Landgraf, ich weiß, dass ich mich auf Ihre Expertise verlassen kann. Ihr Ruf ist als Experte für alte Schriften unangreifbar. Was Sie bestätigen, kann man genauso gut in ein Gesetz meißeln.«

Mir wurde von dieser Lobhudelei fast schwindelig. Zum Glück war ich im Moment außen vor.

»Ich bin tatsächlich zu einem Urteil gekommen«, übernahm der Theologe den Dialog. »Das Ergebnis meiner Untersuchung ist eindeutig.«

Prima, er ließ meinen Chef etwas zappeln, dachte ich mit Schadensfreude.

»Ich wusste es schon immer«, fiel ihm Diefenbach ins Wort. »Schon als Kind wusste ich, dass ich etwas Besonderes bin. Ein echter Wittelsbacher merkt, wenn er ein Wittelsbacher ist«, sagte er selbstzufrieden.

Landgraf ging zunächst nicht auf die Verbindung zwischen den Wittelsbachern und KPD ein. Er hielt die Urkunde gegen die Deckenleuchte. »Sehen Sie das Wasserzeichen, Herr Diefenbach?«

KPD nickte. »Ist das ein Beweis der Echtheit?«

»Wasserzeichen gibt es zwar nachweislich seit dem Jahr 1282 in Italien«, begann Landgraf mit der Demontage, »aber leider nicht in Kombination mit einer Internetadresse.«

Stille.

Noch mehr Stille.

»Sie wollen mich auf den Arm nehmen?«, fragte KPD vorsichtig. Er nahm Landgraf die Urkunde ab und hielt sie direkt vor die Deckenleuchte. »Sertifika herkes Firsatlar, oder so ähnlich«, buchstabierte er mühsam.

»Urkunden für alle Gelegenheiten«, übersetzte Landgraf. »Diese Fake-Firma ist mir schon öfter untergekommen. Die Fälschungen sind banal und mit Leichtigkeit zu erkennen. Wörter, die es erst seit wenigen Jahrzehnten gibt, habe ich bereits in den ersten beiden Sätzen Ihrer Urkunde gefunden.«

KPD protestierte. »Ich habe dafür ein Schweinegeld bezahlt! Die Urkunde muss echt sein.«

»Leider nicht«, entgegnete der Theologe. »Tut mir leid. Diese Firma zieht gutgläubigen Leuten regelmäßig viel Geld aus der Tasche für angebliche Gutachten und Urkunden. Sie verkaufen auch Doktor honoris causa-Titel aus Kasachstan, die in Deutschland nicht verwendet werden dürfen.«

»Nicht?«, fragte KPD und wurde ganz rot im Gesicht.

KPD war nur noch ein Nervenbündel. »Das heißt, ich bin einem Betrüger auf den Leim gegangen? Warum hat mich niemand gewarnt?« Er schaute mich mit strengem Blick an. Es war Zeit, ihm den virtuellen Todesstoß zu versetzen.

»Wir sind sogar schon einen Schritt weiter, lieber Herr Vorgesetzter. Ihr Stammbaum ist ebenfalls falsch. Die Wittelsbacher sind in ihrem Hauptstamm nicht in die Linie der Diefenbachs übergegangen, sondern in die Linie der Dieffenbacher, mit Doppel-F«, ergänzte ich.

»Lüge, alles Lüge!«, brüllte KPD. »Ich werde einen richtigen Experten aufsuchen.« Ohne ein weiteres Wort drehte er sich um und stapfte zum Ausgang.

Der Museumsleiter sah mich lange an. »Ich hoffe, Sie müssen das morgen nicht ausbaden, Herr Palzki.«

»Ach was«, antwortete ich locker. »Es kann nicht schlimmer werden als sonst. KPD wird sich schnell wieder beruhigen. Schon morgen kann er wieder neue Flausen im Kopf haben.«

»Und die Reliquien?«

»Damit können Sie machen, was Sie wollen, Herr Landgraf. Ich sollte Ihnen helfen, die Bibel wiederzufinden. Der Auftrag ist erledigt, daher ist für mich alles im grünen Bereich. Vielleicht wird sich mein Chef bei Ihnen wegen des Kirchenschatzes melden, dann fällt Ihnen bestimmt etwas Entsprechendes ein.«

Der Theologe nickte. »Ich weiß auch schon, was ich mit dem Schatz mache.«

*

»Danke, Reiner«, säuselte mir Stefanie ins Ohr. »Ich bin so stolz auf dich.«

Das Lob meiner Frau lief mir runter wie Öl. Mit meinem Zeigefinger versuchte ich unauffällig, mir etwas Sauerstoff zu verschaffen. Der Krawattenknoten, den ich Stefanie zu verdanken hatte, saß hart und knüppelfest. Von der anderen Seite hörte ich das hämische Prusten Dietmar Beckers, der natürlich keine Krawatte tragen musste.

»Du kennst in Neustadt wirklich viele Menschen«, flüsterte mir meine Frau zu. »Und du hast sogar ihre Namen auswendig gewusst.«

Ich nahm diese kleine Spitze gelassen, zumal mir bekannt war, dass mein Namensgedächtnis nicht immer Höchstleistungen vollbrachte. Doch vor einer halben Stunde, kurz bevor wir Platz genommen hatten, hatte ich sie alle begrüßen können: Oberbürgermeister Marc Weigel, Antiquitätenhändler Martin Denzinger, die Inhaberin der Weinstube *Herberge* Inge Löchel, Kirchenführerin Helga Gutermann sowie Steffen Boiselle, der gemeinsam mit seinem Kumpel Dietmar Becker gekommen war. Sogar Barbara Landgraf hatte ich auf Anhieb erkannt.

Dass wir in der ersten Reihe saßen, war mir sehr unangenehm. Leider waren die Plätze auf unsere Namen fest reserviert. Der evangelische Teil der Stiftskirche war rappelvoll mit Menschen gefüllt. Seitlich hatten sich zwei TV-Teams postiert, außerdem waren mehrere Radiosender anwesend.

»Es geht los«, flüsterte mir Stefanie zu. Ich nickte und war froh, während der ganzen Veranstaltung auf meinem Platz sitzen bleiben zu können.

Vor dem Altar hatte man auf einem kleinen Podest ein paar Tischvitrinen aufgebaut. Auf dieses Podest gingen Joachim Specht und Michael Landgraf zu.

»Meine sehr verehrten Damen, meine sehr geehrten Herren«, begann Landgraf. »Joachim Specht und ich freuen uns, Ihnen heute Teile der lange verschollenen Reliquien unserer Stiftskirche präsentieren zu können.

Dass wir dies heute können, verdanken wir der tatkräftigen Unterstützung eines Polizeibeamten aus Schifferstadt. Mit seiner Hilfe gelang es vor ein paar Wochen, die Reliquien in letzter Minute zu retten. Herr Palzki, kommen Sie bitte zu uns nach vorne und erzählen Sie den Anwesenden, wie es zu dem Fund kam.«

ENDE

DANKSAGUNG

Das Schreiben dieses Romans hat mir mal wieder viel Freude bereitet. In einer inzwischen hoffentlich überstandenen Zeit, in der Kontakte nicht immer ganz einfach waren, konnte und durfte ich mal wieder aus dem Vollen schöpfen und mein Burn-in (unheilbare grenzenlose Fantasie) ausleben. Dank vieler neuer Bekanntschaften mit netten und interessanten Menschen entstand diese Geschichte, eigentlich muss man schon von einer Art Gemeinschaftswerk sprechen. Hinzu kommt die wechselhafte und äußerst spannende Geschichte Neustadts, die sich mir erst nach und nach erschloss. Es lohnt sich, nach dem Lesen dieses Krimis in die einzelnen Handlungsorte tiefer einzusteigen.

Hier geht's zum *Bibelmuseum* Neustadt:
www.bibelmuseum-pfalz.de/
Die Stiftskirche in Neustadt:
www.stiftskirche-neustadt.de/

Dort findet sich ein sehr interessanter virtueller Rundgang, der bis zu den Glocken und der Türmerwohnung reicht:
www.stiftskirche-neustadt.de/stiftskirche/virtuellerrundgang/

Auch das Casimirianum wird auf einer Seite präsentiert:
https://www.stiftskirche-neustadt.de/casimirianum/

Michael Landgraf, Theologe, Leiter des Pfälzischen *Erlebnis-Bibelmuseums* und des *Religionspädagogischen Zentrums* in Neustadt, um nur einen winzigen Ausschnitt seines Schaffens zu nennen, kannte ich lose als Schriftstellerkollegen seit ein paar Jahren. Als solcher hat er bereits über 100 Bücher verfasst, ist der meistübersetzte Autor in Rheinland-Pfalz und wurde sogar in die Schriftstellervereinigung *PEN* berufen. Ab und zu hatten wir Kontakt über Steffen Boiselle, mit dem wir beide eng befreundet sind. Irgendwann reifte der Entschluss, es war eine recht spontane Eingebung, ihn gemeinsam mit Kommissar Palzki ermitteln zu lassen. Passende Handlungsorte waren schnell in großer Anzahl gefunden, leider mussten wir uns auf einige beschränken. Dank Michaels Beziehungen zu gefühlt sämtlichen Einwohnern Neustadts konnten wir zahlreiche prominente Mitwirkende aus dem öffentlichen Leben dazu gewinnen, in einer Echtrolle mitzuspielen. Und die, die dieses Mal nicht zum Zuge kamen, werden vielleicht in einem späteren Band auftauchen.

Michael hat dem Rohtext mit seinem Expertenwissen das Sahnehäubchen aufgesetzt und mich vor einigen inhaltlichen Fehlern geschützt. Unvergesslich ist der Tag, als ich mit ihm in den oberen Etagen der Stiftskirche und den Türmen herumgekrabbelt bin. Man muss alles mit eigenen Augen gesehen haben, nur so lässt es sich authentisch beschreiben, auch wenn es ein veritables Sportprogramm ist. Mein Dank gilt natürlich auch seiner Frau Barbara, die als Informatiklehrerin tätig ist.

Den angedrohten Cobol-Auffrischungskurs müssen wir irgendwann noch nachholen.

Es lohnt sich, den folgenden Link nachzuverfolgen: https://www.michael-landgraf.de/

Marc Weigel, seit 2018 Oberbürgermeister Neustadts, sagte sofort zu, als er für eine Gastrolle in diesem Roman angesprochen wurde. Er ist zwar nicht der erste Bürgermeister, der Einzug in das unsterblich machende *Palzkiversum* findet, aber in seinem Fall konnte und durfte ich Authentisches aus seiner Vergangenheit mit einbauen.

Joachim Specht ist ein Geheimtipp von Michael Landgraf. Ein Polizeibeamter (seit 1978), der gleichzeitig ehrenamtlich als Leiter der katholischen Gemeinde des alten Ritus (lateinische Messe) in der Stiftskirche tätig ist, passt hervorragend in den Plot dieses Krimis. Joachim Specht war sofort damit einverstanden, als Verdächtiger mitzuwirken. Von seiner Rolle als Verdächtiger und den Konflikten mit Palzki abgesehen, sind alle erwähnten Fakten authentisch. Die temporäre Versetzung des Polizeioberkommissars aus Grünstadt nach Neustadt kann als vernachlässigbare dichterische Freiheit gelten.

Seine Freizeit füllt er aus als heimat- und kirchengeschichtlicher Autor, Vorsitzender des *Altertumsvereins Grünstadt* sowie Leiter des dortigen Stadtmuseums im Alten Rathaus.

In der Gemeinde der Stiftskirche Neustadt ist er seit vielen Jahren aktiv in der Erhaltung und Pflege der Tridentinischen (lateinischen) Liturgie und Organisator der

Gemeinde des alten Römischen Ritus. Des Weiteren ist er Vorstandsmitglied im überkonfessionellen *Bau- und Förderverein der Stiftskirche Neustadt*.

Specht gilt als ausgewiesener Indienexperte, ist mit einer Inderin verheiratet und besitzt neben dem deutschen einen indischen Pass. Jeder, der ihn kennt, kennt automatisch auch den typischen Geruch seiner italienischen *Toscano Antico* Zigarren.

Über den Antiquitätenhändler Martin Denzinger wurde in diesem Roman bereits viel verraten. Das Fachwerkhaus und sein Geschäft in der Neustadter Hauptstraße sind auf jeden Fall einen Besuch wert. Sie tauchen dort in einen andere, eine fantastische und mystische Welt ein. Auch wenn Martin Denzinger im vorliegenden Roman einer der Verdächtigen ist, so garantiere ich Ihnen die absolute Seriosität seines Antiquitätengeschäfts. Seit über 90 Jahren und drei Generationen haben sich die Denzingers einen sehr guten Ruf weit über die Grenzen der Stadt hinaus erarbeitet.

Der Verkaufsladen und die Historie wurden realgetreu beschrieben, selbst die beiden alten Einbauschränke (ehemalige Schießscharten der Stadtmauer) im hinteren Ende des Ladens existieren, wenn auch ohne Hinweis auf Bernhard Meister. Bei der labyrinthartigen Beschreibung des Hinterhauses habe ich ein wenig meine blühende Fantasie spielen lassen. Das Priesterloch wurde zumindest bis zum heutigen Tag noch nicht entdeckt.

Martin Denzinger lernte ich durch Michael Landgraf kennen. Er sagte sofort zu, eine Realrolle in diesem Palzki-Roman zu übernehmen, wofür ich mich recht herzlich bedanke. Auf seiner Internetseite finden Sie viele historische Informationen zu dem Gebäude, seinen Angeboten und seiner Familie:

www.denzinger-pfalz.com
www.denzinger-pfalz.de

Helga Gutermann, die gute Seele der Stiftskirche, kennt wirklich jede auch noch so kleine Ecke »ihrer« Stiftskirche, wovon ich mich persönlich überzeugen konnte. In den vergangenen 20 Jahren hat sie Heerscharen von Besuchern Details der Stiftskirche gezeigt und anschaulich erklärt. Diese Leistung wird nun mit einem Realauftritt in diesem Roman gewürdigt, in dem sie unseren beiden Suchenden wertvolle Hinweise zum möglichen Fundort des Reliquienschatzes gibt. Vielen Dank, Frau Gutermann, dass Sie zu diesem Spaß sofort bereit waren, auch wenn es, zumindest fiktional gesehen, eher schmerzhaft ist.

Mein Dank gilt auch Inge Löchel, der Inhaberin der ältesten Weinstube Neustadts, der *Herberge*. Bis ins Jahr 1793 reicht die Tradition der ältesten und bis heute durchgehend bewirtschafteten Weinstube Neustadts zurück. Bevor ich Ihnen jetzt von der Weinstube vorschwärme, schauen Sie sich selbst die ausführliche Internetseite an. Vielleicht kommen Sie bei Ihrem nächsten Neustadt-Besuch einfach mal in der *Herberge* vorbei:

www.weinstube-herberge.de/

Mein ganz spezieller Dank gilt erneut dem unerschütterlichen Mediziner Günter Wallmen aus Speyer. Ohne sein Fachwissen in Kombination mit seiner grenzenlosen Fantasie in medizinischen Grenzerfahrungen hätte ich den Not-Notarzt Doktor Matthias Metzger vermutlich längst in Rente geschickt. Doch seit dem erstmaligen Auftreten des im realen Leben in Speyer praktizierenden Oberarztes und Unfallchirurgen Günter Wallmen in dem Band *Hambacher Frühling* haben sich bereits informelle Fangruppen rund um das Medizinerduo gebildet. Die Entwicklung wäre nicht möglich gewesen, wenn Günter mich nicht für jeden Band von Neuem mit passenden abstrusen medizinischen Konzepten versorgen würde, die wir die beiden fiktiven Ärzte ausleben lassen. Das diesmalige Thema »Ethische Entsorgung« habe ich ebenfalls ihm zu verdanken. Vielen Dank, Günter, für deinen unermüdlichen Einsatz in Sachen Sparmaßnahmen im Gesundheitswesen. Die überlebenden Versicherten werden es dir eventuell danken.

Da wir Ihnen in einem Palzki-Krimi selbstverständlich keine Märchen präsentieren, halten die genannten Fakten jeder Überprüfung stand. Günter war so nett, die Abfallmengen der Krankenhäuser zu recherchieren (Quelle: Statistisches Bundesamt, 2014)

309.000 Tonnen Abfälle, an deren Sammlung und Entsorgung aus infektionspräventiver Sicht keine besonderen Anforderungen gestellt werden

9.900 Tonnen Abfälle, an deren Sammlung und Entsorgung aus infektionspräventiver Sicht besondere Anforderungen gestellt werden

6.500 Tonnen Arzneimittel

2.600 Tonnen Körperteile und Organe, einschließlich Blutbeutel und Blutkonserven

2.200 Tonnen Abfälle aus tierärztlicher Versorgung und Forschung, an deren Sammlung und Entsorgung aus infektionspräventiver Sicht keine besonderen Anforderungen gestellt werden

1.800 Tonnen zytotoxische und zytostatische Arznei-mittel

800 Tonnen spitze und scharfe Gegenstände

400 Tonnen Abfälle aus tierärztlicher Versorgung und Forschung, an deren Sammlung und Entsorgung aus infektionspräventiver Sicht besondere Anforderungen gestellt werden

200 Tonnen Chemikalien

200 Tonnen Chemikalien, die aus gefährlichen Stoffen bestehen oder solche enthalten

Marco Fraleoni, der Geschäftsführer der *Peregrinus GmbH*, der erstmals im Palzki-Band *Pilgerspuren* mit-spielte, ist dieses Mal erneut (ich glaube, das vierte oder fünfte Mal) mit seinem Alter Ego Marco Fratelli in einer kleinen Nebenrolle mit von der Partie.

Die in seinem Zusammenhang erwähnte und von ihm mitgegründete ehrenamtliche Initiative *Green Camp Neustadt* ist eine unabhängige Informations-, Vernet-zungs- und Mitmach-Initiative mit Fokus auf Nachhal-tigkeit und Klimaschutz in Neustadt an der Weinstraße. Kann ich nur empfehlen!

www.green-camp-nw.de/

Steffen Boiselle ist ein weiterer Stammgast der Palzki-Reihe. Zeitungsleser kennen seine wöchentlichen Cartoons in der *RHEINPFALZ AM SONNTAG*. In seinem Verlag finden Sie alles rund um den *100% PÄLZER!*, reinschauen lohnt sich. Falls Sie vorhaben, demnächst (wieder mal) zu heiraten: Als Hochzeitszeichner ist Steffen viel gebucht!

www.agiro.de/

Wie immer einen herzlichen Dank an den bestechlichen Christian Treptow. Für die eine oder andere Einladung auf einen Palzki-Burger bei dem Speyerer Kultimbiss *Currysau* war er wieder bereit, das Rohmanuskript vor der Weitergabe an den Verlag auf inhaltliche Mängel zu untersuchen.

BILDVERZEICHNIS

Michael Landgraf: Seiten 20, 24, 28, 42, 81, 93, 110, 201, 206, 244, 263, 297

Harald Schneider: Seiten 160, 192, 197, 202

BONUS - RATEKRIMI -
PALZKI UND MARTIN LUTHER

Palzki-Classic 2013

Es hätte so ein schöner Tag werden können.

Jedes Jahr das gleiche Theater! Der krimischreibende Student Dietmar Becker veröffentlicht einen neuen Krimi. Grundsätzlich wäre mir das egal, wenn er nicht immer den ermittelnden Kommissar so unglaubwürdig darstellen würde. Keinen einzigen Tag würde sein Protagonist im realen Polizistendasein überleben. Dieses Mal beschreibt er angebliche Attentatsversuche auf den Kurpfälzer Comedian Pako, die ihn unter anderem auf dem Dach des Ludwigshafener Pfalzbaus ermitteln lassen.

Kaum ist das Buch erschienen, wird unsere Dienststelle jedes Mal von seinen Fans überrannt, die allen Ernstes versuchen, ein Autogramm des fiktiven Kommissars zu ergattern. Unser Chef, Klaus P. Diefenbach, der von uns nur KPD genannt wird, wirft sich dann in die Brust und gibt an seiner Stelle Autogramme und Interviews. Die Welt ist schon verrückt, was für uns natürlich den Vorteil hat, dass KPD eine Zeit lang beschäftigt ist und uns nicht auf den Wecker fallen kann. Apropos KPD: Stellen Sie sich einmal vor: In der letzten Lagebesprechung warf er seinen Untergebenen, also uns, vor, ähnlich sportlich wie der legendäre Franz-Josef Strauß zu sein. Um uns ein Vorbild zu sein, hat sich unser Chef für sein Büro auch gleich einen Heimtrainer mit Elektroantrieb bestellt.

Glücklicherweise konnte ich mich heute für eine Weile in den Außendienst verdrücken. Der Landrat des Rhein-Pfalz-Kreises hatte mich als Vertreter der hiesigen Kriminalinspektion zu einer kleinen Feierstunde eingeladen. KPD habe ich davon natürlich nicht berichtet, sonst wäre selbstverständlich er an meiner Stelle dort hingegangen.

Die Feierstunde galt Doktor Hans Mansfeld, einer Koryphäe der modernen Lutherforschung. Diesem soll erstmalig der Nachweis gelungen sein, dass sich Martin Luther im April 1521 auf dem Weg nach Worms mehrere Tage in Schifferstadt aufgehalten hat. Während sich der Schifferstadter Stadtrat damit beschäftigte, dem Gemeindenamen ein »Lutherstadt« hinzuzufügen, sollte Mansfeld vom Rhein-Pfalz-Kreis höchstpersönlich geehrt werden.

Mansfeld, der mit einem erklecklichen Forschungsstipendiat ausgestattet war, wurde mir vom Landrat persönlich vorgestellt. »Das ist Doktor Mansfeld«, sagte dieser stolz zu mir, während er sein klingelndes Handy ignorierte. Der Lutherforscher entsprach überhaupt nicht dem Vorstellungsbild eines Lutherforschers. Eher dem eines Dauerurlaubers auf Hawaii. Um den mir angebotenen Sekt zu vermeiden, begann ich mit etwas Small Talk. »Hat Luther wenigstens ein paar seiner Thesen in Schifferstadt geschrieben?« Mansfeld lachte. »Aber Herr Palzki, die Thesen waren 1521 schon vier Jahre alt. Übrigens waren es zunächst 97 Thesen, die Luther aufgestellt hatte.« Ich grübelte, um etwas zu erwidern. »Hm, das war doch in Wittenberg, oder?« »Ja, ja, dort hat er bekanntlich seine

Thesen an der Schlosskirche angebracht. Ob das allerdings nur eine Legende ist oder nicht, weiß man nicht genau.« Nach einer kurzen Pause ergänzte er: »Man sollte Luther aber nicht nur auf seine Thesen beschränken, denn er hat noch viel mehr bewirkt: In nur elf Wochen übersetzte er das Neue Testament ins Deutsche, und in Wittenberg hat er bis 1545 Vorlesungen gehalten.«

In diesem Moment trat der Landrat wieder zu uns und überreichte uns die unvermeidlichen Sektkelche. Ich überprüfte mit einem Griff in meine Hosentasche den Vorrat an Sodbrennentabletten. »Da ist ja ziemlich viel passiert durch Luther«, sagte ich unbestimmt, um das Gespräch am Laufen zu halten und nicht trinken zu müssen. »Das stimmt, Herr Palzki«, bestätigte Mansfeld. »Im Vorwort seines Buches *Deudsch Catechismus* schrieb er, dass er sich am Ausbruch des Dreißigjährigen Krieges schuldig fühle. Er hat sich deshalb ziemlich große Vorwürfe gemacht.«

Ein Gong ertönte, es wurde still im Saal. Der Landrat strahlte mich an. »Jetzt bekommt Herr Mansfeld die Urkunde und den Preis überreicht.« Nicht nur wegen des Sodbrennens verzog ich mein Gesicht. »Das sollten Sie sich noch mal genau überlegen«, antwortete ich, »ob Sie heute wirklich einen offensichtlichen Betrüger auszeichnen wollen.«

Frage: Was war Palzki aufgefallen?

*Weitere Titel finden Sie auf den
folgenden Seiten und im Internet:*

WWW.GMEINER-VERLAG.DE

Hauptkommissar Palzki ermittelt:

Weitere Bücher von Harald Schneider finden Sie unter www.gmeiner-verlag.de

GMEINER SPANNUNG

WWW.GMEINER-VERLAG.DE
Wir machen's spannend

Carlos Ávila de Borba
**Commissario Conti
und der Tote im See**
Kriminalroman
315 Seiten, 13,5 x 21 cm,
Premium-Klappenbroschur
ISBN 978-3-8392-0241-8
€ 17,00 [D] / € 17,50 [A]

Während einer morgendlichen Bootsfahrt zur Isola del
Garda entdeckt eine Familie einen unter der Wasser-
oberfläche treibenden Körper. Offenbar handelt es sich
bei dem Toten um einen Ranger aus Tignale, der im
Naturpark Gardasena arbeitete. Zur gleichen Zeit wird
am Brenner ein Transporter kontrolliert, der illegal eine
riesige Trüffelmenge nach München liefern soll. Luca
Conti, der gerade seinen letzten Lehrgang zum Kom-
missaranwärter absolviert, glaubt an eine Verbindung
zwischen den Fällen und beginnt auf eigene Faust zu
ermitteln …

GMEINER SPANNUNG

WWW.GMEINER-VERLAG.DE
Wir machen's spannend

Norbert Klugmann
**Bitte parken Sie nicht
in unserem Schaufenster**
Kriminalroman
283 Seiten
12,5 x 20,5 cm, Paperback
ISBN 978-3-8392-0237-1
€ 14,00 [D] / € 14,40 [A]

Dutzende Male kam es in der Waitzstraße zu spektakulären Unfällen beim Ein- und Ausparken. Fast immer saß ein betagter Mensch am Steuer, der nächste Crash liegt stets in der Luft. Er rauscht in ein Schaufenster oder prallt gegen eine Hauswand. Alle Schutzmaßnahmen versagen.

Doch dann der Bums in Poppenbüttel. Ein Pensionär im SUV brettert in den Eingang eines Kaufhauses. Konkurrenz für Othmarschen! Was die im wilden Westen können, können sie in Poppenbüttel auch. Von wegen »gebrechliche Senioren« – mit den mobilen Rentnern muss man jederzeit rechnen.

GMEINER SPANNUNG

WWW.GMEINER-VERLAG.DE
Wir machen's spannend

DIE NEUEN Lieblings-plätze

GMEINER KULTUR

WWW.GMEINER-VERLAG.DE
Mensch, Kultur, Region